情系红土地

张肇康　主编

文汇出版社

图书在版编目（CIP）数据

情系红土地 / 张肇康主编 . -- 上海：文汇出版社，
2020.9

ISBN 978 - 7 - 5496 -3320-3

Ⅰ . ①情… Ⅱ . ①张… Ⅲ . ①回忆录—作品集—中
国—现代 Ⅳ . ① I251

中国版本图书馆 CIP 数据核字（2020）第 178284 号

情系红土地

主　　编 / 张肇康
责任编辑 / 甘　棠
装帧设计 / 薛　冰

出版发行 / 文匯出版社
　　　　　 上海市威海路755号
　　　　　 （邮政编码200041）
经　　销 / 全国新华书店
照　　排 / 上海歆乐文化传播有限公司
印刷装订 / 上海新文印刷厂
版　　次 / 2020年10月第1版
印　　次 / 2020年10月第1次印刷
开　　本 / 890 × 1240　1/32
字　　数 / 260千字
印　　张 / 16.75

ISBN 978 - 7 - 5496-3320-3
定　　价 / 48.00元

最高指示

知识青年到农村去，接受贫下中农的再教育，很有必要。

虎丘中学上海市知识青年下乡上山

集体乘车证

北站516次车 3 车厢 0 0089

1970年1月9日 凭证上车，不准转让 当日有效，过期作废

0101537

当年上山下乡的车票

告别上海

劳动

劳动

业余生活

上海领导关怀

2016 年 5 月 9 日，张肇康提出编写出版本书的倡议

2016 年 5 月 14 日，在华东政法大学会议上，讨论通过编写出版本书的决定

本书编委会讨论修改稿件

2016 年 9 月 19 日，赴长兴县农家乐集体修改 52 篇来稿，成立了编委会

本书编委活动

2011 年高安市相城镇父老乡亲迎接回到第二故乡的上海知青

本书截稿后编委集体合影

2012年秋，时任宜春市副市长黄德刚先生会见高安和万载的上海知青

序 言

　　张肇康同志约我为原江西省宜春地区高安、万载上海知青回忆录《情系红土地》一书题写书名和前言，我欣然答应。

　　宜春地区（现改名为宜春市）位于江西省西北部，全市面积1.87万平方公里，辖袁州区及万载、上高、宜丰、铜鼓、奉新、靖安等1区6县，代管丰城、樟树、高安等3市，还有宜春经济技术开发区、宜阳新区、明月山温泉风景名胜区等3个特色区。1963年12月，中共中央、国务院发出《关于动员和组织城市知识青年参加农村社会主义建设决定（草案）》，要求各地动员组织城镇知识青年到农村去参加社会主义建设。为贯彻上述指示精神，中共宜春地委专署成立相应机构，并开展安置下放工作。全区城镇知识青年上山下乡工作从1964年开始，1968年形成高潮，1979年停止。

　　1955年至1960年，下乡安置的对象主要是来自上海市的垦荒移民群众。1962年7月又安置上海市下放人员5000名，包括家属大约2万人。主要安置在境内的奉新、高安、丰城、宜丰、靖安等县农村土质较好，以及田地多、劳动力少的地方从事农业生产。这一时期，宜春专区也有一部分城镇知识青年被动员下乡，1964年至1968年全区接受安置知识青年11842人。1968年12月全区各县大规模地组织动员城镇知识青年上山下乡，并将符合上山下乡相关政策的67届、68届初高中毕业生全部安排下乡。1969年3月第一批3949名上海知青到达宜春专区各县农村插队落户。1973年上海下乡知青达13080

人，至1978年宜春地区共接受上海知青21000人。

正是这段不平凡的岁月，你们告别亲人，告别学校，远离家乡来到我们宜春革命老区这片红土地，来到我们的高安、万载等地插队落户，扎根于农村与广大农民群众相结合，为改变农村的落后面貌贡献力量。在这段特殊的艰苦岁月，你们克服了许多难以想象的困难，艰苦奋斗，谱写了许许多多难以忘怀的故事和不朽篇章。机缘巧合，七十年代，我正好在万载县白良公社任党委书记、革委会主任，当时白良公社有廖杭、白良、锦江、范塘等多个上海知青点，插队落户的上海知青50多人。通过水利大会战等多方面接触，我们了解到知青工作和生活中的困难与问题，经研究并多次和上海慰问团的丁长根同志商量，公社决定在白良大队枫树下建设腐植酸肥料厂，把各个上海知青点的上海知青集中安置，同时请老丁同志回上海汇报，上海建工局第三混凝土公司的领导大力支持，专门为我们设计加工制造了一套生产腐植酸肥料的设备，派专人用平板大卡车送到白良工地。我们一起动手建厂房、宿舍，很快使工厂投入生产，取得了很好的成效，得到了广泛的好评。在此同时，公社多方协调，先解决上海知青的招工、招考等问题，尽量创造条件使他们更快地进步和成长。

《情系红土地》表达的是一份难以割舍的情谊，记述的是一段难以忘怀的历史。转眼数十年过去，现在你们的第二故乡和全国各地一样，发生了翻天覆地的变化，全市已进入航空、高铁时代，各县市由高速公路连接，乡乡、镇镇、村村公路四通八达，人民生活幸福美满。望你们多回来走走，看看，第二故乡的父老乡亲永远欢迎你们。

邓布仁
2017年6月1日

（注：序言作者为全国八届人大代表，中共第十五次党代会代表，原中共宜春地委书记、江西省人大宜春工委主任）

目　录

高 安 缘

作　者：陈建始（高安新街）

　　小时候，我家住上海徐汇区高安路附近，由此就近在徐汇区高安路第一小学就读。在这所冠有"高安"称谓的小学里，我接受了系统的小学阶段文化教育。从汉语拼音、认字写字到朗读作文；由识数认符、加减乘除，到学解应用题；初涉了英语字母及一些常用单词；还学习了自然、地理、历史、音乐、图画、体育等课程。二年级加入了少先队戴上了红领巾，积极参加各项集体活动，在高安路小学完成了德智体美诸方面的早期启蒙教育。可那时并不明白校名中"高安"的含义，如此懵懂地度过了小学阶段，不曾料到其乃是我今生"高安缘"的起源……

　　经历"文革"时期几乎中断、瘫痪的中学阶段后，迎来了全国69届中学生"上山下乡一片红"的毕业分配。当学校（上海市南洋模范中学）分配我们一百多名同学赴江西省高安县新街公社"插队落户"时，我才明白原来"高安"是内陆江西省的县名，其之所以能跻身上海被冠以路名，皆因高安是历史上的知名大县，曾是赣鄱大地州府所在地。

　　1970年4月中旬的第一天，当火车接汽车日夜兼程把我们从上海送到高安县新街公社江渡大队的栎岚村时，无忧无虑的学生时代结束了，知青生活开始了。我们18位刚满17岁的知青来到处于县境边缘的栎岚村时已是次日傍晚时分.这里离高安县城八十多里、距新街公社也有三十多里路。当地老乡热忱迎候，肩挑手提帮搬行李，把我们迎进村中祠堂。生产队点燃了明亮的汽灯，准备了丰富的饭菜并召开欢迎大会。队干部在会上介绍了村庄的地理位置、人口土地、农副业生产等基本情况。得知这里人少地多，粮食产量不高，人均土地三亩多，双季水稻亩产总收成仅五六百斤稻谷、小麦亩产也仅二三百斤，总体经济状况落后、实力薄弱。整个大队地处边远地区，各村均没通电，生产生活劳作方式只能依靠畜力人力。生产队的经济条件虽差，但为迎接知青到来早已做好了精心准备：添置了锄头、扁担等农具，为知青划定菜园并事先种上了蔬菜，专门安排老乡负责指导帮助知青学会种菜、打柴、用柴火烧饭等基本生活技能。

休整三天后，我们开始投入到紧张的春耕农忙劳动中去了。老乡们手把手地教我们使唤耕牛犁地、耙田，带领我们下田拔秧、栽禾……农令时节时不我待，人少田多增添了紧迫感。初来乍到的知青，完全不能适应这样的劳动强度和节奏，除不断出现因初学农活手生眼拙手足无措的情况外，春忙给大家带来最强烈的感受是每天觉睡不够、人站不直、整日腰酸背痛……知青们面临着劳动关和生活关的种种严峻考验，不仅每天要出工下田劳动、学习掌握各种田间劳动技能，还得学着取水、砍柴、种菜、自己洗衣服等这些独立生活的本事。在这过程中，生产队与淳朴乡亲对我们倾注了浓浓的爱心和同情心，像对待自己孩子一样给予关心帮助。生产队尽量给我们派些轻活，老乡对我们不懂的事情尽量耐心讲解，遇到难处则主动搭手帮助，让知青们倍感温暖。同来的插队在另一生产队的十三名上海知青，同样得到所在生产队和村民的关心帮助。

经历了早稻种植、耘禾、麦收、"双抢"、秋收各种农活，我们这些从小在城市长大的知青经过艰苦劳动和农村生活的磨砺，逐步适应成长起来了，初步熟悉了各种农活，拔秧赶上了当地农民的速度，栽禾技能也大大提高，速度快不说，且栽的禾苗始终保持间距匀称，并能随着不规则田塍走向栽出一排排匀称漂亮的"弯式"禾田。等到种植晚稻的时候，几位"恰戛"（好的意思）的同学，已能较熟练掌握秧田撒种、犁地、耙地等农村尚好劳力才掌握的技能。

劳动和生活中，知青与乡亲们结下了深厚友谊，这不是普通的一对一的个体交往关系，而是知青集体与当地老乡群体的融合。虽说非亲非故，但老乡们对知青各方面的关心照顾点点滴滴举不胜举。其中几件感人事情印象深刻，至今难忘：记得第一年"双抢"时节因节气所迫，有一天已是正午时分，我们与老乡一起仍头顶烈日、冒着酷暑在稻田干活。因高温内积闭汗，我突感头昏眼花，站立不稳，正要晕倒的时候，有老乡端着用井水冲兑出来的一大盆自酿米酒送到田头给知青解暑。当喝下这自制的米酒后，我顿感心头一片清凉，汗水顺溜淌下，炎热中暑的症状立即消失，那是"枯苗逢甘露"的感受，让我终生难忘！这年年底，部分知青未回上海过年，我是其中之一。平时知青一直是在集体户自己烧饭，从不上老乡家用餐。而那时农民家里的伙食条件也很差，过着少油无肉的日子。但到过年的时候一切改观了，老乡们家家杀猪、炒菜，摆上了从早到晚不停的流水席。从正月初一开始，老乡们纷纷拉着知青到家里吃饭、喝酒、唠家常，走了这家又去那家……即使知青路过途经门前也要拉住下碗面，碗底藏着三个水煮蛋，用当地对待"贵客"的风俗礼遇招待我们，让我们非常享受并心存感激。

伴随着知青们的锻炼成长，大队和生产队给予知青足够的肯定和鼓励。生产队提高了知青"大寨式"评分的底分，大队把每位知青评为"五好社员"，"喜报"寄往上海家中。第二年，大队把分布在原两个生产队的31名知青调到了大队所办的石灰厂、砖瓦厂、农科所集中劳动和生活，修建了知青宿舍，安排了统一食堂，改善了生活条件。而我们江渡大队知青在挖土、制砖、放炮、挑石、烧窑做砖、烧石灰的生产劳动中吃苦耐劳、坚韧不拔、勇挑重担、顽强拼搏的精神和表现，也在当地逐步传播开来，赢得了远近村民的良好口碑。江渡知青插队锻炼的收获体会，在公社和县的知青工作会议上做了交流汇报，得到公社和县里的关注。第一年江渡有一批知青被吸收加入共青团，第二年知青班长王民惠光荣加入中国共产党、担任了大队团总支副书记（后继任书记），并当选为共青团高安县委委员，还以知青代表身份参与了公社"五七"大军的领导工作。

第三年，根据大队安排，我们江渡知青又重新组建四个集体户分散到各生产队务农。随后的日子里，借着招兵、招工、招生机会，部分知青同学相继离开农村，而大部分同学随着国家知青政策调整改变，最终也返回上海安排了工作。我在插队锻炼第三年的冬季，应征入伍去福建当兵离开了高安。在部队服役三年后退伍，被安排到南昌火车站工作，之后又调到江西省人民政府驻上海办事处工作，直至退休。

回首"高安"，它伴随了我一生两个最重要的成长阶段。在高安路小学上学，受到早期启蒙教育，打下了学习应用文化知识的基础；到高安插队正值十七至十九岁刚踏入社会的起步阶段，经历农村劳动锻炼，得到老乡们的关心、帮助和思想影响，使我们刚涉世就了解到中国尤其是中国农村的真实状况，为世界观形成刻下了不可磨灭的印记。自己一生逐步养成的对劳动和工作的正确态度、面对艰苦条件的坚韧意志、人与人平等相待的意识和一贯对粮食珍惜不浪费等品格和观念，都和在高安那段农村生活的锻炼密不可分。

就我而言，"高安缘"还延伸为"赣沪情"。我后来所工作的江西省人民政府驻沪办事处，其宗旨与任务就是积极发挥桥梁、纽带、窗口作用，增强赣沪间政治经济文化交往、促进两地经济繁荣，开展双向服务、增进赣沪两地情。我有幸为此付出了长达 35 个年头的不懈努力。

2016 年 12 月 24 日夏威夷旅游途中完稿

参　军

作　者：陈建始（高安新街）

　　每当银屏出现"八一"军旗，喇叭响起嘹亮的军号声时，都会令我激动地回想起参军入伍从军三载的往事。参军，在我们那个年代几乎是所有年青人的梦想，一旦实现欣喜若狂！四十多年前，我有幸从插队落户的高安农村参军入伍，成为了一名光荣的中国人民解放军战士。而我的应征入伍过程，充满了曲折幸运色彩，也使我成为离开高安农村较早的知青之一。

　　那是 1972 年秋冬之际，秋收农忙结束后大多数知青都回上海了，而我们新街公社江渡大队几个同学一时还继续留在农村。有一天下午我正在田里干着农活，听到田间有线广播通知说当天是参军报名截止日，想参军的青年可以赶快到公社报名。我没有参军的打算，因为父亲"文革"中的"政治审查"尚没结束，不敢有丝毫奢望。而同集体户同学、我的好友孙捷的父亲已经"解放"，他父母曾来信希望他能争取当兵。报名截止的消息让孙捷心里十分着急，于是我自告奋勇陪着孙捷赶往公社。

　　我们走了三十多里路到达公社时天色已晚，工作人员早已下班，公社知青办同志非常理解并给予帮忙，连夜把负责报名的武装部同志找来补办手续。这夜，孙捷顺利地报上了名。当时我想赶了这么远的路不可能再连夜返回，于是我也跟着一同报了名。现在回想，这一举动正应了凡事一靠努力、二靠机会的说法，也多亏公社知青办和武装部同志的大力帮助。

　　第二天，我们在公社参加了体检。遗憾的是孙捷被查出心脏二级杂音，体检未能通过，我则通过了第一天的体检。初检合格人员当晚需留下来，半夜抽血做血丝虫检查，我又顺利地通过了。由此，我幸运地通过了参军体检的全部项目，过了体检关。而好友孙捷体检未合格很有些沮丧，可能他在学校时打球、运动较多，造成心脏跳动时出现杂音，大家都为他惋惜。

然而自体检通过后，关于我入伍的消息却一直不见下文，眼看当地青年入伍红榜公布了，军装也发下来了，而我则没有丝毫消息。那段时间，我外表装得平静，内心在等待中煎熬。我想无论如何该给我一个准音吧，同时心中也萌生了些许期待，久久不见结果是否预示着仍有一丝希望呢？我劝慰自己，等吧！等吧！再耐心地等一等吧！

在新兵集中出发的前三天，幸运之神终于降临，批准入伍、让我领军装的通知终于下达了！虽有些紧张忙乱，但我总算穿上了新军装与同期入伍新兵一起，跨入了部队军营大门。事后得知，公社早就内定在当年招兵指标中一定要力保一名知青参军。招兵工作刚开始，就安排了"五七大军"干部先期抵达上海为知青入伍做政审外调。当我顺利通过体检、公社前往政审外调时，我父亲所在干校给出的结论是"倾向于按人民内部矛盾处理、恢复党籍"的意见。那年冬天留在公社报名参军的知青甚少，只有两名知青参加体检得以通过，估计另一位知青政审的结果也不够理想，最后部队选择了我。回顾当年参军过程虽然布满曲折，存有许多侥幸、偶然因素，但结果表明我还是十分幸运的！

参军入伍后，我经历了部队大熔炉三年的锻炼。有在农村两年多锻炼的基础，军营生活自然已不成问题。但军队在内务整理、队列操练、军事训练、纪律养成等各方面要求更高，让我再次经历了一番脱胎换骨的磨练。部队期间，自己也比较努力，受到过连"嘉奖"、获得过"军事训练标兵"称号，强壮了体魄、锤炼了意志、增强了纪律意识、提升了思想政治觉悟水平。通过农村和部队的锻炼，形成了我的人生态度，为后来积极应对各种挑战，提供了无穷力量与沉稳定力。

2016 年 12 月 27 日

艰苦创业　真情回报

口　述：章兴达（万载岭东）

执　笔：杨如岳　郭敏学　黄少川
　　　　徐金花　高玉林　吴维琪
　　　　谭凤美　顾美云

修　改：张肇康　李秀珍　解放群
　　　　茅培云　章兴达

1979 年，根据上海市政府有关知青回沪文件精神，章兴达结束了近十年的江西"插队"生涯，带着疲惫的身躯，回到熟悉的城市。一切仿佛又回到了原点，唯一改变的是，身上青涩的稚气已被生活的磨练洗涤一空；额头微微显露的细纹镌刻着岁月的痕迹。

也许是不安分的性格，也许是"工商业"遗传因子在起作用，改革开放伊始，他对按部就班的生活越来越不满足了。经过一段时间酝酿，终于在 1982 年初辞别了工作两年多的机械厂，走上自主创业之路。

"创业难，难于上青天。"初创时期，资金、技术、人脉、市场犹如一只只拦路虎挡在面前，然而，"开弓没有回头箭"。面对层出不穷的艰难险阻，他想方设法，积极应对，拿出浑身解数一一加以化解。十年中，他秉承"实业救国"的理念，根植实体经济，先后开办了多个小工厂，有为家电产品配套的五金厂，有"红双喜"乒乓桌的加工厂，还有玻璃厂和家具厂以及装饰公司等等。他既要解决经营上的种种问题，又要弥补自己文化知识不足的短板，付出了比常人几倍的努力，真可谓：十年崎岖路，攀爬皆辛苦。谈起这段经历，他感慨地说："知道创业艰苦，但我有思想准备，大不了像插队那样苦，何况再苦也没插队那样苦。"

创办实业的所有艰难困苦他都经历过，凭着沉稳应对风险、主动规避潜在危机、提前化解经营上种种矛盾，以真诚靠智慧以及特别能吃苦的坚毅，取得了事业上的成功。十年的努力奋斗，使他不仅积累了丰富的实业经营经验，还积累了一定量的资金。1992 年，他抓住市场机遇果断决策，投资近千万创建上海宝章公司，办起专业生产镀锌铁丝的工厂，这标志着他的创业进入了快车道。他牢牢抓住"服务、质量、价格"三要素，在纷繁变幻的市场上站稳了脚跟，并成功开辟了美洲和欧洲市场，事业蒸蒸日上。

曾记得，刚创建上海宝章公司时，他对企业管理层提出要求，要发展必须销路广，利润好。经过对美国镀锌铁丝市场解剖分析后，他捕捉到商机，并不失时机地给美国驻上海领事馆商务参赞打电话，坦诚地介绍自己产品性能和公司的营销思路，很快接到热情的商务参赞面谈的邀请。一见面，性格直爽的他直截了当地请求美国商务参赞能帮助联络，将产品销往美国的一些企业用户。商务参赞听后表示，虽然不能直接联系企业，但可提供一重要信息：在美国每个图书馆都收藏全美工商企业目录十二卷，这十二卷目录是专门介绍各类企业信息的。得此信息，他如获至宝，在美国一城市的图书馆附近租了房子，不谙英文的他只身赴美国图书馆查阅。为了赶时间，他整个白天泡在图书馆里，中午吃些干粮喝点冷水充饥，一边吃一边不停地查。他利用英语专业词汇"铁丝""镀锌铁丝"作索引，在美国图书馆浩瀚的书海中，硬是耗了半个多月时间查到有关企业的详尽资料，并一一抄录下来。接着，他写信给这些企业介绍并推销自己的产品，还将自己的企业和产品资料向美国相关企业群 24 小时不间断地传真了整整一星期。可是没想到，这些努力换来的却是石沉大海、杳无音讯。他没有放弃，又过了一星期，他欣喜地收到了美企第一个传真，这家美方公司要求购买一种规格产品。双方的洽谈虽然非常认真，但看得出对方还是心存顾虑，美方公司老板老弗兰克最后说出了担心的原因：他以往接待的不少中国企业代表团曾出现过的三个问题，1. 来我公司时都谈得很好，但回到中国就没了回音。2. 样品与交货产品不符。3. 交货日期不确定。章兴达听后诚恳地向老弗兰克解释：1. 我相信这些中国代表团成员很可能不会英文，因为语言不通，无法向你直接沟通，其实在他们心里是有你老弗兰克的；2. 先验货再付款；3. 确定交货的正负公差时间。回上海前，章兴达向老弗兰克打了告别的电话，电话中既表示了对美方公司的感谢，也表达了"上海宝章"的商业诚信和他对产品质量的郑重承诺。就是这一个坦诚务实的电话，使老弗兰克十分感动，当即给了他一个订单。也就从这个订单开始，奠定了他打开国际市场的基础。但事情并不那么简单，他从国内把第一批产品运到美国后，美方公司提出两个要求：一是将25斤一卷的产品改成500斤一卷；二是要解决铁丝越长会绞得越紧这个问题。

为了满足客户的要求，他询遍国内外有关专业人士，终于在老弗兰克介绍的专家指导下，在生产线上设计安装了"应力"装置，使铁丝缠绕时的张力始终保持一致，达到了美方公司对产品的要求。产品质量上去了，可对方厂家又提出产品包装太简陋，不符合要求。为使产品更完美，他从美国进口了一台专业生产大包装铁丝的设备，价值近百万元人民币。经过反复艰难的谈判，美方不但同意一个月交付设备，而且对章兴达提出允许复制的要求也表示同意，但只限于自用，不能上市销售仿制设备。为扩大产能，节省资金，他组织了对进口包装设备的测绘仿制工作，自行制造了好多台包装机器，扩大生产规模，满足国内外市场需求。他对产品精益求精的态度，也深得美国厂家的信任，并且给他介绍了更多更大的业务，使他的产品在北美市场打开了很好的销路。在主营业务稳步发展的同时，章兴达又开始涉足其他领域，在房产、地产及商业领域也有了长足发展。

"穷则独善其身，达则兼济天下。"作为一个成功的民营企业家，在创业的艰辛困苦中，他悟出办企业也要"以善为本"，善是一种精神，是一种文化和信仰。怀着一颗感恩的心，在干实业成事业的同时，他热心参与社会公益事业和爱心活动，特别是对第二故乡那些曾经帮助和照顾过上海知青的乡亲心存感恩之情。为使他插队的万载县岭东公社一部分农民先致富，他在"上海宝章公司"成立开始招募工人时，首先想到岭东，专门安排"面包车"驱车一千多公里，亲自到岭东招收首批"宝章"新工人。到上海后他在百忙中精心安排人地生疏的岭东新工人吃住，确定岗位，组织技术培训，关心他们的职业发展，为红土地上的农民后代到企业发展提供机会和平台。如今二十多年过去了，当年十八九岁的新员工成了"宝章"关键岗位的老师傅和技术骨干，现全厂计划生产调度肖维新、包装车间车间主任郭蓉（女）、电工组组长郭武等都是1992年从岭东招来的第一批工人。不少人已在上海成家立业，成为新上海人中的一员。

章兴达自己这辈子没能上大学，几十年的阅历，深知红土地贫困疾苦的他，希望有更多的山里孩子能圆上大学接受高等教育的梦，用知识改变落后贫困。在"宝章公司"他规定：公司员工的子女从考上大学起到毕业，学习期间，公司每月资助200元，这也许是民营企业的"首创"。对来自贫困农村的员工，因天灾疾病碰到困难时，他亲自过问，指示公司职能部门给予资助。肖维新的爱人肺部患重病，他亲自打电话给万载县民政局，请求医院全力抢救，公司则给以资助，终于使病人转危为安。章兴达以人为本、善待员工凝聚民心的点点滴滴，形成了公司不断开拓、持续稳步发展的强劲动力。

随着公司产品在国内外镀锌铁丝市场占有份额的迅速增加，章兴达又在安徽巢湖新建了占地100亩的安徽宝章公司。根据美国镀锌铁丝产品市场需求，为实现中国民营制造业走出国门，在美国本土就地生产销售产品，压减运输出口成本的战略思考，章兴达近期正与美国企业洽谈在美国合作新建镀锌铁丝生产基地事宜。

2000年，新千年的第一个春节，大年初四，在张肇康牵头和带领下，章兴达派了两辆面包车和28位"插友"赴第二故乡探望父老乡亲、考察项目。由于路途遥远，到达万载县城的时候已是晚上八点多了，为了欢迎章兴达一行的到来，初四那天下午中共万载县委李炳生书记等县4套班子的领导放弃了休息，专门腾出时间迎候，得知县里的领导们这么晚了还没吃晚饭，那种真诚令知青们十分感动。在欢迎晚餐的互动中，再次让知青们感受到来自第二故乡的亲情。当晚，章兴达和李炳生书记坦诚交流，李书记介绍了万载的概况，他们共同探讨如何帮助农民寻找脱贫致富的路子……深谈至凌晨。

第二天开始，按照县领导的安排他们进行实地考察。经过四天考察，一个怎样为帮助第二故乡的发展出力，如何根据山区自然条件，在尊重农民意愿、遵循经济规律的前提下，破瓶颈补短板寻求致富途径的想法形成了：当地饲养了大量"贡品三黄鸡"，种植并开发了久负盛名的"龙牙"百合系列产品以及南酸枣糕等，但缺少进入大城市的销售渠道。为此，章兴达提出采用公司＋农户的模式，创建了全部由岭东上海知青为员工的上海万林食品有限公司，把这些具有竞争力和市场潜力的农副产品进行生产加工和销售，以增加农民的收入。为使公司正常营运，数年间他总计投入了100多万元。在他的带领下，其他知青也投入了相当的人力和财力。

授人以鱼不如授人以渔。2001年，章兴达利用自己在上海两个工厂所在地的资源，协助岭东乡与上海青浦大盈镇和宝山罗店镇建立了友好乡镇关系，用上海郊区乡村的综合优质资源帮助第二故乡发展生产。经多方协商沟通，他成功地将上海宝山孔雀养殖基地的孔雀引入他当年插队所在的岭东荷岭村，并亲自把两对种孔雀送到荷岭。根据荷岭旱地经济作物效益欠佳的情况，他又把上海青浦大盈的优质甜玉米引入荷岭，为开发山区林地资源，提高山地的经济效益，他对当地栽种板栗进行可行性调研认证后，投资组织荷岭村民在山上栽种板栗，亲自制定板栗栽种规划并细致地划分落实到每家每户，并实行每株树苗的专项现金补贴制度。

荷岭地处山区，交通十分不便，要致富先修路，为了发展生产，便于物资运输和外界的联系，荷岭村决定修建一条出山的简易公路，但资金短缺。章兴达知道后，立即捐赠数十万元，为公路建成做出了自己的贡献。为了感谢他的无私援助，当地乡亲在路边修建了一个可供行人休息的亭子，名曰"兴达亭"。

2002年，由于坏人故意破坏，万载县谭埠镇的芳林小学损失惨重。他得知消息后，连夜召集顾德祖、黄少川等知青商议，决定捐赠5万元现金，第二天由黄少川同学以岭东全体上海知青的名义将慰问金专程送到万载县政府，表达上海知青诚挚的慰问。

古邑万载文化底蕴深厚，精英辈出。明代就有书院20多所，清代更是盛况空前，先后有40余所书院相继建成，清末时通过科举考取进士多达42人、举人294人。"曾经的灿烂辉煌，使万载人引以为豪。但由于历史原因和地理环境限制，革命老区的教育与沿海发达地区的教育差距在拉大，不仅校舍教学设备仪器等硬件条件差，师资的数量和水平也远不能满足经济社会发展的需要，山区农村尤其落后，老区人民不愿意，我们心里也不安啊！"年初四晚上李书记的话他牢牢记住了；插队时他目睹，有的女孩辍学在家带弟妹、割草、烧饭做家务，山里娃天不亮自带腌菜辣椒冷饭走十几里山路去上学，破旧的校舍、昏暗的教室……联想到自己因"文革"下乡中断学业，知识文化短板带来经营管理上的困难，近十年来，他一直心存一个念想：为第二故乡的教育事业出力气、做实事、尽责任。

在那次返乡中，细心的他观察到荷岭小学的课桌椅非常陈旧，当即与本地的家具生产厂家取得联系，出资按照国家教育部门的课桌椅标准，为荷岭小学定制了全新的课桌椅，将旧的全部予以更换。

更难能可贵的是，他十年如一日，通过万载县教育局为家境贫困的学生提供经济上的帮助，每年资助二十多名这样的学生，帮助他们完成学业，并且还与他们保持通信联系，鼓励他们自信自强，勤奋学习、努力成才，回报父母和国家。学生也经常写信向他汇报自己的学习情况和取得的成绩。每当他看到受资助的学生来信，讲述思想上、学习上取得的进步和成绩，他打心里感到高兴，因为他知道，那才是第二故乡人民脱贫致富的钥匙和根本。

2012 年 8 月上旬的一天，章兴达从厂里到家已经很晚了，他习惯地到书房阅看摆放在桌上的信件、电函及资料，他看到一封来自万载农村的来信，立即打开了大号信封，里面除了两页信纸外，还有一张折叠得很整齐的纸，展开一看，原来是《中国人民解放军军械工程学院录取通知书》的复印件，上面印着"张国辉：您已被我院录取到导弹工程专业学习，学历本科，学制四年"。这是 2011 年继考取河南中原工学院服装系的万载茭湖乡张玲同学后，第二个由他资助的农村贫困学生考上了大学。张国辉在信中写道，章伯伯：报考军校是我从小的梦想，衷心感谢您一直以来对我的资助，我会发奋努力，争取将来当一名导弹专家，为国家作贡献。看完信，章兴达倍感振奋。在革命战争年代，万载的大山里走出了杜平等六位战功显赫的共和国将军；在新的历史时期，他多么希望像张国辉这样的万载山里娃也能成为军界人才，报效国家。已是子夜了，章兴达顾不得一天的劳累，铺开信纸，伏案疾书，鼓励张国辉刻苦学习，发奋拼搏，为使国防现代化，赶超世界军事先进水平而不懈努力。

章兴达慷慨解囊、扶贫助学的善举，不仅使受助的学子得到了接受良好教育、成才成长的机会，更为他们形成正确的思想观念和价值取向树立了榜样。受资助的曾莹同学在万载中学读高中时给章兴达的来信中写道：我是大山里的孩子，近几年来，我发现父母变老了好多，身体也大不如前，这让我对自己的前途感到非常渺茫。是您的资助，消除了我父母的经济负担和思想负担。您的善心像一道明亮的灯光，照亮了我前进的道路。将来我也会像您一样去帮助需要帮助的人……

　　章兴达捐赠数十万元帮助荷岭村修建的一条出山简易公路，也使荷岭的孩子们受益。熊源平同学在信中深情地写道：走在荷岭的水泥路上，荷岭人民会想起您，不会忘记您对荷岭基础设施建设的大力支持。今后，只要我们有能力，一定会像您一样，乐于行善，不求回报。

　　因"宝章公司"产品销往美国等欧美国家，每年他约有半年时间在美国。尽管公司业务很忙，他还是抽出一定的时间，对中美两国文化背景和教育体制进行观察、比较，希望为山区的教育多做些实事。章兴达觉得，老区缺人才，缺先进的理念，缺优质教育资源，抓农村教育也应从娃娃抓起，发达国家以及国内大城市的儿童早期教育已很普及，而山区农村的学前教育基本上还是盲区。早期开发山区儿童的智力，培养良好的生活、卫生习惯，发展学前教育事业，应是贫困山区彻底脱贫的极其重要的环节。或许在某一天，红土地的大山里会开出一朵绚丽的新葩——幼儿园。

　　章兴达说，在插队的一方热土上践行"善文化"，企业要走的路还很长，目前大多还局限在物质化的"小善"层面，要成就"大善"，即授业、解惑传播正确的人生观、价值观，实现人类文明中最精华的境界，做到"大善无我，不求回报"，还有很多事情要做。

　　成功者光鲜的背后，往往都留下成功者锐意进取、艰难拼搏的记录。正如章兴达所说：做事难，做人更难。人做好了，可以事半功倍；人做不好，做事难上加难。"感恩、回报、爱心、责任"，几十年来，他是这样想的，也是这样做的。这或许也是他的成功之道。

2016 年 12 月 20 日

百　鸡　宴

作　者：庄宗康（万载高城）

　　提起百鸡宴，大家都会想到《智取威虎山》，孤胆英雄侦察排长杨子荣乔装潜入匪窝威虎山，利用座山雕寿辰大摆百鸡宴，小分队一举端掉土匪窝智擒匪首座山雕那精彩场面。而46年前，年仅16岁的我，到江西大山中插队不久，生日这天居然突发奇想也搞了一次百鸡宴。回上海后我一直没有忘记那场百鸡宴，一直在寻找机会为第二故乡的乡亲们尽点力做点事，以弥补年少时的无知。

　　1970年4月11日，我随上山下乡的大潮，乘火车换汽车，几经辗转被安置到江西省万载县高城公社一个偏僻的大山中插队。我出生在上海最繁华的南京路上，住房舒适，从小饱受父母溺爱，习惯了家中的百依百顺，过着衣来伸手饭来张口，无忧无虑的生活。白天，南京路上人来人往熙熙攘攘、车水马龙热闹非凡，长达十里的马路两边，门面装修豪华大气的百年老店和知名商场林立，商店里布置得富丽堂皇，各色橱窗里的商品和广告琳琅满目，吸引着过往行人驻足观赏。夜晚来临，华灯初放，整条南京路上灯火辉煌霓虹闪烁如同白天一样……回到家里，打开窗户，射灯、聚光灯、高悬的路灯；镶嵌在各色建筑上五颜六色的装饰灯，色彩斑斓频频变幻；商场和店家的大型广告牌上闪烁的霓虹灯构成的灯光世界一览无遗，我从小就生活在这繁华热闹的环境中。从上海南京路到江西大山里插队，且被安置到了这么一个完全陌生的偏僻荒凉贫困的山区：交通闭塞、生活艰苦，村民贫穷。反差如此之大，使得年仅16岁还没读完初中课程的我，对于为什么要离开上海，为什么要上山下乡，为什么要让我住在这样偏僻荒凉的大山里，为什么要我当农民，要面向红土背朝天种田劳作……当时实在是百思不得其解。

刚到生产队，面对着这死一般寂静的大山和贫困的村民，我郁闷，我无奈。到了夜晚，面对那盏忽闪昏暗的煤油灯，就会思念上海的亲人，回想那条终日人声鼎沸没有黑夜的南京路……我常常还会默默地数着南京路上一家一家的商店，从我家右边开始数，数到中百一店，又从我家左边数：三阳南货店、第一医药公司……一直数到和平饭店，如数家珍。经常在床上数着数着睡着了。

那时为加强知青工作，公社召开过知青会议，会议期间用餐到公社食堂随便吃，我认为人民公社是老百姓的家，所以常常会去公社吃饭，公社食堂工作人员听说我们是上海知青，也就随我们吃了。后来知道，知青不能随心所欲去公社食堂吃饭的。

有一天，我站在村里，抬头观看眼前这挺拔雄壮的大山，连绵起伏的山峰，方圆几十里见不到几个人，低头只见成群的鸡在矮矮的茅草丛里慢悠悠地用嘴啄小虫子吃，望着这么多的鸡悠闲地觅食……咦！鸡怎么不关起来？那么多的鸡是谁的？我知道上海市区是不准养鸡的，临时养几天，也必须找只笼子关起来。眼前这么多的鸡被散放在山野没人看管，莫非是老乡……顿时，我想起了《智取威虎山》里的百鸡宴。我为什么不能在大山里也搞个百鸡宴呢？大伙听后都赞同我的想法。于是我们选定了我生日那一天，决定热热闹闹地举行一场百鸡宴！百鸡宴那天，20 来个知青从四面八方带着鸡赶到我的住处，自告奋勇做了分工：烧水、杀鸡、烫拔鸡毛、开膛清洗、下锅煮鸡、切剁装盘……我的住所弥漫着正宗土鸡的香味。大伙开怀畅饮、尽情享用美味的鸡肉，山里小屋一片欢声笑语，大山沸腾了！我们乐翻了！

我生日的百鸡宴虽然乡亲们没有追究，但是，我心里一直很内疚。直到 2013 年，我决定到大山里探望乡亲们。我做了详细的购物计划，买了足量的物品，一家一户的上门送礼物问候，在路上见到男的发包好烟，看见女的发包糖果……在村里我与熟悉的老表坦诚交谈，倾听乡亲们的诉求，了解大山中的困难。那次回大山看望村里的父老乡亲们，我才知道我的名声还真不小呢，连村里从没见过我的孙辈们，都能叫出我的名字（说是爷爷奶奶们常常提到我）。我万万没想到乡亲们把我当贵客了；男女老少燃放鞭炮迎送我，争着抢着拉我去家里吃饭，山里人的纯朴和热情让我感动不已，思绪万千。

2014年春节，在父老乡亲的再三邀请下，我和我公司的老总都带着自己的爱人和孩子，两个三口之家飞到我第二故乡过年去啦！乡亲们早早地杀了鸡和鸭，宰了羊，钓了鱼，酿了美酒恭候我们的到来。老乡们开了专车陪我们参观万载的名胜，到温汤、明月山等地游览，还专为我们表演傩舞，为我们专场燃放烟花，赠送我们大包小包的万载土特产……这高规格的招待，我见多识广的老总他很震惊！这是从未遇到过的盛情款待！2014年春节是我们在万载度过的一个永生难忘的佳节！在万载的几天里，我们还实地考察了知名企业，接触了几个项目，我真心愿意为万载的父老乡亲们做成几件惠民实事，报答他们的恩情！

如今，大山里的父老乡亲已把我当作自己人，我也早把乡亲们尊为贵宾，只要他们来上海，我再忙也一定抽时间陪他们游览、喝酒、吃饭，请他们住星级宾馆，走时也一定捎上乡亲们喜欢的上海特产。

红土地上多么善良朴实的乡亲！他们根本不计较我当年的百鸡宴，始终把我当自家人。我怎能不把江西省万载县高城公社当成我的第二故乡呢！

2016年10月21日

养 猪

作　者：郭敏学（高安村前）

　　山清清水潺潺，路弯弯情深深。高安县村前公社更新四队那宁静的村落里，有一座原大户人家居住的老宅，建造考究，外表大气。1969 年 3 月，我们上海市第二女子中学赴江西插队的 5 位女生就被安置在这老宅的两间厢房里，我和同班同学胡学珍、陈冠薇三人在东厢房住了整整 7 个年头。

　　回想在江西插队的经历，村子里淳朴忠厚的老表们七年如一日给我们的关爱帮助，那无私的付出终生难忘，众多的记忆也一一呈现：三月春播，春寒料峭，清早赤脚在秧田里劳作时，那个彻骨的冷；七月双抢，骄阳炙烤，盛午弓腰在滚烫的水田里挥汗如雨绣出行行新绿时，那个难熬的累；金秋开镰，丰年硕果，见担担新谷堆满粮仓时，心里那个甜和乐；除夕正月，队里杀猪分肉，户户宰鸡蒸糕做米糖，男女老幼喜笑颜开，爆竹声声火树银花，家家飘出的诱人的阵阵肉香和满桌的美酒佳肴，村子里那个浓浓的年味……尤其是队里分的土猪肉，吃时舌尖上那个醇香和鲜美难以忘却，回味无穷。

　　1973 年春，生产队为了过年时能给每个社员多分点肉，于是从集镇上买回 8 头 20 多斤重的白毛小猪，队里轮流派社员喂养。采用这种方法没多久，就出现了当班社员临时应付，到自留地干活等弊端。队长见势不妙，决定实行个人承包专职养猪，每天按标准记工分，条件是：专职养猪、个人承包，一包到底。我考虑养猪相对单一，操作熟练掌握规律后自己可以有更多的空间看书学习，所以报了名。队长开始不同意，他说：养猪是要下塘捞猪草的，我们村里没有哪个妇女敢下塘的，你要是下塘出了事怎么办。我对队长说：我会游泳不怕水，当年在上海我还参加过横渡黄浦江呢。队长看我信心十足，加之当时也没有合适的男社员愿意专职养猪，也就同意了。

接了任务，我就往猪舍跑。猪舍在村子边上，是用一间旧房改建的，大门朝东，靠东一头砌了个灶台烧猪食，另一头堆放猪饲料、箩筐扁担、柴火稻草、水缸和木桶等杂物。中间是一条过道，过道两侧用矮墙隔作对称的两个猪圈。每个猪圈放4头猪，还算宽敞。

我与当班的社员进行了交接，详细地请教了喂食的次数和时间、猪饲料的搭配加工和煮食、猪圈的清洁和猪粪的定期出栏、常见猪病的症状表现和预防等等。再看看那猪圈是既脏又乱。由于先前是轮流派社员喂养，当班社员往往只管烧食喂猪，其余的事也懒得做了，只见猪舍的走道地面黑乎乎的很脏，堆积了不少垃圾，仅留了条勉强可以行走的窄道。猪圈地上铺的稻草上布满了猪粪尿，粘乎乎、湿漉漉的，粪水积留在靠矮墙的食槽边，估摸着猪圈多日没有铺垫干草了。8头小猪瘦瘦的肚皮上也沾着屎，一阵阵的恶臭熏得脑门发晕……

第一天养猪，我和往常一样，早上五点半就出门了。人还没到猪舍，就已闻到一阵阵的臭味。打开大挂锁，推门进猪圈，8头白毛小猪闻声已嗷嗷地叫着挤作一堆，用嘴拱着食槽，我想猪大概是饿了，赶紧将猪食倒入大锅加水搅拌后盖上锅盖，到锅灶下烧柴火，待锅里的猪食煮开后凉一凉，迅速倒入两个长条形猪食槽里，两个猪圈内的小猪一字排开咕噜咕噜狼吞虎咽一会儿就吃个精光，因没吃饱，8头小猪昂着头撅着长嘴朝着我哼哼直叫唤。我又烧了一锅，稍凉后倒入食槽，猪吃饱了躺下不叫了。我赶紧腾出手整理猪圈、整理物品、清理杂物和打扫卫生，将柴火、麦麸、猪草、糠、小红薯、菜籽饼等归整后分门别类摆放好，再将灶台上卜清理干净，然后用铁锹铲掉走道上面一层已发黑的脏土，再到小溪边上挑些沙土垫上，割了满满两箩筐的青草晾在地上……从早晨5点半忙到天黑，回家匆匆填饱肚子，就赶紧到队长家，要求队长尽快安排劳力将猪圈里厚厚的一层猪栏粪挑走，以便彻底打扫猪圈并消除难闻的臭味。所谓猪栏粪就是把青草或干稻草铺垫在猪圈地上，猪粪尿拉在垫草上，隔一二天再铺上干草，就这样一层草一层猪粪，形成猪栏粪，这是上好的农家肥，一般经半个月的堆积发酵就可沤成农家肥，这时就该及时将猪栏粪清出挑走。

第三天一早，队里派工挑走了好多的猪栏粪。我到小溪里挑了几担水将猪圈里里外外彻底冲洗干净，再铺上干稻草和前天割的已吹干的青草，看着8头吃饱了的小猪哼哼唧唧舒坦地躺在新铺的干草上面，感到十分欣慰。此时，猪圈已闻不到先前那阵阵的恶臭，环境也变得整洁有序。虽然这几天我一个人从大清早一刻不停地忙到晚上掌灯，累得汗淋淋的，头发上沾满了灰尘和碎屑，晚上洗漱后躺在床上，浑身酸痛。但看到几天的辛苦劳累换来面貌一新的猪舍，还是挺有成就感，因为队长和村上老表走过猪舍时都会进来看看，看后老表们都说，知青养猪就是不一样，猪舍收拾得干干净净，今年过年我们可以多分肉了。

接下来我就琢磨如何饲养能使猪长得快、长得壮，看看有的老表家养猪，是用煮饭时捞起的米汤煮食喂猪，我无法弄到有营养的米汤，只能用水煮猪食。队里有时会让仓库保管员送些麦麸、碎米、糠、菜籽饼等精饲料到猪舍，但数量不多，光这些是远远不够的。队里分东西了，我会去仓库向保管员要些社员们分剩下来的小红薯、土豆、南瓜等作为猪饲料的补充，可要养好猪首先得让猪吃饱啊！当时生产队底子薄，不可能花更多的钱去买猪饲料，那就只有多捞些猪草才能从根本上解决猪饲料问题。可是捞猪草还真是要动点脑筋，下一番苦功夫。

村子附近几口水塘里的猪草基本上已被社员捞光了，而路远的一些水塘边沿的猪草也被捞得所剩无几，但透过清澈的水面可以看到水塘里面茂密的猪草在随波晃动。我只有下到深水中才能捞到水塘当中的猪草！过了五一，天气开始转暖，我提前踩好点，一早喂完猪食后，挑上箩筐，带根长竹竿直奔水塘。先用竹竿探探水深和淤泥深度，只要水深不超过腰，塘底也不是沼泽地，我就可以开工了。下水前我先用力在水中晃动竹竿，吓跑水蛇和蛤蟆等其他水生物，然后脱下裙子和长袖衬衫，穿着方领衫和平脚短裤，手拿竹竿边试探边慢慢下水，走到齐腰深处，弯腰用双手大把大把地扯起茂密的猪草，然后拽成一簇，用力抛向岸边。五月的池塘水还是挺凉的，可是我一点都不觉得，只想着多捞点，再多捞点。一般劳作一个多小时后，涉水到岸边将成堆的猪草装入箩筐。然后穿上衬衫，套上裙子，挑着满满两箩筐沉甸甸的猪草急匆匆赶回猪舍，因为后面还有一堆的事等我去做：切猪草、配饲料、烧火煮猪食，晾猪草、晒青草、挑水……每次去水塘捞猪草真是像打仗！

就这样隔个三四天就要下水捞猪草，再想方设法变换着用麦麸、小红薯、红薯藤、老南瓜、菜叶、菜籽饼、豆饼、碎糙米等作为精饲料，拌在猪草和米糠里，隔几天在饲料中还加点盐；每天还要烧点温水让猪饮用；当猪消化不良不吃食时，我就要按照土方：将大米炒成黑焦状，研成粉末拌在饲料中……这可都是我到队里的养猪高手家串门取经得来的。在我的精心喂养下，猪的长势很好，猪圈因勤垫干草也始终保持干燥，基本上没有大臭味。

也许是我的仔细和尽心，或许是运气好，接手养猪后，8 头猪没患过大病，我那么多次下水捞猪草也没碰到过水蛇，更没被蛇咬过。

临近年末，承包期到，当初 8 头 20 多斤的苗猪已经长得膘肥体壮，看着 8 只大肥猪哼哼唧唧地吃食，细尾巴卷成圈儿来回摆动，我笑了。估摸着，每头肥猪足有 130 来斤，江西本地的土猪种能养到这等模样，我是出了力尽了心。想到过年每户能多分些肉，我舒心了，总算兑现了当初的承诺，向生产队交了一份满意的答卷。同时我也完成了自己制定的自学计划：利用晚上时间，自学完了数学中的三角函数和初中物理学。

在养猪的过程中，我收获了很多，一是从一个门外汉，靠着虚心求教和勤奋刻苦，学会了怎样养猪，怎样使猪膘肥体壮；二是学会了见缝插针挤时间，养猪之余，利用点点滴滴时间自学了数学物理，文化学习上有了很大收获；更重要的是在这过程中，锻炼了不怕任何困难的意志，变得更会合理安排事务，性格更坚强，内心也更强大。

2016 年 10 月 1 日

在修建井冈山铁路的日子里

作　者：郭敏学（高安村前）

　　1970年夏天，是我插队的第二个年头，我们所在的村前公社更新四队接到公社通知，抽调10名基干民兵修建井冈山铁路平路基、挖土方，时间一个月。要求迅速落实人员、上报名单，几天后出发。接到这个政治任务，队长犯了难：当下面临双抢大忙季节，总共70多个劳力的生产队，一下子要派出这么多壮劳力去修铁路，队里劳力明显不足啊！

　　一个多月前村里就传开了，说是江西新发现了铁矿和煤矿，因三线建设的运输和备战需要，省里要修一条从分宜县到永新文竹再延伸至井冈山的宁冈县，时称井冈山铁路。那些日子，有关修井冈山铁路的各种消息，在田头、堂前屋后及村民们中间说得是有鼻子有眼，我们听得津津有味。如今修铁路的任务正式下达了，我们知青能为中国第一个革命根据地井冈山修建铁路出力了，大家倍感振奋，整个知青班5个女知青都报了名。队长见我们顶下了队里二分之一的派工任务，竖起了大拇指，连连称赞知青思想觉悟高！经验丰富的队长心里非常清楚，这次民工承担的挖土方工程工期短、任务重、劳动强度大、生活条件艰苦……

　　出发那天大清早，由民兵排长带队，我们带着简单的行李和挑土工具乘卡车到了工地的生活区。一片空地里有几排用竹子搭建的简易工棚，我们住的女工棚里，靠两面墙搭了长约10米、宽2米多的通铺，中间有条走道。两排通铺的上方拉了几根粗铁丝，用来挂蚊帐、毛巾和衣服，女工棚还特地挂了门帘和窗帘。不远处有一条水渠，水渠里的水是从水库里放出的，既清又凉，就是这条水渠给我们带来生活上的诸多便利。在整整一个月的会战中，每天收工走回到工棚，第一件事就是跳进水渠，洗去一身的汗水和尘土，既消暑又解乏，泡在水渠里那个爽啊，至今不忘。

第一天上工，随着一声声短促的哨子声和民兵排长的叫喊声，大清早我们挑着竹簸箕出发了，走了足足半小时才到达工地。工地管理员简要介绍了施工路段、铁路路基平整要求和路基开挖标准后，开始布置任务。他指着10米处的一座植被稀疏的山体说道：铁路要从这座山的一半山坡通过，为清出路基我们的任务是要挖平半个山坡。接着交代了作业要求和注意事项。记得当时铁路工程指挥部提出的口号是：一不怕苦，二不怕死，多快好省建设井冈山铁路，发扬井冈山革命传统，为革命修铁路。

按照施工要求，挑土大军一字排开，几个壮劳力光着膀子，满身是汗挥舞着铁镐刨土，然后用铁锹铲土往簸箕里装，前一个刚装满挑走，后一个迅速接上，不一会一支长长的挑土队伍形成了。我们知青肩上一色厚帆布垫肩，腰间扎着宽皮带，头戴草帽，挑着沉甸甸的担子，一趟趟来回走在长长的挑土队伍中。刚开始大伙儿卯足劲儿多装快跑，我也是紧跟着队伍，挑着担子几乎是小步跑，但挑着挑着我已明显地感到体力不支，熬到工地休息哨声响，我一屁股坐在地上就不想起来了，歇了会才起身到茶桶边喝水。经短暂的休息，为能坚持到底，装土时我不再要求铲土的小伙装满些，空担往回走时适当放慢脚步，以保存体力逐步适应。下午，火辣辣的太阳晒得头发胀脸通红，口干舌燥脸上的汗珠不停地往下滴却顾不上擦，一直干到太阳将落山，总算完成了第一天的任务，坡底平展展地向前推进了2米多，山坡好像被齐刷刷地切了一块。回工棚的路上，挑着空簸箕肩膀也火辣辣地疼，两条腿像灌了铅似的迈不开步，只能拖着一步步往回挪，满脸的汗水粘着尘土，用手抹汗留下的条条泥痕粘糊糊地贴在脸上，想到马上可以到水渠里洗澡消暑，脚步稍稍迈得开些了。第二天则更难熬，沉甸甸的担子压在肩上一阵阵地疼，我们咬着牙、默念着毛主席语录：下定决心，不怕牺牲，排除万难，去争取胜利。一趟又一趟坚持着……装土的小伙发现我们女知青挑着担子走不快且在频繁换肩，所以给我们装土时手下留情，友好地说：知青妹子，少装点，慢慢挑。五六天后，我们才开始慢慢适应。

七月，酷暑肆虐。33度以上的高温，坐着不动都会出汗，我们每天在烈日下超负荷劳作，汗流如雨，上衣和裤腰全都湿透，一整天都没干过。为修井冈山铁路，大家发扬愚公移山的精神，每天起早贪黑，一铲铲地挖，一担担地挑，一趟趟地跑，靠人力和人海战术，硬是挖掉了半个山坡，清出路基。接着要完成的任务是，开挖出8米多宽1米多深的路基用于铺设铁轨。一个月来，我们来来回回挖土铲土挑土，不知挑了多少趟走了多少路；握着铁锹铲土，手磨出了血泡和老茧；挑土时左右换肩，后来发觉我肩膀当中竟磨出了一个瘤！这一个月的民工经历，我知道了什么叫吃苦。

工地上有个简易的广播台。我还担任了公社广播员，除了正常干活，每天还要写稿报道自己公社的好人好事，中午吃饭时到工地广播台进行播讲，鼓舞大家的斗志。

大会战中，工地的生活条件非常艰苦，伙食也很差。南瓜、冬瓜、腌菜是主菜，猪肉难得碰上，芋芳算好菜了，有人说笑南瓜冬瓜吃成傻瓜。因劳动强度高，到午饭时，肚子已饿得咕咕叫，所以也顾不上菜好不好，只管抓紧盛饭打菜填饱肚子。那时，我可是真能吃呀！满满两碗饭不消多时就下肚了，见芋头之类的好菜还得再添些饭。

白天劳动再苦再累都可以忍受，可出了一天的汗，难闻的汗酸味和被汗水渍了一天的脏衣服必须洗了才舒服。所以收工回到住地，我们首先是跳进水渠里浸泡身体，顺手搓洗外衣裤，洗完后到工棚里换好衣服再去食堂吃晚饭。为等我们吃饭，炊事员每天都得晚半个多小时下班。我们挺不好意思的，每当我们向炊事员表示歉意时，他总是笑眯眯地说：你们城里女娃来工地修铁路，能吃这样的苦真不容易呀，你们尽管慢慢洗，不用急着赶回来吃饭，反正我也没什么事，饭菜我会给你们留着的。炊事员这么做，对我们女知青来说真是特殊的照顾。

一个月的修路工程，我们和男劳力同甘共苦奋力拼搏，圆满完成了指定的任务，经受住了艰苦的磨练，心里别提有多自豪了。遗憾的是，当时也没机会上井冈山，只是在会战结束时，工程指挥部派了专人给我们在铁路建设工地免费照相作为纪念，那张坐在工地的照片我至今还完好地珍藏着。

完成任务后，我们风尘仆仆回到村里，那天队长和老表们都停下农活在村口迎接我们，大家都说我们一个个瘦了晒黑了，妇女队长拉着我晒得黑黝黝的毛糙的双手心疼地说：妹子，受苦了，你可瘦多了，唉，咋晒得这么黑呀，晚上你们都到我家吃饭，我烧肉给你们补补，说好了，你们早点来给我说说修铁路的事。

有了修井冈山铁路这段吃苦的经历，以后队里派活不论是上水库加固堤坝、还是承包养猪等等都只是小菜一碟了。会战中我也学会了坚持，好几次因抢工期搞突击，加班连续挑土，就在快撑不住准备卸下担子一屁股坐下来歇歇时，看着身前背后坚持挑土的民工，我也咬咬牙，心里默默背诵着老三篇中愚公移山的段落，跟着挑土队伍，一步一步，挺了过去，做到了坚持，战胜了自我。我深深地感悟到：坚持就能积累，持续才能成功，真正悟出了吃苦＋坚持＝成功的真谛。

2016 年 10 月 1 日

记乒乓球集训之趣事

作　者：顾美云（高安蓝坊）

　　打乒乓球，这是我们公社召开知青会议时知青们最开心的娱乐活动。记得我们兰坊公社的第一次知青会议，是在公社旧址单家墟召开的。会议间隙，公社的男、女知青就在乒乓桌旁摆开架势打乒乓球，两旁观战的伙伴总要笑着对输球的同学说上几句当时的俏皮话：侬可以买块豆腐撞煞特了。或侬去拿根棉纱线吊吊煞伐……大家嘻嘻哈哈，时不时爆发出阵阵充满青春气息的欢笑声。

　　记得 1971 年 5 月 19 日，我和秀英接到了公社的乒乓球集训通知，我俩高兴得跳起来，一起到自留地，不小心被地上石头磕破了皮，当她一拐一拐走回来时，被几个男生看到，用毛笔写了"乐极生悲"扔在锅盖上，我们"哼"了声兴冲冲地出发了。同时参加集训的有回乡青年单玉英及公社小学教师约八人。集训地点在兰坊中学，按照教练的要求，我们在乒乓桌上苦练。连续三天高强度的训练，练得右手臂又酸又疼。第四天到黄沙公社参加比赛，结果我们输了。我心里悔得直嘀咕：哎，去买块豆腐撞煞特算了……

　　黄沙公社的乒乓球比赛结束后，第二天大家就要分别了。下午听说离黄沙公社不远的大队晚上放电影，我们公社的年轻人不约而同地说：一起去看电影。傍晚，天空乌云密布，格外闷热，可大家仍然兴致勃勃，一路谈笑风生地走在乡间小路上。我们边走边与一个小学教师开玩笑，集训打乒乓时他不管三七二十一，就是猛抽球，左脚往地上一蹬，右手球就飞出去了，也不管球落不落在对方桌面上，下一次也不吸取教训，还是一个劲儿地抽球，因此在集训中他获得了"急先锋"的雅号。我们八个人，谁也不认识路，走到一个池塘边，只见许多妹子收工回来正在洗衣服，就向她们打听放电影的大队怎么走？妹子们嘻嘻哈哈，其中一个用手一指：那边！那边！我们就按照她指的方向走去。池塘边洗衣妹子们的阵阵笑声一路传来，而我们根本不知觉。走啊走啊，走到荒凉的山边了，越走越感觉不对头，恰好碰到了一位老乡，一打听，才知道上了那群调皮妹子的当了。这样，绕了好长一段路，当赶到放电影的大队时，天完全黑了，电影已开始放映了。因地处丘陵，地势比较平坦，从四面八方赶来看电影的人很多。电影刚放了一会儿，突然就变天了。这时只听"急先锋"说："大家不要看了，要下雷阵雨了，赶快回去吧。"于是我们就跟着他奔跑起来。天黑得伸手不见五指，可我们没一人带手电筒，只好跟着别人的手电筒"借光"。跑了一段路后，雨点开始一滴滴地下起来，此时前面拿手电筒的人已不见了踪影。怎么办？我们等于是瞎子走夜路，谁也辨不清方向，只有"急先锋"带路了。我们一个紧跟着一个，"急先锋"用打火机照一下，走一段路。就这样摸黑走着走着，终于看见灯光了，我们就像在茫茫大海里看到了灯塔，一步一步向灯光走去。这时雨越下越大，"急先锋"前面带路，我们紧紧跟在后面。突然听到扑通一声，啊呀，怎么回事？我问道。一个人急忙转身对我说：有人踏进池塘。等大家走上前去看他时，"急先锋"早已浑身水淋淋地走到灯光处的房子边了。这里是高安化肥厂的宿舍，我们把情况跟主人一说，他们毫不犹豫地就同意让我们这些素不相识的年青人暂住一夜，并领我们三个女生到女工宿舍去。这小化肥厂共有女工12个人。呀，真是热情的妹子！她们提来了热水，拿出毛巾，让我们洗脸洗脚。我们在如此狼狈之中突然得到这样的热心帮助，内心无比感动。我们跟她们开心地交谈，我还要她们其中一个人给我留下了尊姓大名：范吉林，以便今后写信联系。第二天起来后，她们又给我们弄水洗脸，还要留我们吃早饭。清晨，我们一行人踏着雨后泥泞的小路往回赶，走出好远再回首看时，那几位妹子还站在化肥厂的红土山顶上送着我们呢。

乒乓球集训这件事虽已过去了近半个世纪，可现在回忆起来，那一幕幕生动有趣的情景，犹如一幅幅图画常常浮现在我的脑海，恍若昨日：回乡青年单玉英、小学教师"急先锋"、化肥厂女工范吉林，你们现在都好吗？这淳朴的红土情，永远铭刻在我心中，因为这是我插队生活中的美好记忆！

2016年6月30日

修建水库与公路的那些日子

作　者：顾美云（高安蓝坊）

1970 年 4 月 11 日到江西省高安县蓝坊公社插队，经历了泱泱水田的春插和赤日炎炎的双抢后，队里安排干些轻松的零散农活，极度疲惫的身躯刚刚开始舒坦些，9 月 11 日，我们兰坊公社茜塘大队 30 名知青，接到去修水库的通知。于是，我们挑着簸箕，里面放上自己简单的行李，跟着各自生产队的民工队伍，在弯弯曲曲的田间小路行走 1 个多小时，来到水库附近的村庄住下。

我们看到不远处的堤坝上，红旗飘飘，挑土的人群密密麻麻，川流不息。离堤坝百多米的一个红土坡上，四周布满了挖土的人群，红土正被一担一担挑到堤坝上。有几个夯工一直在一上一下地打夯。广播喇叭里播放稿件的声音在工地回响。

第二天一早，听到开工的号角声，我们就跟随村民，挑着簸箕来到工地，开始了挑土的劳动。扒土的村民照例给我们扒上满满的两簸箕土，我们两手分别握着扁担两头的麻绳，麻绳上各有一只铁勾子，我们弯腰把铁勾子勾住簸箕，直起腰，一只手拉住前面那根麻绳，另一只手拉住后面那根麻绳，随着挑土大军冲上堤坝把土倒在上面，然后又随着挑空担的人流冲下堤坝，到规定的挖土处，待装满红土后又开始奔跑！扁担两头随着我们奔跑的脚步一起一伏地跳动，左肩疼了换右肩挑，右肩疼了换左肩挑。工地上人流如潮，每个环节都不能停顿，我们只能挑着沉重的担子，甩开双腿，跟着挑担人流，跑！跑！跑！不停地跑。同村的老乡告诉我们肩三腿四，就是肩膀痛 3 天，腿痛 4 天，坚持下来，后面就可以不痛了。每天早上，听到号角一响，我们就一骨碌起身，来到工地，晚上太阳落山收工号吹响才收工，十几个小时全在工地上。各队自己烧饭解决肚子温饱问题。每顿饭我们女生两碗，男生三碗还不够饱，只能多喝点米汤。菜每天都是辣椒烧萝卜，让我们胃口大开的是村民们自家带来的霉豆腐，上面飘着花生油，香味诱人，夹一块让我们尝尝，这就是美味佳肴了。还有大蒜豆豉辣椒，真是好吃极啦！当我们累得走不动了，想换换扒土的活，但一看到那些头发花白，满脸皱纹的村民，我们年青的小伙姑娘哪好意思去干那轻松活！我们全体知青咬着牙，挑着满满当当的一担担土，一步又一步，一天又一天，艰难地爬上通向坝顶的陡峭路。在挑土的过程中，我们知青的热情非常高涨，尤其是几个男生，他们既阳光又开朗，与年轻的农村小伙打赌：谁挑的土多，谁跑得更快。起先是挑满满的一担，健步如飞，后来挑两根扁担，再后来竟挑起了 10 个簸箕！我们大家你追我赶，谁也不甘落后。这时，广播喇叭里又传出表扬我们的广播稿：赞茜塘大队小老虎突击队。听到那鼓舞人心的表扬，我们浑身又充满了力量，挑着土，跑得更欢了。老乡看到我们都竖起大拇指夸奖：上海知青真是好样的！到了晚上，经过一天的挑担奔波，两腿又胀又酸，累得不想动弹。我们的住宿被安排在一户村民家的厅堂内。几条凳子架上几块门板就是我们几个女知青的床铺。厅很高，带来的蚊帐根本无法挂，我们只能用被子紧紧裹住身体睡觉，露在外面的脚，成了蚊子的美餐，一夜下来，脚被蚊子叮成赤豆粽子。知青小陈皮肤过敏，痒了抓破后皮肤溃烂，腿上一直开着口子，流着脓血，看了让人心疼不已。

1970 年 9 月 15 日是中秋节。空中挂着一轮银盆似的月亮，皎洁的月光泼射着大地，月光下的村庄如同白昼，一切景物清晰可见。晚上，房东一家人围坐在桌边过节吃饭，喜乐融融。我们几个女生悄悄地跑到村边的大树旁，抬头望着那在云朵里穿行的一轮皓月，脑海里浮现出妈妈慈祥的脸庞、中秋晚家里一桌丰盛的菜肴、吃着最喜欢的杏花楼百果月饼……眼泪不由自主地从眼眶流出来，可我们又倔强地抹去眼泪，不愿让人看到，在月光下我们坐了许久，村里无声响了才回去睡觉。

就这样，经过一个多月艰苦的挑土劳动，修建三忠、真泉两个水库的任务按时完成。随后，我们知青又接到新的任务：修建新高公路。我们又挑着行李，跟着大队人马，冒着绵绵秋雨赶到兰坊公社新仁大队。

大队把我们 12 个女生安排在一间土砖磨房里。我们放下担子，就开始整理床铺。将大队给我们准备好的一捆捆干稻草打开，一字儿排铺在地上，铺上各自的床单、被子，床就铺好了。我们躺在散发着稻草清香的地铺上，软软的，感觉挺不错啊！突然有一个同学惊叫起来：门呢？磨房怎么没有门呢？我们大家一骨碌爬起来，一看，果然如此。怎么办呢？这儿人生地不熟，到哪里去找大队干部呢？我们只有自己想办法解决。我们兵分几路，到村子里去转悠，看到有一卷晒稻谷的篾席靠墙放着，大家七手八脚地抬来，扛到磨房外，把那大篾席展开，挡住那没门的门框，再用扁担撑住，找几块大石头紧紧压住，这样我们总算松了口气。尽管有点雨水漏进来，雨夜又有些寒意，但我们实在是太累了，倒在稻草铺上，一个个还是睡得挺香的。

白天，我们冒着绵绵秋雨，踩着泥泞的小道，艰难地挑土修路，若是小雨就小干，晴天就大干。我们的肩膀已压出了很硬的肌肉，一个个脸蛋也晒得黑黝黝的。11 月 3 日，我们终于完成了修路的任务。

雨过天晴，山野空气格外清新，望着蜿蜒伸向远方的红土路，自豪感油然而生。经过这样的艰苦磨练，我们每一个知青在以后的人生道路上，无论肩负多少重担，心中都坦坦荡荡，脚步都稳稳当当，都能走好我们自己的人生路。

2016 年 9 月 1 日

拔　　秧

作　者：顾美云（高安蓝坊）

　　自 1970 年 4 月 11 日插队到了江西高安茜塘喻村后，第一个农忙季节就是春插。一年之计在于春嘛，我们全队知青都积极地参加生产队春插的各项农业劳动。

　　我们碰到的第一件技术性农活就是拔秧。队长给我们每个知青安排了一个一帮一的对子。我们女知青的对子是村里聪明伶俐、劳动技能一流的妹子。拔秧的第一天，只见她们弯腰在秧田，用右手轻轻地拔一撮秧，放在左手上，然后飞快地再一撮一撮拔，不断地放在左手，不一会，左手就是满满一把根对根、茎对茎、根根挺拔笔直、整整齐齐的秧苗了。右手再轻轻地从腰间绑着的一把稻草茎中抽出一根，在左手卡着的秧苗上神奇地绕两圈，两手分别同时稍稍用力拉一下稻草茎的两头，右手顺势将扭转的绳结塞进草茎中，再顺手往身后轻轻一扔，一捆秧苗就很神气地漂浮在秧田里了。我们简直看呆了！那动作轻巧娴熟，身姿婀娜优美，笑容纯朴可爱的妹子一下成了我们的偶像。于是我们虚心向她们学习起来。迫不及待地拔起来，真是看看容易做做难啊！我们拔的秧苗怎么不听话呢？想让它们整整齐齐捆成一捆，可根却就是参差不齐，偶尔秧苗还会被我们拉断根须，扎又扎不紧，一会儿扎好的秧苗又散开了。我心想：这农活，倒也真不简单哪！看来，要想学会，真要下一番苦功啊。于是，我们请妹子们手把手地教我们，一遍又一遍，我们终于有些开窍了。连续好几天，我们弯腰在秧田里拔秧，每天头昏脑胀，面容浮肿，腰酸背疼。可是，队里的秧苗还是赶不上插秧的需求。于是，村委会决定：所有的劳动力都在半夜两点起来拔秧。队长怕我们知青太辛苦，半夜就不叫我们起来拔秧了。看着队长焦急的模样，我们队全体知青商量决定：我们也半夜一起去拔秧！

当天夜里，听到副队长的哨子声，我们都一骨碌爬起来，匆匆洗了把脸，我学着我们队里的妹子样：把新毛巾往头上一甩，拉住下面两个角往后脑勺一扎，捋起裤脚脱掉鞋，腰上挂着一把去掉枯叶的稻草茎，精神抖擞地跟着队里的拔秧队伍到秧田拔秧苗了。恰逢农历卅十，外面漆黑一团，伸手不见五指。我们跟着生产队长微弱的手电筒光，赤脚走在弯弯曲曲的田埂路上，萤火虫在田边跳跃、飞舞着，给田间小道带来了星星点点的亮光。走到秧苗田旁，只见田埂边的高凳子上挂着一盏有罩子的煤油灯，摇曳的灯光照着我们，也照着田里的秧苗。夜间拔秧，要比白天困难一些，往往弄不整齐，就会给插秧带来麻烦。虽然我们头一回半夜拔秧，但是经过好几个白天的学习，我们已经有了基础，所以很快就适应了。

突然，一个同学一声尖叫：哎哟！好疼啊！队长正好在边上，连忙打开手电筒照了一下他的小腿，只见一条黑呦呦的蚂蟥正粘在他的腿上，队长马上用手使劲拍打被蚂蟥叮咬住的上方，蚂蟥一松口就掉下来了。但鲜血还是从同学的小腿伤口丝丝流出来。我们都劝他回去，可他说：不要紧，这是常有的事，大家都会碰到的。坚持吧，多拔一点秧苗，白天栽禾就能多些秧苗了。这些朴实的话语把自己完全融化在生产队这个集体大家庭中了。五月初的夜间，田里的水还很凉很凉，我们坚持弯着腰在秧田里毫不懈怠地拔秧。几个小时后，东方的天空渐渐出现了鱼肚白，田野的一切景物依稀可见了，周围不远处一个个浓树覆盖的村庄冒出袅袅炊烟。不一会，金灿灿的太阳从东方冉冉升起，露水珠在阳光下闪闪发亮。看着我们半夜拔好的一大堆秧苗被一担担挑到田里，我们欣慰地伸直了腰，脸上露出胜利的笑容。我摘下包在头上已是湿漉漉的毛巾，跟着队里的妹子一起收早工赶快回村了，因为早饭后还要参加紧张的插秧劳动呢。

说拔秧是个技术活，也许有人不以为然。确实秧苗捆扎的好，有利于插秧的人栽种。农村的事，虽说技术含量不是很高，要做好也不容易，只有虚心学习，才能掌握其中的奥妙。

2016 年 12 月 15 日

良 师 益 友

作　者：顾美云（高安蓝坊）

前不久，张肇康等三位"插友"去看望当年曾在高安驻扎两年的上海慰问团成员——金梅琳老师。

当在微信视频上看到身材娇小、已是耄耋老人、但仍然面容清隽的金老师时，记忆的阀门瞬间打开，发生在红土地上的那些往事一幕幕呈现在我的眼前……

上海知青下放各地以后，上海市政府组织了慰问团到各地进行探望，了解知青的实际情况，与当地政府联系，帮助知青解决一些实际困难。那时慰问团成员到高安县，金梅琳老师就是其中一员。

慰问团的老师们到高安后，要到各个知青点探望上海的知青，与知青们座谈，了解情况。那个年代交通很不方便，有的知青点不通车，他们得步行过去。高安县知青人数多，1969 年 1970 年都有上海知青下来，知青点分散，有的公社有多个大队有知青，他们都得兼顾。记得当年离县城近的是祥富、人城、石脑公社，城南那边有蓝坊、新街等公社，离县诚远的是田南、相城、村前、华林等公社都有知青，慰问团老师的足迹踏遍了高安的各个有上海知青的公社。

我与金老师有交往，那是因为大学招生的事儿。那是 1973 年，大学恢复招生后，我们蓝坊公社推荐了我和另一位知青参加考试。7 月 7 日，先在公社参加统考，然后我被通知到县里参加正式考试。考试返回的路上，我自感考得不错，应该有希望上大学。在等待录取通知书的那几天，天也特别蓝、水也特别清、人也特别爽，老表也热情地请我吃饭。饭间少不了对我的期望和别忘了蓝坊的叮咛。8 月 10 日，《人民日报》转载《辽宁日报》刊登的题为《一份发人深省的答卷》张铁生的一封信。这位白卷先生彻底打破了原来的招生方案，使后来三年招收工农兵大学生一律取消了考试，改成只需推荐、面试成功即可入学。1973 年的考试成了摆设，自认为考得不错的我被淘汰了，让我沮丧了好一阵子。

1974 年 10 月，金老师带着上海人民的慰问到我们公社来看望我们。那时知青已纷纷从生产队抽调到了社办企业，我被安置在公社农科所，离公社一里地左右，劳动之余到公社集中。金老师找同学谈心，我只是远远地看到了她娇小瘦弱的身影，并没有跟她接触交谈。

1975 年 10 月 10 日，公社通知我和其他十多位上海知青、回乡青年一起参加高安县路线教育工作队。在县里开工作会议的时候，金老师参加了我们上海知青的座谈会。会后我们回县招待所，金老师正巧住在我对面房间，我就到她房间串门。由于 1973 年高校招生录取标准被张铁生一张白卷推翻，考试成绩成陪衬，公平原则成泡影，我上大学的理想破灭，所以交谈中我情绪低落，跟金老师说了一些灰心丧气的话，对自己今后的发展前景表现出担忧和迷茫。她认真倾听了我的倾诉后，针对我的心结耐心地开导我。记得金老师说话语速不快，声音清脆悦耳。她说：学习知识，并不是非上大学不可。很多东西在社会这所大学校也能学到。在实践中自己慢慢去揣摩，慢慢体会，慢慢领悟。只要自己勇于克服一切困难，不断进取，同样能够做一个有知识、有文化、有教养、有爱心、对社会有用的人……一番话，说得我连连点头，心里暗暗下决心：一定要打起精神，奋发向上，积极努力地干好每一件工作，包括自学成才。后来金老师挑选了一本书并签上大名送给我。从此我有了人生奋斗目标，有了战胜一切艰难险阻的力量。

金老师鼓励我时的音容笑貌永远铭刻在我心间。她真是我们的良师益友，感谢金老师对我们知青一代人的倾心付出。

2016 年 12 月 29 日

梦中的第二故乡——喻村

作　者：顾美云（高安蓝坊）

上世纪 70 年代末，知青大返城的浪潮就像 70 年代初一样，又把我推回到我朝思暮想的故乡——上海。不知为什么，返城后竟会无数次在梦中梦见那挥洒青春汗水的第二故乡——江西。

梦中的我总是从喻村沿着那条通向山洞的路前行，山洞却被一棵大树挡住。无奈，再往前走到一个硕大的湖边，远处似乎有船的影子，但我却上不了那船，因为它只是驶过而已。同样的梦境，反复出现在我的梦乡，每每在惆怅中醒来，而思绪不由自主地飞到那曾经插队过的喻村。

春天的早晨，我们和队里的妹子在村边池塘边集合，一起拿着劳动工具去开工，田野里便会响起一串串银铃般的笑声。放眼望去，不远处是一座连绵起伏屏障似的山峦，霞光洒在山峦一层黛色薄纱外衣上，黛色慢慢退去，山露出它那翠绿的身姿。近处和远处沉睡着的一个个村庄苏醒了，袅袅炊烟从村头升起，飘向穹空。四月中旬的田野是五彩缤纷的：油菜地一片金黄，菜花散发出沁人肺腑的香味；红花地一片紫色，很多蜜蜂"嗡嗡"地叫着，在欢快地采蜜；刚刚抽穗的麦田就像一块块栩栩如生的绿色地毯。肩扛犁耙，手牵耕牛的老农和我们一起行走在田埂……这幅美丽的画面永远定格在我的脑海里！

村子的西边有队里的一个木工房，加工樟树的香味从房子里飘出来，缭绕着村庄。那里可是我们知青每天要光顾的好地方。因为队里为解决我们的烧柴问题，木工屋里的刨花是可以让我们随便拿的。每每轮到谁烧饭，都要到那里寻找刨花、小废料，顺便可以满村溜达、串门聊天、看书写信，就算是个休息天啦！

村子的东北角有一棵枝叶茂盛的百年大樟树，它是喻村的重要标志，可惜树干下部有一个大洞，洞里满是枯叶杂草。樟树对面的房屋里住着一位70多岁的老婆婆和她的老伴。我们队的刘翠英同学给她取了"好好老婆婆"的别名。好好老婆婆有一双大大的深邃的眼睛，高高的鼻梁，扁扁的嘴，人很高瘦。她不仅心灵手巧，心地善良，还会艾灸医术呢！一次，她像往常一样坐在大樟树下做针线活，看见我一拐一拐地走过，就叫住了我："美云，你的脚怎么了？"我痛苦地皱着眉头说："我也不知道啥时候扭伤了。"她看了看说："哦，这脚转了筋，我来帮你治。"于是把我叫到她家里，从一个圆形粮囤里拿出了一个过了冬的红薯，削好皮递到我手中，然后她去准备艾叶，等我吃完又嫩又甜的红薯，她也做好了艾灸的一切准备。她叫我把脚抬起搁在凳上，熟练地在我受伤的脚背上灸了一阵，我顿时感觉到好很多了。后来，又接着艾灸了几次，脚就完全不疼了，走路再也不用一拐一拐啦！

好好老婆婆对我们这些知青同学都很关爱，时时处处总想着为我们做些力所能及的事情。因为我们住的房子在村子中央，向前跨一步是前面房屋的后门，向后跨一步是后面房子的前门。因此只好将要晾晒的衣服、被子等拿到好好老婆婆门口去晾晒。我们洗完蚊帐不知道如何晒，好好老婆婆会帮我们晾得平平整整；衣服被子晒在外面，不管我们开工到何时回来都不用担心，好好老婆婆一定会帮我们收好、叠好。

好好老婆婆对我们女知青特别疼爱。为了减少我们想家的忧愁，她总是千方百计变着法子弄好吃的给我们吃。一个下雨天，队里不开工，我和翠英、秀英坐在厅里的大饭桌边看书写信，好好老婆婆派她家里人送来一大盆油煎红薯片。我们道谢后便围坐在桌边大快朵颐地吃了起来。正巧这时，两个男生走进来，我们赶紧用书盖上，等他们跨进了自己的厢房，我们立即端上薯片，冲进对面我们的厢房，扑在自己的床上"格格格"地笑个不停。等男生再从他们的厢房出来，那些薯片早就到我们的肚子里去了。后来，我们感觉有些愧疚，晚饭吃饭时，我们拿出了上海带来的肉松等好吃的放在桌上让大家共享。男生好感动，说："这样的日子过过，好像也不太想家了！"我们心想："要不是刚才没给你们吃薯片有点过意不去，我们才懒得理你们呢。"这事的缘由，估计到现在他们男生还不知道呢！

我们对好好老婆婆也像对自己的长辈一样尊敬，有空也帮她做些事。有时看到她在池塘边洗衣服，就抢着帮她一起洗，并帮她把衣服拿回家；看到她家水缸里没水了，就帮她挑一担；看到她家的竹床脏兮兮的，就用刷子刷洗得干干净净。每次去她那儿，她总是把自己平时舍不得吃的好东西毫不吝啬拿出来给我们吃，这让我们这群未满17岁，远离父母的知青感觉到家庭的温暖。我们去县城玩时，会带上点米换点馍馍给好好老婆婆。从上海回来，也会带些糕点之类的食品给好好老婆婆尝尝。

很值得一提的是喻村的柿子。村子西北角有一片不小的柿子林，结着一个个大柿子。秋天的晚霞透过树叶照在柿子上，我们这些知青像小孩子一样抬头望着它们：盼望它早点变红。十月底，我们从水库工地上回来，哇，集体户厅里的水缸里浸泡着大半缸青里泛黄的大柿子呢。生产队长走进来笑眯眯地对我们说："这是分给你们的！"我们一看都傻眼了！这怎么能吃呢？生产队长耐心地说："这是用生石灰按比例兑的水浸泡的，已经一个月了，现在已经不涩嘴了，可以削皮吃了。"我们半信半疑，拿了水果刀像削大苹果一样削掉柿子皮，放到嘴里一咬果然别有风味：既有柿子味道，又硬度适中，香甜可口，真是好吃！后来在县城玩，看到一本县志上记载着：高安蓝坊喻村的柿子。哦！原来这村里的柿子还有历史渊源的啊！这着实让我为这第二故乡自豪了一阵子呢……

哦！喻村，我梦中的喻村！梦境里山洞口的大树莫不就是村口的大樟树？那个硕大的湖不就是村边的池塘吗？

我怀念我的第二故乡——喻村，因为那里有太多平凡而纯朴的美好！

2016 年 12 月 30 日

德花子和松岗村的妹子们

作　　者：顾美云（高安蓝坊）

1973 年 7 月下旬，公社安排我们去大队副业队砖瓦场。正值农忙季节，砖瓦场尚未开工，我们理所当然地参加了驻扎地——松岗村的双抢劳动。白天，生产队安排我们和妹子们一起割稻、插秧、耘草，几天后我和妹子们渐渐地熟悉起来。队长安排我们住在德花子家，并在她家的灶间自己烧饭。德花子的母亲早年病故，她还有两个未成年的弟弟，因此她小小年纪担负着全家的一切家务活。她年龄与我们相仿，长着高挑的个子，好看的眼睛长得挺有神的，但跟我们说话时，总是笑眯眯地把眼睛眯成一条缝。

当时，我们仅有大米和一点菜籽油、柴火是到队里拿的，我们没有下饭的菜。德花子像变戏法似的，每天拿一大把新摘的豇豆给我们。我们惊喜地问她哪里买的？要付她钱。可她把眼睛笑眯成一条缝，说她在沟边种了好多，不花钱，让我们放心地吃，每天都有。辣椒在饭上蒸熟切碎用米汤一冲，就是上好的汤，这个菜她每天都送我们。德花子父亲是副队长，背有些驼，对我们和蔼可亲，偶尔从队里养猪场种植的地里抱个冬瓜、南瓜给我们。整个双抢期间，我们每天都有新鲜蔬菜吃。8 月下旬，砖瓦场开工了，我们每天早晨爬过一个红土坡到砖瓦场劳动，不是挑砖就是和泥。挑砖就是从窑里把烧好的砖挑到地面。真沉啊！压得我几乎透不出气来。在我的记忆中，每天的劳动指标是 400 块泥砖。一天挑下来双腿发颤感到非常累，而每日三餐的菜就是从高安县城买来的什锦酱菜。

每天晚上，妹子们依然到我们住的房间来玩，嘻嘻哈哈，热热闹闹，谈天说地，天天都有说不完的话。我们和她们交流着城市和农村的各种趣闻和新鲜事，妹子们告诉我们，以往的松岗村可不简单啦！在 50 年代，曾经组织了文艺宣传队，自编自演节目，比如夫妻开荒等到各个大队巡演。松岗村当年的青年文艺骨干，现在可是宜春地区采茶剧团的大编剧哦！我们也教她们城市里叠衣服的方法，她们看后惊讶不已。

一个月黑风高的夜晚，小铃悄悄地来叫我跟她出去，我跟着她从一幢房子穿到另一幢房子，七拐八弯到了她家里。昏暗的煤油灯下，已有两、三个妹子围着灶台，有个妹子在小磨子上磨糯米粉。不断地有妹子一个一个溜进来，这个手里拿了一罐子菜油，那个拎了半篮子比拳头还小的刚挖的红薯，炉灶里的火光映红了一张张年轻又兴奋的笑脸。把洗干净的小红薯蒸熟后捣烂，和糯米粉捏在一起，搓成一个个小圆子下到油锅里，不一会，一个一个金黄滚圆的糯米球浮上来啦！她们捞出来，放在碗里让我先尝，啊！那简直是人间美味啊！又香又糯又甜，好吃极了！我们大家围在灶台，煎熟一锅吃光一锅，不一会就没有了。然后一个个摸着撑饱了的肚子，一溜烟地回到各自家里。现在我想起当时的情景仍然会忍俊不禁笑出声来！多么可亲可爱的妹子啊！

还有一个妹子，我想不起她叫什么名字了，但她的模样仍记忆犹新：中等个子，脸上的雀斑分布得恰到好处，平时话不多，单亲家庭长大，母亲身体不好，她成了家里的小当家人。有天晚上她硬拉我到她家去，盛了一碗有鸡块的鸡汤，并叫我快吃。我一再推辞，她生气了：我又不是特地为你杀鸡，就是家里杀鸡给你留了一碗！你们在做砖瓦活很辛苦的，给你补补呀！真挚的话语让我好感动，我稀里哗啦连鸡肉带汤，还有小姑娘纯洁的友情一起灌下了肚……

在那艰苦的岁月里，松岗村的妹子把我们当成亲姐妹，她们热情、开朗、淳朴、善良，给我们这些远离家人的知青带来亲人般的关爱，给我们苦涩的生活带来欢乐，带来活力。1973 年底，公社安排我们去了农科所，于是，就跟松岗村的妹子们再见了。

四十多年过去了，许多事情已模糊不清，但松岗村妹子的音容笑貌一直清晰地记忆着。德花子和松岗村的妹子们：有生之年，我们一定要再聚首相会，让我向你们表达我心底里最真挚的感恩之情！

2016 年 12 月 31 日

红土地的记忆

作　者：王元臣（高安蓝坊）

一、初涉红土

难忘的 1970 年 4 月 11 日，我们坐上即将开往江西南昌的火车，站台上众多的亲人为我们送行，他们有的掩面哭泣，有的强装笑颜，有的叮咛不断……因为他们送别的这一群年轻人真的很年轻！平均年龄也只是十七岁而已！

旅途中没有欢声笑语，我也是一夜未眠，浮想联翩。火车在一声长笛中到站了。同学们收拾好简单的行李，走向来迎接我们的汽车。此车，用现在的眼光看，那就是装物资的物流车。车厢板上张贴着热烈欢迎上海知识青年的标语，当时的农村有这车已属不错了。车厢里似乎有人在低声哭泣，我的心也是凉了半截，无限美好的憧憬，意气风发的激情都在打折，我们沉默着站立在拥挤的车厢里，一路颠簸，眼前是一片又一片的红土地，远处是绵绵不断的红壤山脉，只有后轮卷起的红色尘土一直为我们伴行。此情此景，几十年了都难以忘怀！

二、进入角色

没有很多的磨合期，我们很快投入了春插战斗。一天的劳动分为三个阶段：清晨起来空腹两个小时拔秧；吃好早饭，上午就是 4 个小时的插秧，当太阳晒到头顶上时收工吃中饭；下午继续 4 个小时的插秧，中间几乎不休息。我那颗不服输的心在超强度的劳动中又给自己增加了劳累，三天后，我插秧的速度和质量就紧逼生产队里的高手。为此，我的工分值定为 7.5 分。可是一天的劳作真的是让人疲惫不堪，尤其是白天在水田里被蚂蟥叮咬，晚上又受水土不服的困扰。一个春插下来，我们真的是得到了锻炼。其中酸甜苦辣的滋味，只有自己体会，回味无穷！

三、鱼水情深

住在隔壁的老妈妈孤身一人，她经常对我们问寒问暖，时而送上些鱼干、霉豆腐等小菜。那年，正值林场放山一天的时机，允许每位村民上山砍柴。老妈妈颤巍巍地来到我住的房间，面露愧色地请我帮她去砍柴。看着老人矮小的身材，想着平日里老人对我们亲人般的关爱，我毫不犹豫地答应了她。第二天，天刚蒙蒙亮，我便带上了砍刀、绳子、扁担，穿上草鞋，向着五里外的山上进发。下午三四点光景，我为老妈妈挑回了一担远超过我身高的柴禾，那担柴足够让她用上半个月。老妈妈看着柴禾，心痛地对我说：小王啊，你吃苦了！随后端上一碗热气腾腾、香味扑鼻的挂面给我吃，里面还卧了三个鸡蛋。我狼吞虎咽很快吃完了，确实我也饿了、渴了。但那一天，我的心是很踏实的，晚上那一觉更是睡得香甜无比！

四、夜行华林

我平时喜欢抄抄写写，因此字也算写得可以。公社需要一位刻蜡版的人，我被幸运地选中了。半年后，又被安排到华林参加路线教育工作队。当时我已能融入到当地的群众中，说得一口地道的老表话，在政治上也能严格要求自己，在路线教育中我光荣地加入了中国共产党。1976 年 7 月份，我身处高安华林垦殖场的山里。一天傍晚，我接到了县委招待所的一个电话，望我务必在明天上午 8：00 赶到县委招待所，同上海外国语大学招生的老师见面，即面试。此电话的内容让我热血沸腾。可现实是山里没有车可及时赶到县城。而华林距县城又有一百多里山路。怎么办？我能实施的方案只有一个——步行。那时正值夏季，晚上难免有碰见野兽之类的可能，我当即砍了一根擀面杖粗细的树枝，既可探路又可防身。当夜，皎洁的月亮挂在空中，深山里寂静又凉爽。漫天的繁星又似乎在为我点灯，好几颗流星在我头顶划过。

在大山之中，我快速向县城方向行走。说实话，沿途的萤火虫着实让我吓了一阵，我又不敢去多想，只有紧握树棍，随时准备还击胆敢来冒犯的一切豺狼虎豹。当时的内心真的是那么的波澜壮阔，亢奋伴随着胆怯。当行走十公里左右时，时间已是深夜十一点左右，黑夜中，前方似乎有一辆抛锚车停在那儿，我快步向车靠近。我的装束着实让驾驶员吓了一跳：我穿着一件汗衫背心，短裤，腰束一条长白毛巾，手里还拿着一根粗实的棍子，一个小包里是明天面试时要换的衬衫和长裤。当我面带诚恳地询问师傅有什么需要时，他听出了我是上海佬。同时我将我的缘由也都告诉了他。就两三分钟时间，汽车奇迹般地修好了！那天晚上，我幸运地坐在驾驶室里，不到两个小时就到了县城。驾驶员说：你是幸运之星，你的到来让我的车在莫明的状态下恢复了正常。我似乎在等待你的到来！而我的感觉却是神灵护佑，上苍不忍让我孤身行走在深山里，所以派了一辆车在路上等候我！

很顺利地见到了招生老师，无需寒暄，她递来了一张《江西日报》让我读，我认真地读了一小段她就请我停下了。凭她的判断，我是可以的，因为我发音吐字尚可。至此，我就如此轻而易举地被上海外国语大学西班牙语专业录取。从此我戴上了工农兵大学生的光环！回想那段经历，心里有说不尽的感慨！

结 束 语

昨天的汽笛声似乎还在耳旁萦绕，今天的时钟告知我们已经步入老年。真可谓弹指一挥间！回忆红土地我曾经历的那一切，我感谢乡亲们对我的照顾培养。我想在我的有生之年，多回到红土地走一走，为第二故乡做些力所能及的事，以回报红土地养育我的恩情。

2016 年 12 月 22 日

烈火见真情

作　者：王元臣（高安蓝坊）

那是我到高安蓝坊公社插队后的第一个夏季夜。正值双抢季节，白天的收割、插秧早已让我们精疲力尽。

晚上收工吃饭的当儿，忽见邻近三塘大队的方向火光冲天、浓烟滚滚！火光就是命令，没有任何人组织指挥，十年良好的学校、家庭教育和年轻人本能的冲动，我们十几位上海知青几乎在同一时间扔下手中的饭碗，不约而同地从各个生产队沿着田间小路快速向着火场跑去！冲到现场，只见那座砖木结构的房屋已经被烧着了，大火卷着黑烟，火势迅速蔓延。已冲到火场近前的我们被阵阵热浪炙烤得全身皮肤焦灼疼痛，本能地往后退了几步。环顾四周，现场无任何灭火的消防器具。眼看着大火正疯狂地吞噬老乡的家园，村里的老人、小孩声嘶力竭地大声呼叫求救，希望唤来周边村庄更多的人来帮他们一起灭火。当我们十几位上海知青到达火场后，这些老人、小孩视我们为上级派来的救援队，纷纷上前呼救，将我们十几位初出茅庐的上海小伙的心深深打动。夏日里大家都是一条短裤一件汗背心，我们不加思索地投入了灭火的战斗！我队的夏洪发同学更是奋不顾身冒着生命危险冲进火海深处，搜寻被困在屋内的人或可以搬出的物品。而我则爬在高墙上与其他村民一起抽出未燃尽的房梁，以减少火势的蔓延。经过近两个小时的救援，大火被扑灭了，还在燃烧的余火也渐渐熄灭了。清查现场所幸未见人员伤亡。我们十几位知青也都完好无损地汇合在一起，只是脸上的黑灰和汗水模糊了脸庞，只有一双双惊恐的眼睛清晰可见。

　　事后，回想起当时的情景还真有点后怕。一、建造在山坡上的农舍水源缺乏，尤其是夏季井里的水更少，在救火的过程中井里几乎没有水。二、爬上高墙是十分危险的，万一脚没踏稳，万一高墙倒塌，都是要出大事故的。三、如果当地人和我们知青中有任何一人受伤，那么救治伤员的医疗的条件更为艰难。幸亏我们没有任何受伤的状况，只是被大火烤了较长的时间。

　　此事，虽然无人向任何上级部门汇报，更没有得到任何形式上的表扬，但从那一天之后，蓝坊公社上海知青救火的事一传十，十传百地在老表口中传扬开来。老表们对我们上海知青都刮目相看！我们对红土地发自内心的真情，在平凡的生活里，在严峻的考验中，得到了最完全最本色的体现。从那一天起，我们已不是懵懂少年，我们个个是有情有义有担当的有为青年！

　　近半个世纪过去了，还有哪些同学参加救火已记不清了，但夏洪发同学冲进火海的身影深深印在了我的脑海里。烈火见真情，我们真的该为自己写上一笔，我们要为自己的青春喝彩！为自己点一个大大的赞！

2016 年 12 月 27 日

人 生 起 点

作　者：徐瑞鑫（高安相城）

我是南洋中学 69 届初中生，1970 年到江西省高安县相城公社插队落户。记得那年 4 月 11 日下午，当火车从上海老北站徐徐开动时，车上车下响起一片撕心裂肺的哭声，亲人拉着我们稚嫩的手，跟着火车边跑边叮嘱的情景深深地印在我们的脑海里，使我们的心情久久不能平静……

第二天到南昌后，卡车载着我们在崎岖的红土地上颠簸了 4 个多小时，傍晚时分，终于到达相城大队第五生产队。队里的男女老少都来到村口欢迎我们，老乡们准备好了丰盛的晚餐。我们奔波了一天早饿了，端起一碗碗白米饭，就着鱼啊、肉啊、蔬菜啊大口大口吃起来。其中一道菜是竹笋烧肉，听队长说是队里的小学生到附近的樟浒山上挖来的。这菜的味道特别鲜美，至今回想起来还流口水呢。

我们队有 14 位上海知青，我是班长，另外还有两位下放干部，共 16 人。面对即将开始的艰苦生活，16 岁的我们都茫然了。大家一点思想准备也没有，知青班乱成一团，哭声一片。大队、生产队及当地下放干部一起来做我们的工作，安慰我们，我们的心才慢慢平复下来，渐渐适应了环境，开始参加生产队的农业劳动。

到农村一星期后，公社在我们大队举办插秧机手学习班，大队通知我参加。另外还有十几名其他大队的知青一同参加学习。插秧机是县农机厂提供的一种无动力、半机械化人工操作的机器。插秧时，要把十公分左右的秧苗，一行六颗，一排排整齐地放在盘子里，然后有人下田，一边向后拖插秧机，一边用手推动连杆，内有六个抓钩抓秧苗插下水田。但是，往往由于秧苗不容易插下去，或抓钩抓空等原因，所以后面要有一个人跟着补苗。这样太劳民伤财，这种插秧机存在的问题较多，后来也没有推广。

第一次我下水田时，在用力拉动插秧机时，两只脚被田里的石块割破了，晚上双脚疼痛而且发烫，由于没有及时处理伤口，第二天起床两只脚红肿得无法落地，整整半个月才见好转，这是到农村后第一次对我的考验。

随之而来的考验是工分问题。刚到生产队时我们对工分没概念，从来不关心自己有多少工分。后来才知道工分就是收入。我们就去参加评工分会了。评分前先由自己报分，再大家评议。谁知我报分后，有人说我报高了，我不服气，因为我天天开工，耕田、耙地、插秧、挑担……我已掌握了一定的农业技术和劳动技能。我们争了起来。见此，队长宣布我的工分要考察我插秧的技术后再作评定。

正值双抢季节，队长对我的考核任务是：一亩二分田，一天内完成插秧任务。早上我挑了几担秧苗撒在田里，吃了早饭就开始一个人有条不紊地埋头插秧了，结果我在太阳刚下山时就圆满完成任务。队长要乡亲们参观我的战绩，大家对我插好的一行行笔直的秧苗啧啧称赞，队长当场宣布评定我为男劳力最高分，我的内心欣喜万分。接着我高高兴兴地帮乡亲们插秧，完成全队当天的全部插秧任务，直到天黑才回家。晚饭后稍作休息又开工了，男的打谷，女的拔秧，为次日送公粮、插秧作准备工作。双抢就是这么没日没夜地干了20多天，虽然晒黑了我们的皮肤，但健壮了我们的体魄，增强了我们的才干，拉近了我们和乡亲们的距离。

1970年的年底，我与龚关云、周建想回上海过年。得到生产队长同意，我们换了全国粮票，买了农产品准备回上海。谁知大队要我们留下来和老乡们一起过春节，可我们已归心似箭。怕大队派人在公路上阻拦，我们三个研究决定不走大路走小路，晚上出发，从五队走田间小路到七队，再到八队上公路，到石头街已是清晨四点了。当时天很冷，我们每个人都挑着不轻的担子，虽然出汗，但是停下来就冷得发抖。这时发现路边有一个小房子，我们就进去，找些柴草点火取暖。等到天大亮，我们到渡埠农场乘上8：00去南昌的长途汽车，当天下午坐火车回上海啦！

　　第二年我们同乡亲们一起春耕秋收，很快又到了回家过年的时候。这次跟上次可大不同啦！听说我们知青都要回家过年，生产队为我们每个知青准备了很多礼物，说是要带给我们的父母，让他们尝尝老乡们亲手炒的花生和做的糍粑。乡亲们给我们打糍粑，整个村庄沉浸在欢快而忙碌的气氛中。乡亲们晚上蒸好糯米饭，等凉后放在石臼里面用木棒打糍粑。一共四个人，俩人一对围在石臼边，一上一下，一致用力，配合默契。我觉得非常有趣，也去试试，结果木棒打下去就是拔不出来。后来经过乡亲们手把手地教，才渐渐得心应手。其实不要用太大的力，只要边转边打就是了。妇女们把打好的糍粑放在砧板上压扁，再撒上用熟黄豆磨的豆粉，用刀切成长20公分，宽15公分的长方块，用纸包好即可。我们将这带回上海给亲朋好友，品尝这凝聚着乡亲们深深情义的江西特产啦！

　　正当我美滋滋地想着回家过年的事，大队书记派人来叫我去四队有要事。我急忙赶到四队，书记已经在四队村口的大樟树下等我了。他告诉我，省军区五七造纸厂来招工，我们大队有两个指标，一个是六队的毛玉兰，另一个就是你。我当时感到很突然，像是在做梦！第二天我高兴地去杨柳坪公社卫生院体检，1971年12月26日上午，我乘上军区造纸厂的卡车离开相城五队，当了一名造纸工人，一干就是41年，直至退休回上海。

　　那年生产队乡亲们为我准备带给家人的礼物，是我的同窗好友龚关云帮我带回上海的，家里人非常感谢江西这片红土地的父老乡亲！我也永远不会忘记那里的山山水水！在我有生之年一定要回去看望乡亲们！因为那里是我人生的起点！

2016年8月28日

红土中的青石墓碑

作　者：徐建新（万载白良）

2015 年 10 月的一天，顾坚韩秀荣（夫妇）、张风云、周银娣、苏金龙、郑美焕、翁惠珠、郑之平，我和妻子（钱敏），汪寇群等知青，重踏梦萦 40 年的红土地——江西省万载县白良公社。

在西去的动车上，我们沉浸在 45 年前插队生活的回忆中：从 1970 年知青列车启动刹那间的哭声，初出上海看到青山绿水的激动，江西老表担着我们的行李走在泥泞的乡村小道，到 1976 年公社把我们各大队知青点留下的知青集中起来办腐殖酸化肥厂……

突然有人提到了陈明荣，顿时一片寂静。我不由想起了一件往事。2008 年，那时我在上海旧车交易市场安保部工作。5 月的一天，我正在交易大厅安全巡视，突然听到非常熟悉的江西万载方言，我惊诧地转身问他：你是万载人？他说："是啊，你是曾在江西插队的上海知青？"白良是我的第二故乡。老乡见老乡格外亲切，我们像失散多年的老朋友攀谈起来。他告诉我他在万载做二手车交易，后来我提起白良的土郎中陈伟，他竟然熟悉还有联系电话。我要过电话号码立即拨通了陈伟手机，电话那头的陈伟语无伦次地说：分别几十年，你壮牯的嗓音常常在我的梦里响起。听到自己年轻时的外号和陈伟的感人言语，泪水在我眼眶里打转。交谈中陈伟无意中讲起去侗山替老母扫墓，发现上海知青陈明荣的墓碑不见了。通话结束，我心情久久不能平静，陈明荣魂断红土地的一幕展现在眼前。

那是 1977 年 11 月 22 日下午，人高马大穿件缀着补丁的灰色衣服、腰上系了一条白色罗布巾、一身当地老表打扮的陈明荣要我跟他去检修变压器。我俩各自拿了一把活络扳手，跨过排水沟爬上了高出地面一米石头砌就的变压器台基，紧完变压器低压三相四线四个出线连接螺栓后，他提出再去紧上面的高压三相进线连接螺栓。只见他徒手爬上变压器顶部，边紧螺栓边嘲笑我胆子比兔子还小。当他紧第三个螺栓时，扳手与螺栓突然间爆出啪的火花声。我吓了一跳，本能地蹦到地面，但见陈明荣迟凝二三秒钟后，从变压器上直挺挺地摔到地面的排水沟里。我冲上去从沟里托起他的头，看到他眼睛、鼻子、嘴巴都淌着鲜血……我与飞奔而来的鲁萍、沈仲泉、马仕珍等知青七嘴八舌没了方寸，不知谁说了一句：快送医院！大家才七手八脚把陈明荣抬上二轮板车，向公社卫生院小跑而去。

到卫生院后，医生立刻对陈明荣采取抢救措施。我紧紧拽着他的手，生怕一松手他就会离开这个世界。随着女医生对他实施心肺挤压抢救，我感到他的热量渐渐在消失，最后变得僵冷……日夜生活在一起的战友陈明荣，活生生的一个人怎么说没就没了，怎么就这样魂归红土地？知青们叫声一片，哭成一团，没人愿意接受这个事实。那凄惨的一幕时不时会在我的脑海里翻腾。现在陈明荣的墓碑没了，我寝食难安。

2008年6月，我利用年休假期带了一台电脑作礼品，独自一人赶赴白良。我与插队时的好友（当地老表兰冬平和陈伟）在侗山上寻找陈明荣墓无功而返。第二天，我请当初八人抬棺的其中六人一起上山，在茅草掩盖的红土地里试探性挖掘。有人挖到几枚在棺木入土时众人撒下的铝质分币，才确定了陈明荣墓穴的准确位置。当晚的酒席上，我给兰冬平一些钱，委托他请人好好修缮陈明荣的墓、并叮嘱墓碑一定要选块大一些质地好的青石料与红土地相映。次年9月，我又带了两台电脑作礼物答谢兰冬平与知青鲁萍。我们一起陪同陈明荣92岁高龄的父亲和82岁的母亲再次来到侗山陈明荣墓前，这里已经焕然一新，高大的青石墓碑安抚了老人的心灵。我们在墓地种了两棵柏树，在墓碑后栽了四棵杉树。扫墓后，我与鲁萍分别搀扶两位老人下山。在山脚下，我们遥望半山腰，再次向陈明荣深深地三鞠躬……

六年后，我携妻子与插友们重返曾经为之流过汗、撒过泪与乡亲们建立了难以割舍感情的红土地。晨曦中宜春高铁新站映入眼帘，数不胜数的分流岔道如入迷宫。我们一行中不少人离开红土地40年，红土地上的一切都变得陌生了。滴滴雨点击打着我们去白良的车窗，双双眼睛盯着窗外，竭力搜寻着旧时的记忆，不断有人感叹宜春变了，万载变了，白良也变了！是啊，我们也都变了，当年18岁的小伙姑娘，现在都成了爷爷奶奶外公外婆了。我们一进村受到乡亲们的隆重欢迎，我们每个人的名字他们一一都能叫出来，还安排我们住新楼房，全新的被子枕头，全新的桶子，脸盆，拖鞋，整洁的房间，厕所……这一切，让我从未到过农村的妻子大大的出乎意料，几天的担心终于放心地笑了。

午饭过后，天开始放晴，我提议先去看看我们的插友陈明荣。我们一行在兰冬平带领下，爬到侗山半山腰，看见两棵柏树中间的杂草丛中露出半截青黑色墓碑，碑上镌刻着醒目的上海知青陈明荣之墓。众人默默地靠拢，用镰刀收拾杂草，以净水擦洗碑文，扫去墓区的腐叶，石供台摆上香烛和供果，供台前撒上纸钱锡箔。在极其寂静的气氛中，知青们三二组合到碑前上香鞠躬致哀。当我点燃最后数张黄纸冥币时，只见一缕青烟夹带着点点星火的纸屑，旋转着冲上了三四米，与那四棵护墓杉树齐高。不知谁惊呼：咦！陈明荣在天有灵！众人抬头望着蓝天白云间摇曳的树梢，看着青烟裹着纸屑慢慢地飘向东方……

我亲密的插友——陈明荣，安息吧！

2016 年 7 月 3 日

无法抹褪的记忆

　　2016年，在微信平台上我们找到了昔日插友江荣贞和陈美英，就在张肇康组织的知青上山下乡四十六周年的纪念日活动中，江荣贞与何克钢相遇了。四十多年前那惊心动魄的场景，那留在人们脑海中的义举再次呈现，存封已久的记忆闸门由此打开了……

　　相城公社属丘陵地带，我们插队落户的会上大队所在地共有三个自然村，知青分别安排在其中的七队和八队。由于两队住地相隔不远，在农闲、得空时两队的知青经常走动往来，关系甚密。我们村依傍的后山属于禁山，言下之意，此山严禁砍伐。下乡第一年，知青的生活得到了乡亲们方方面面的关心和照顾，做饭用的柴火也由队里安排老表轮流负责供给。到第二年即1971年，我们知青户已学会了用灶台烧柴火做饭、做到了蔬菜自给和自行上山砍柴等，开始了独立的全新的农家生活。因附近均封山育林，不准砍伐柴火，所以我们的生活用柴必须徒步翻过一座山，然后坐船穿越一座水库，向水库对岸的那座山索取，可想而知，取"柴"之道的艰辛。

　　那年一个夏日，七队知青四男两女倾巢出动，加上我们八队的吴佩明一行七人带着工具上山砍柴，以解无柴断炊燃眉之急。那天天气格外晴朗，林中小鸟欢唱，大伙一路说笑不知不觉已翻过那必经之山，来到水库边。对岸那座山就是目的地，像以往一样，大家坐上小船悠悠荡荡划向对岸，在小船上大伙正谈天说地呢，孰不知刚划出十多米，小船突然晃动起来，库水开始灌进船内。何克钢脑海里即刻闪过两字"超载"，马上大声喊道："不要慌，坐稳了"。此时大伙已是心慌意乱，没了方寸，小船越晃越厉害，瞬间水已没过小腿，小船开始下沉，眼看船就要翻沉了，大伙惊恐万分，在强烈的求生欲望支配下，大家不约而同地往水里跳，也不管自己是水鸭还是旱鸭，何克钢最后一个跳下船，船沉没了。大家奋力向岸边游去，先后爬上了岸。突然间听到已上岸的陈美英一声惊恐的尖叫：江荣贞不见了，她不会游泳啊！声音颤抖。大家顿时紧张起来，心一下提到了嗓子眼上，都把目光投向水面。何克钢发现远处水面上漂浮着一顶草帽，那正是江荣贞的草帽。在情急之中他保持着一份冷静，他挥动双臂奋力向那顶草帽游去。草帽在远处漂着，时沉时浮，忽隐忽现，仿佛是江荣贞在拼命呼喊：快救我，快救我……

何克钢离草帽越来越近了，终于一把抓住草帽往上一提，江荣贞的脸露出了水面，何克钢不仅水性好而且遇事沉稳。他一手抓住江荣贞的后衣领托着，一手在水中奋力划着，拉着江荣贞向岸边游去，同时不停地大声嘱咐江荣贞"不要乱动，不要慌张。"全然不管她能否听见。岸上的知青惊魂未定，全神贯注地盯着水面，许彬华、高洪军、严明光和吴佩明四位男知青已做好随时下水接应的准备，陈美英则不停地祈祷，最终大家一起帮忙把何克钢和江荣贞俩人拉上了岸。至此大伙悬挂的心才稍稍放了下来。

此时的江荣贞可是喝饱了一肚子的库水，按照当地的土方法，大伙先手忙脚乱地把江荣贞抬起翻身，让她跪卧在草地上，再有人用手不停地拍打她的后背，不一会儿江荣贞开始呕吐，倒出了一肚子酸水，她醒了，江荣贞得救了。人命关天哪，青春年少生命可贵啊，事后想起来真的很后怕：如果拖延几分钟救援后果不堪设想，如果何克钢不善施救也许会被拽下水底，如果事有不测如何向其父母交待……没有如果了。何克钢英雄救美的故事一时在知青中广为传颂，成为一段佳话。

以后的几年里，知青们陆续上大学、上调进工厂、病退回上海，随着大批知青回城潮，大家先后离开了那方红土地，这段故事也渐渐地淡出了人们的记忆。

随着时光的流逝，大部分知青失去了联系。故事说到这里还要延续本文第一段落：2016年4月11日，在上山下乡四十六周年的纪念日活动中，何克钢与江荣贞相遇了。几十年的岁月沧桑，大家都有了不少变化，那一刻，彼此都在努力搜寻对方年青时的印迹，江荣贞非常激动，她对何克钢说的第一句话：你是我的救命恩人，我苦苦寻觅了四十多年，今天终于见到了恩人，说上一句感恩的话语，了却了我深藏多年的一桩心事。此时身高一米八几的大个何克钢显得格外腼腆，他说：区区小事何足挂齿。江荣贞无限感慨，滴水之恩当涌泉相报。几天后，她带上礼物专程拜访何克钢表示谢意。何克钢还是那句话：小事不必放在心上，遇上这种情况，谁都会挺身而出的。这就是特殊年代我们这一辈人的境界、胸怀和精神。

2016 年 6 月 29 日

姐 妹 情

作　者：蔡梅英（高安相城）

　　我相信缘分。想不到离别三十多年，在茫茫人海中，我俩相遇了，这真叫缘分哪！2005年的一天，我在小区门口公交车站候车，见一人很眼熟，多看了两眼，正好与之对视，对方叫了我的名字，我愣了一下，努力在脑海中搜索，半天才明白过来，啊……陈玉蓉，终于又见面了。她当时很激动，我俩紧紧拥抱在一起。往事已过去45个年头，可我的记忆仍然历历在目。

　　记得1971年，陈玉蓉调到我插队所在的相城公社会上大队第八生产队。她小小的个子，活泼聪慧的脸上透出一股朝气。我俩兴趣爱好相投，性格互补，在红土地艰苦的生活劳作中结成了一对形影不离、无话不说的好姐妹。我俩同吃一锅饭，同住一间房，有时晚上聊着聊着，就会挤到一张床铺上。出工回来，我淘米做饭，她挑水洗菜。家里寄来的任何食品，俩人共同分享。她聪明好学，动手能力强，我俩经常会做些可口的食物，如：豆腐、霉豆腐、南瓜干、红薯片、薯粉、冻米糖、桂花蜜……烹饪操作中我是她的助手，每次加工"进口货"我俩都忙得不亦乐乎。在村子的西边，有一个莲花塘，一到夏天池塘里的荷叶像一把把绿色的小伞，清晨荷叶上滚满了晶莹的水珠，满池碧绿。层层的荷叶中冒出朵朵清新的荷花，亭亭玉立，有的含苞，有的怒放，还有莲蓬，景色美丽。看到队里妹子采摘荷花莲蓬回来，我俩羡慕，商量着也下池塘采摘荷花和莲蓬。我们忍着莲梗的刺痛，手牵手，一步步地走到池塘中央。采了一朵又一朵荷花，摘了一枝又一枝莲蓬，尽管身上被莲梗划得伤痕累累，但我俩却乐在其中。我们一起拔秧插秧、耘禾割稻、挑猪牛粪，一起收红薯芝麻花生……红土地上的劳动是辛苦的，可我俩互相勉励，共同克服困难。记得有一年夏天，我俩到公路对面的水库去玩，虽然都不会游泳，胆子却很大。穿着圆领衫和短裤，你拉我，我牵你。水不深，几下就把脚下的水搞浑了，换块地方继续玩，还捡了很多蚌壳，回去加餐。

通过两年的劳动锻炼，我们学会很多农活，从手不能提肩不能挑到能娴熟地双肩轮换挑一担粮食走长路。记得1973年，我们和老乡一起送公粮，从生产队到杨柳坪粮站要翻一座山，我们交了公粮，在镇上美美地吃了一大碗汤粉。谁知没几天，陈玉蓉感到身体不适，浑身乏力，人也打不起精神。我包揽了烧饭做菜、挑水洗衣等全部家务活，还要端水送药照顾她，她躺了好几天还不见有所好转。后来我发现她不仅脸色发黄，连眼睛也变黄了，我们这才感到问题严重，得赶紧上医院。俩人到公路上拦下一辆往县城方向的卡车，搭便车赶到县医院。医生确诊她得了急性黄疸肝炎，马上就住进了病房。我急忙赶回生产队，帮她将住院所需物品整理好再送到医院。我俩怀疑就是那次在镇上吃了不干净的米粉被传染上了肝炎，因为平时我们从不在外面就餐的。过后陈玉蓉打趣说：我俩一起吃的，我被传染，你却没事，该我倒霉。我也从没担心在一起生活被她传染。因为是急性肝炎，经过县医院治疗，不久就出院了，我专门去县医院把她接回队里。

1974年年底的时候，会上大队在公路边找了一块空地，划了几亩地新建了两排共十间住房，成立了创业队。派了一个下放干部和一个老农带我们干活，还配了一辆手扶拖拉机。四个男知青加上我俩，白天我俩轮流隔天烧饭。晚上没事，我俩串门聊天，唱歌……

1975年11月，我俩终于拿到了红土地劳动的毕业证书，姐妹俩双双收到两张入学通知书，分别进了两所学校深造。有缘千里来相会，上天不忍让我们分开。冥冥之中有一根红线牵着我俩。想不到若干年后我俩竟住在一个小区，成了经常走动的好邻居。有时我俩坐在一起，看着当年红土地的老照片，回忆五年一起插队生涯中的酸甜苦辣和姐妹情谊，有几回说到那时的趣闻我俩会开心地放声大笑……那段在红土地上结成旳姐妹情谊不能忘怀我永远珍惜！

2016 年 10 月 3 日

与时间赛跑

作　者：瞿林娣（高安八景）

　　1970 年 4 月，我与徐扣英、冯健荣、王黎平、陈善发一行五人，被分配到高安县八景公社红星大队枨溪生产队插队落户，开始了艰难的知青生活。

　　1972 年夏天，正值"双抢"农忙季节，王黎平和陈善发回沪探亲了，我们三位知青积极投入了紧张繁忙的"双抢"劳动。江西的七月骄阳似火，气温爬升到 38 度以上。烈日下，水田里的气温更高，阵阵热浪呛得人喘不过气来，这样的天气正是抢收稻谷的好时机。我们与乡亲们一起割禾、收禾，用专挑禾的柴担挑到禾场上，有专人将挑上来的禾堆起来，慢慢地堆成了一个个高高的圆圆的禾堆，它就像一座座金黄色的小山。傍晚，一抹夕阳映着这一堆堆金色禾山，丰收景象令人欣喜满怀！

　　一天晚饭过后，知青班长徐扣英到离我们村两里地的敖岭村生产队参加文化知识补习，准备来年参加高考。留在生产队里的我和冯健荣两人就去老表家，与队里年轻人聚在一起说笑聊天，以消除一天劳动的疲劳。不知不觉已到了晚上十点，这才告辞回家。临睡前，我们关好了前面大门，给班长留着后面的小门。突然间一阵"啪！啪！啪！"的急促敲门声把我和冯健荣吓坏了，我们两人异口同声地问道，"谁呀？哪一个？有什么事？"只听到门外的汉子大声说："我是敖岭村的老表，你们队里的知青班长突然病了，发高烧到 40 多度，敖岭的赤脚医生治不了，你们赶紧送她到八景医院去治疗。"我们赶紧开门请老表进屋，疑惑地问："你是不是听错了，高烧发到 40 多度是很危险的。"

此时我们意识到班长可能中暑了，高烧不退，随时会有生命危险。时间就是生命，我们赶紧去村里借了一张摇椅和两根挑禾的长扁担，然后捆扎好正准备抬到敖岭村去。此时村干部闻讯赶来，执意要和我们一起去，并说你是女知青，抬着病人走十多里夜路很不放心，但是我们婉言谢绝了。因为农忙季节村干部非常辛苦，除了安排农活外还要处理队里不少的琐事，我请村干部放心我虽然是女知青，经过两年多的磨炼，我已经能够承担这份责任了。我和冯健荣两人抬着摇椅赶到了敖岭村的医务室，赤脚医生急切地告诉我们：这里没有药，只有去八景医院治疗。此时躺在一旁的班长见到我和冯健荣，犹如见到亲人一般，已经是泪流满面，感动得说不出话来。是啊，虽然我们没有血缘关系，但是艰苦的劳动，艰难的生活，使我们知青之间结下的深厚情谊比亲人还亲。我们俩安慰班长：不用担心、不要难过，有我们在会没有事的。我们把班长扶上了摇椅，抬起班长疾步行走在去八景医院的路上。

从敖岭村到八景医院有十多里路，道路崎岖，忽高忽低，还要走一段铁路路段，夜深人静，月亮也躲进了云层，我和冯健荣抬着班长完全凭着感觉，深一脚浅一脚艰难地走在这漆黑的铁道路基上。当时我和冯健荣也只有十八九岁，我还是个女生，也不知哪来的那个勇气和那股干劲，只知道：救人要紧，越快越好。我们抬着班长疾步快走，直走得汗流浃背，口干舌燥，两腿酸胀无力，但是我们咬着牙，心里只存一个念头，时间就是生命，我们要与时间赛跑，拼命也要将班长尽快送到医院。汗水直往下淌，坚持；口渴得嗓子冒烟，坚持；两腿无力迈不开步子，还是坚持。两条腿就这样机械地一步一步地不停向前迈动。就在此关键时刻，敖岭村的知青赵顺来闻讯赶来了，他是担心我和冯健荣两人吃不消，也担心深更半夜我们俩害怕，更担心我是个女生，如何抬得动。于是我们仨人交替轮换着，终于把班长送到了八景医院，立刻请来医生，经诊断，医生说："还好送医及时，40多度的高烧是有生命危险的。"医生连忙打了退烧针，并加大药量，终于使班长的体温慢慢地降下来了，我们心里的一块石头也总算落了地。这时，我们才感到脚和腿酸胀麻木，僵硬得像块石头。

班长躺在医院的病床上，一夜都在吊盐水，我们仨人紧紧地守候在班长身边，丝毫不敢懈怠。天亮了，天边露出了一抹霞光，洒在病床上，班长的脸色比昨夜好多了。安排好班长的治疗事宜后，我们在八景匆匆吃了早餐，让赶来帮忙的赵顺来在八景火车站乘小火车回生产队，我和冯健荣又抬着摇椅步行八里多路赶回生产队。

途中，看到从独城到樟树的小火车从八景开过来了，此时，我们多么想乘上小火车让酸胀的腿脚休息一下，但因我们带着硕大的摇椅和长长的扁担是根本上不了火车的，只能眼睁睁地看着小火车从身边飞驰而过。我们拖着疲惫的身子抬着摇椅回生产队了。进屋赶紧洗漱后就躺倒在床上睡着了，这一觉一直睡到傍晚老表收工了才醒来。晚上，乡亲们闻讯赶来问长问短，有人还专程去医院看望了班长，老乡们对我们知青的关怀无法用语言表达，使我们永记心怀。

经过医生的全力治疗，班长几天后就康复出院了。对于我们三人及时给予她的帮助和村民们对她的关爱，班长充满了感激之情，她说："是你们把我从死神手里抢了回来，这件事我终生难忘。"为了进一步养病，回来后的第三天，班长就回上海了。

如今回想起这件事，自己也不知道当初哪来的这股劲头，哪来的那么大力气。这说明劳动锻炼是有很大收获的。从另一方面也说明知青之间的情谊是深厚的、永远的。从上山下乡插队的那天起，我们的命运就连在一起了，在我们的心中，知青的友谊是永恒的，知青亲如一家人。

2016 年 6 月 26 日

回忆红土地的岁月

作　者：瞿林娣（高安八景）

　　时光荏苒，青春已逝。四十多年的魂牵梦绕，江西插队的那片红土地。我们有感叹，还有感慨，我们更要用文字记录那段终生难忘的经历、那段艰难的日子，那段使我们得到锻炼又得到成长的岁月。

　　1970年4月11日，我们从上海乘上了开往江西的列车，经过了十几个小时的行程，到达了江西省南昌市这座英雄的城市。高安县八景公社派专人前来接站，他们早已等候在那里，连人带行李，装了满满一卡车。大家都显得非常兴奋，公社领队告诉我们：你们19位知青被安排到八景公社红星大队的7队、9队、12队和13队四个生产队，每队四至五人，现在先把你们统一送到大队部，然后各队的队长再把你们领回各自的生产队，我们12队五人（3男2女）从此开始步入了接受再教育的漫漫历程。

一、初到山村

　　大队离我们枨溪村约有2里多路，各队还派了几个年青小伙帮我们挑行李，我们一行人便步履蹒跚地跟在他们后面边走边看，对四周的环境既陌生又好奇，走过一条条小路，穿过一个小丘陵，不知不觉就来到了村口。听说上海知青来了，乡亲们脸上都洋溢着喜悦的笑容，显得非常兴奋。村上小学的李老师带着学生们手举着自制的小红旗，在路边一字形排开，高声呼喊欢迎上海知青来我们村插队！欢迎欢迎，热烈欢迎！我们五个知青在这一片欢呼声中忘记了一天的劳累，显得非常激动。来到住处，放下行李，稍稍休息就去巡视了村庄四周。只见村前靠路边有一口大河塘，水是那么的清澈，农田一眼可眺望好几里，听说附近不远处还有一个小火车站，当天乘车可以来回。这下大家可高兴了，我们回上海方便了，只要花上三角钱就可以乘坐小火车到樟树火车站，然后再换火车直接到上海。交通如此便利，离上海更近了。有这等好事，我们心里美滋滋的！这也许就是让我们安心插队在农村的第一个好消息吧！

那天生产队里派人为我们忙乎了好一阵子：烧饭做菜，在乡亲们看来真是倾其所有的美味佳肴，但对我们而言，尽管饥肠辘辘却食欲全无，每盘菜都有辣椒，让人难以下咽。这该如何是好呢？第二天，我们就开始自己动手做饭。劈柴火。烧大灶可是生平第一次，弄得我们满脸都是黑灰，用手一摸就成个大花脸，下放干部老张的爱人看着我们的花脸笑得直不起腰。于是，她就手把手教，我们也认认真真地学。功夫不负有心人，慢慢地也真学会了烧大灶，捞饭、蒸饭、留米汤、熬稀饭。开始一段时间，蔬菜、柴火都是村民们轮流送来的，烧菜全凭自己的感觉，油多不坏菜，先由生到熟，再由淡到咸，很快可口的菜肴就到嘴边了，我们庆幸闯过了生活的第一关。我们五个人男女生搭配，轮流做饭、挑水，上山砍柴。后来乡亲们又手把手地教我们种自留地、养鸡、养猪，大家既有分工又有合作，相互照顾，团结和睦。我们五个人共同生活在这片红土地上，过着快乐的全新的集体生活。

二、农忙时节

每年四月中旬起，便是春插的农忙季节，我们上身穿着夹袄，学老表腰间扎一根绳子。清早，与当地农民一起出早工去秧田拔秧。早饭后只要队长扯着嗓子叫开工，我们就会立即挑着簸箕把秧苗挑到田间去插秧。这可是我们第一次干农活，我们与村民们一起，为了秧苗栽种得整齐，在秧田前后两端用绳子拉成数根直线，每人一拢，开始插秧。队里插秧分成好几组，我们女知青和队里的姑娘们一个组，男知青和队里的男劳力一个组，组与组之间经常开展竞赛，劳动场面热火朝天。插秧的基本动作，左手拿着秧苗，用手指分出 6 到 8 株秧苗，右手拿后，插到水田里，不能插得太深，深了秧苗会被水淹死，插浅了，风雨一吹会倒伏，每人一行插 6 株，边低头弯腰插秧边往后退步行走，半天下来，常常累得腰酸背痛，直不起身子。春插时，4月的天还是很寒冷，踩在田里，寒气从脚心传到全身，浑身发抖。我们知青与村民们一样，咬着牙挺着。春季插秧任务一般持续半个月左右。春插劳动虽然非常辛苦，但苦中作乐，我们每天都活跃在春插的第一线，田间地头都留下了我们的欢声笑语。

插秧劳动中，蚂蟥成了我们的天敌，姑娘们都惧怕这个软体水生物。这个可恨的水生动物很有灵性，只要我们下了水田，它闻到人体味不知不觉地就会吸附在你的小腿上，我们非常紧张，害怕它的侵袭，边插秧边得注意自己的双腿，大家相互提醒，只要有人一见到蚂蟥，便大声叫喊：蚂蟥来了。姐妹们听见喊声就会惊吓得跳了起来。有个姑娘腿被蚂蟥叮咬了，就赶紧用手拉住蚂蟥拼命拍打，只见蚂蟥一头被拍打下来了，另一头又叮在了腿上，好一阵子才把蚂蟥弄下来。这时，姑娘的腿上已流血不止。那时我们害怕流血，害怕蚂蟥吸血，害怕蚂蟥钻进体内，每当想起此番情景就会不寒而栗。

在繁忙的春插中，我们时刻牢记不栽五一禾的口号，我们天天和队里的姑娘们战斗在一起，直到春插结束。接下来就是田间耘草。秧苗渐渐长高了，田间也渐渐长出草，草与秧苗会抢肥抢水，影响秧苗的生长。在秧苗的生长期要耘两遍禾，第一遍耘禾，还可以，秧苗不是很高，第二遍耘禾，就比较辛苦了，秧苗已经长到膝盖高了，人们要用脚在田里将秧苗间的草踩到土里，或者拔出来。脚在秧苗间穿梭，秧苗的叶子在我们的腿边磨来磨去，磨出一道一道红红的伤痕。晚上回来洗脚时得咬紧牙。那时，这一切我们都闯过来了。

在耘禾的过程中，我们有苦也有乐。我们会谈村事、聊家常，有时还会哼哼小曲。更有趣的是，在田间发现田螺，我们就会用三个手指去捡，每次耘禾我们都有收获，因此我们常常会准备小鱼篓去装田螺，捡田螺的过程还很享受呢！有时还有青蛙可捉，王黎平和徐扣英是捉青蛙的能手。我因为害怕青蛙，只能帮她俩提小鱼篓，但我可没闲着，指点她俩捕捉猎物，而她俩见到青蛙特别兴奋，会跟踪青蛙在田间追逐、捕获……收工回来，大伙马上忙碌起来，挑水的挑水，剪田螺的剪田螺，洗菜的洗菜，处理青蛙一事就交给了王黎平，看她活杀、剥皮、去肚肠、洗净入盆，那一系列动作是那么娴熟，真是料理家务一把好手。待一切准备工作全都就绪后，就开始烧火，班长掌勺：青椒炒蛙肉，清炒田螺，再配上两道蔬菜，一碗蛋花汤，一顿美餐就到口了。这就是我们知青的集体生活。

在这片红土地上，我们有许多的艰辛，也有许多的欢乐；在这片红土地上，我们得到了锻炼，我们也得以成长。我们用自己勤劳的耕耘不断地丰富着自己的人生，用艰苦的劳动记录着人生的经历。现在回想起那段生活，并不觉得十分苦涩，还觉得我们的集体生活，插队的小日子有时也过得有滋有味。

三、下河遇险

1970年的夏季，天气炎热酷暑难耐，被太阳炙烤了一天的大地，竭尽全力地散发着它的热量。傍晚收工了，村里的男人们忙着上自家的菜园浇水施肥，妇女们也忙着回家烧饭带娃。

我们三个女生，经过一天的劳动，浑身是汗，真想跳进河里凉爽凉爽，突然想到村前的大河塘去洗澡。我们没回住处，高兴地扛着锄头直奔河边去。站在河塘边，望着碧波荡漾的水，迎面飘来丝丝凉爽的风，就想下水。班长安排自己先下水，我第二个，王黎平排第三。河边没有人，静悄悄的，树上的鸟儿都回窝了。我们一个拉着一个，三个人手牵着手，下了河，浑身一阵凉意，大家边嬉水边高兴地说笑着，不知不觉往河的最中心走。忽然，我们感觉脚踩不到河底了，估计我们来到了深水区。班长心慌，我和王黎平就更慌张了，三个人拼命地拍打着河水，班长拉不动我和王黎平，怎么办呢？我们拼命地喊"救命！"可是周围没有人影，我们急得大哭大叫起来，不停地呼救，手脚不停地划动，为的是人不至于下沉。正当我们三个人拼命挣扎的时候，正巧有一位年轻人路过这里，他听到我们凄厉恐惧的呼救声，立即飞奔过来，连外衣都来不及脱下，就迅速跳下河塘向我们游来，用力将我们一个一个托起救到河岸边。见我们惊魂未定还在哆嗦，他一边安慰我们，一边告诉我们：这河塘边的水并不深，可越往中心水越深，幸好你们才刚刚踩到深水边上，再往里面则后果不堪设想。你们不会游水，今后千万不要再来这里游泳和洗澡了。我们三人听着年轻人的告诫不住地点头，再三谢过了这位年轻人后，赶紧捡起锄头往回跑。现在回想起来，真后悔当时也没问问年轻人姓什么，是哪个生产队的？但愿好人一生平安！

　　回到住处，三个人惊魂未定，互相对视，个个脸色发青，浑身还在微微哆嗦，惊恐感觉一辈子也忘不了。队长和妇女主任闻讯赶来探望慰问我们，得知我们女生因没澡盆，不便在家里洗澡，才去河里洗澡的缘由后，第二天队长冒着酷暑亲自到镇上买了大澡盆背了回来。队长浑身是汗，将大澡盆送到我们住处并亲切地嘱咐我们今后一定要注意安全。这时，我们感动得热泪盈眶，一时语塞竟说不出话来。

　　经过这次事件，我们吸取了教训，再也不敢轻易下河了。我们不会忘记在这片红土地上，曾经有一位不知姓名的年轻人，他救过我们的生命！是我们的救命恩人！我们更不会忘记红土地上乡亲们的恩情！我们永远记得江西省高安县八景公社是我们的第二故乡。

2016 年 10 月 19 日

散养小猪

　　知青到农村，要参加队里的生产劳动，要自己烧饭做菜，除此之外也要搞副业，要养鸡养猪。说起我们知青养猪的方法，七十年代就创新了，按现在的说法是散养。当时能散养的是鸡鸭牛羊，很少散养猪的。

　　那年我们买了一头胖墩墩的肉色小猪，细细的小尾巴卷成一个小圈圈不停地晃动，两只小眼睛惊恐地望着我们。我们又开心又稀奇：在大上海哪里能见到这么小的猪。我们小心翼翼地把小猪放进猪栏，在食槽里倒进稀饭、蔬菜、米糠。可是小猪一点不领情，它不但不吃，还嗷嗷地叫个不停。我们想：小猪可能是刚离开妈妈，到了陌生的地方不适应，那就让它慢慢适应吧！第二天，小猪还是照样不吃不喝叫个不停，这可如何是好？倔犟的小猪这样下去非得饿死！我们五个知青商量后决定：解放小猪！放猪出栏。当我们一打开猪栏的门，小猪嗖的一下就窜了出来，飞快地往后门跑去。小猪跑到门外，站立了一会茫然地向四周看了又看，然后慢慢地走了。我们在小猪后面跟随了一阵，心想：让它自由吧，反正它找不到妈妈就会回来的。这天中午小猪没有回来，我们也没当一回事，到了傍晚还没回来，这下我们着急了，于是派两人外出寻找。两人拿着细毛竹条，走到村庄边，惊喜地发现小猪正在村边的小沟里寻找食物，于是举着竹条对着小猪大声说道：这么晚了还不回去？明天再这么晚还不回去就把你关回猪圈，不要出来了！小猪见人大声说话，又举着细竹条，只好不情愿地慢慢爬出了小沟，往回家的路上摇摇摆摆地走去。到了家门口，小猪转来转去就不肯进门，我们又说：进去吧，到家了。小猪好像听懂了我们的话乖乖地进去了。进门后，小猪趴在天井边上，我们赶它进猪圈，它就是不肯进去。我们再赶它，它狡猾地在天井边上绕了一圈，又趴下了。我们没有辙了，只好赶紧去拿稻草给小猪铺上，它就顺势躺在了稻草上，欢快地甩动着小尾巴，仿佛是对我们的妥协表示感谢。我们怕小猪在外面没有吃饱，就用脸盆盛了米饭、蔬菜加米汤搅拌后放在它旁边，可它像没看见似的一点不领情。从此以后，我们每天只管清早开门放小猪出去，晚上铺稻草让它美美地睡觉。小猪在外面吃喝拉撒自力更生，免除了我们不少的劳累。这么乖巧的小猪只有我们知青才能豢养。村庄里没有一个老表敢把猪散养在外面，所以我们的小猪无需做记号，只要在外面看到小猪，都知道那是上海知青家的。闲聊时，老表们常说：我们从来没有见到过用这样方法养猪的。夏天，小猪睡在凉快的天井边上，冬天则睡在散发着余热的炉灶旁。有时它会跑到人家的菜地里去扫荡，挨揍后身上带着青一块紫一块的伤痕回家，我们好心痛不放它出去，它就跟我们玩绝食，无奈只能让它出去。日子一天一天过去了，小猪也一天一天长大了。村上的老表们在一起闲聊时常说：冇见过知识青年这样养猪，看看他们养猪多轻松，猪多么听话，早上知道出去，晚上还自己回来。说一千道一万，这头猪跟知青有缘啊！

转眼间春节就要来临了，我们要回上海了，这头猪怎么办呢？杀掉它，太残忍了，不杀它又该怎么办？老表说，养猪就是为了过年吃肉啊！最后，我们五个人商量了一下，把猪的处置放一下，先办其他的事。我们准备了红土地上的农副产品，忙着加工米粉、买麻油……老表们还送来了红薯片、冻米糖、芝麻和花生等等。就在我们把要带回上海孝敬父母的一切准备妥当后，才着手解决猪的问题。这天早上，我们没有把猪放出去，请来了两位屠夫，我们五人躲在房间里不忍心看那样的场面。猪的惨叫，刺痛着我们的心。外面屠夫大叫一声：哇！210斤！这么重啊！我们五个人兴奋地一起冲出了房间，激动得流出了泪水。我们感激猪为我们回上海过年作出的贡献，使我们回上海赢得了亲友的称赞。屠夫把肉清理干净后，分成了五份，四个人拿猪腿，一个人拿肋条，剩下的猪内脏给了屠夫。

第二天一早，我们带着新鲜猪肉和农副产品乘列车回上海了。到了上海，我们展示那么多的农副产品和沉重的猪腿，自豪地告诉家人：这是我们自己饲养的猪！爸妈和家人笑了。说明我们在红土地上能够自食其力，父母放心了。我们在上海过好春节以后，又回到了这片红土地上，在这广阔的天地继续接受贫下中农的再教育。

2016 年 12 月 1 日

预溪知青班的插队生活

执　笔：徐金花（高安八景）

（张根才、章少洪、付美丽）

　　1970年初，我们来到高安县八景公社红星大队预溪村插队落户。经过几年的农村劳动，我们不仅受到了教育，得到了锻炼，而且强健了体魄，增长了才干。我们从手不能提、肩不能挑的城市学生锻炼成各项农活能驾轻就熟的行家里手；在政治思想上，也有了长足的进步，多次被评为"农业学大寨"积极分子、先进知识青年班，受到老乡们的称赞。后来我们因上学和招工，相继离开了生产队，至今已有四十余年，但回首往事仍然历历在目，记忆犹新。

一、热情关怀是成长的前提

　　当年，我们初中毕业，第一次离开父母，对于农村的一切，除了新奇之外，就是困惑和茫然。但当我们踏进村口的那一刻，被深深地感动了。迎面走来的生产队干部和夹道欢迎的村民，在鞭炮声中把我们迎进了事先准备好的住所。

　　我们一行四人（两男两女）分别住两个房间，每个房间两张床、一张书桌，还为我们配了灶间、猪圈和鸡窝，购置了水桶、浴盆、各种农具及锅碗瓢盆等日常用品。生产队的仓库，与我们中间隔了一个超大的客厅，放一张餐桌和四条长凳，其余用来放置各种农具及杂物，让我们有了家的感觉，对独立生活有了一个良好的开端。

　　我们初来乍到，需要有一个熟悉的过程和缓冲的时间。生产队采取两种办法并举：一是轮餐制，规定全村四十余户村民，每户负责我们四人吃喝一天。每到一户，几乎家家都要杀鸡煮蛋，有的村民还跑到十多里外的八景镇去买肉，并用自家酿造的米酒款待我们。整整一个半月好吃好喝，村民们执意不收分文；二是分给我们一块两边环水肥沃的自留地，村民们争先恐后拿来菜秧、瓜秧等蔬菜苗，手把手地教我们松土、栽种、施肥和管理，使我们自留地种的菜吃不完。教我们喂鸡、养猪；还教我们学会了用大锅煮捞饭。

为了让我们更好地适应农村生活，队里还为我们定制了一系列优惠政策。如：山上的柴随便我们砍；茅坑的肥料随便我们用；我们养的猪和鸡不小心吃了地里的庄稼不受罚；每天早上留一人在家烧饭不出早工，一年内工分照记。所有这一切，都为我们创造了极好的生活、劳动条件，增强了我们前进的动力，提高了我们独立生活的勇气和信心。作为回报，我们义务担任生产队记工员、宣传员，农闲时还经常到老乡家里串门拉家常和他们打成一片，不到半年我们就学会了当地的语言，增进了我们之间的沟通和交流。四十六年过去了，高安方言至今难以忘怀，这就是我们与村民之间的友谊结晶，更是我们到农村接受再教育的一大收获。

二、团结互助是成长的基础

我们四个人都来自上海南洋模范中学，不仅家住得比较近，就连籍贯也相同，这为我们共同生活、学习和劳动打下了良好的基础。我们清楚地认识到：在举目无亲、人生地不熟的小山村里，要顺利闯过生活关和劳动关，一切只能靠自己。我们四个人团结一致，家务事分工明确，安排合理。遇到突发情况或有人生病，临时调整灵活操作。各自完成繁重的农业生产劳动外，男生负责砍柴、挑水、打理自留地等重活；女生则负责煮饭炒菜、缝洗衣被、养猪喂鸡等内务杂活。虽然很累，但大家自觉遵守，也不计较个人得失。

春节期间，为使饲养的鸡和种植的自留地有人打理，我们男女生轮流回上海。第一年男生回家，第二年女生回家。第一年春节前，让村民们替我们把那头 200 多斤的猪宰了，每人分得一只腿，加每人五只活鸡及其他农副产品，由男生带回上海，村民们送他们上火车。到上海后分别送到各家，得到家人的赞赏。猪头、内脏、杂碎供杀猪的村民们享用。

我们挑选较好的母鸡留下来下蛋，来年再孵小鸡，长年老母鸡存栏数始终保持在 20 只以上，这样每天都能收获十多只鸡蛋。

我们在农村，平时没有零花钱，酱油自己用黄豆做，食盐是用鸡蛋去镇上换的。同吃一锅饭，同饮一缸水，虽然餐桌上没有大鱼大肉，但新鲜的鸡蛋和蔬菜、瓜果，足以保证我们四个人的营养需求。"一家人"生活在一起，苦中有乐其乐融融，不是亲人，胜似亲人。生活使我们深深体会到：团结就是力量，它不仅培养了我们独立生活的能力，更是我们克服困难、锻炼成长的先决条件和重要基础。

三、刻苦磨炼是成长的关键

刚到生产队时，正值春耕农忙季节，第一次干农活我们充满了好奇。开始，生产队长只是让我们跟着学学，并不要求完成一定的指标，我们只能在干中学，在学中干。他们手把手地教我们拔秧、插秧、耘禾，所有这些农活都得打着赤脚下田，我们这些城市学生，娇嫩的脚板常常被田里的碎石、玻璃划破，更令人揪心的便是时时拍打腿上叮咬的蚂蟥。四月的天气，虽说是进入了春天，但整天泡在水田里，还是感觉到刺骨的寒冷，一天下来，满身泥水、腰酸背痛。我曾在日记中写了一首打油诗：春插栽禾头一天，毛毛细雨不停点，裤脚卷到膝盖边，低头弯腰在秧田，汗水雨水流满面，腰酸背疼一整天。撒猪粪算是较轻松的农活，可第一次也是很难下手的。只要一走进田里，一撒就是半天，特别是撒完粪回到家里，双手要用肥皂加香皂洗了一遍又一遍，还常常要恶心好几天。

每年秋收后，要到十二里外的八景镇交公粮。一担稻谷加箩筐就是110斤，一天两个来回就是48里路。一半是小路加丘陵，一半是沿着铁路的枕木走，时而大步时而小步地艰难前行。开始，队长让挑半箩筐，但我们还是常常掉队，老是让大部队停下来等，我们心里真不是滋味。凭着年轻人的坚强毅力，肩膀磨破一层又一层皮，我们硬是学会了用双肩挑担，这等于始终有一个肩膀在休息。双肩挑担在挑大粪时，表现得更是得心应手。因为传担必须要双肩会挑，前面的人左肩传来你必须右肩接，如是右肩传来你必须左肩接。前后之间每人保持一定的距离，来不得半点偷懒，半天下来确实累得够呛，但我们还是咬牙挺胸坚持着。

"双抢"是一年中最繁忙、最艰苦的农忙季节，晴天一身汗，雨天一身泥，从早到晚忙个不停。特别是第二年"双抢"，经过一年多的锻炼，我们已经成了生产队的"突击队员"，脏活、累活总是冲在第一线。天刚蒙蒙亮，我们就跟着大伙一起出早工拔秧，早饭后去插秧，中午顶着烈日割禾；下午便是挑禾、堆禾，特别是禾堆堆高了，挑禾的人就要一手扶着木梯，一手扶着扁担一步一步往上爬；晚上还要加班打禾。当时生产队没有脱粒机，大家排成一行，在一排排的门板上使劲地边转动边摔打，把稻谷打下来，常常加班到深夜，谷壳加汗水，浑身上下又脏又痒。收工后，女生只能烧点热水在天井里冲洗一下，男生就直接到池塘边用冷水浇洗。从早忙到晚，浑身就像散了架似的。县"五七"大军领导小组派专人来蹲点，撰写题为《战斗的七天七夜——记八景公社预溪村知识青年班的双抢历程》的报道在全县广播，它给了我们极大的鼓舞和鞭策。

"灭螺大会战"简称"挑河"。全村青年男女均要参加，年纪稍大的妇女们负责烧饭及后勤工作，我们突击队员便是主力军。男生河底挖泥，女生把泥块搬运到河堤上。吃的是大锅饭菜，睡的是临时搭建的木板房（通铺），一住就是半个月，手上磨起了水泡，脚下磨出了老茧。艰苦的劳动，培养了我们艰苦奋斗的优良作风，锻炼了我们不屈不挠的坚强意志，增强了我们战胜一切艰难困苦的坚定信心。

尽管早中晚出全勤，每天也只有区区三、四毛钱，但即便如此，我们每年分红时，除去全年的粮油及农副产品等，每人还能分得六、七十元，我们真正做到了自食其力。

我们的辛勤劳动，得到公社和大队极大的肯定，给了我们很高的荣誉。我们四人中有一人加入了中国共产党，1972年10月和1973年10月，张根才和我先后被推荐到复旦大学和华东师范大学念书，八景公社仅有的两个上学名额给了我们，章少洪也被招工到江西新华煤矿，成为一名正式的国家职工，现已退休回沪，付美丽因结婚落户南通。

几年的农村生活有苦也有甜，这是人生的磨炼，更是人生的宝贵财富，它给我们后来的学习、工作打下了良好的基础，增加了克服困难的动力。

四十多年过去了，我们各自都有了自己的家庭，而且过了花甲之年。当我们预溪知青班的插友聚在一起回首往事时，仍然无怨无悔，感慨万千，大家都为能有这样的经历而感到无比的骄傲和自豪。

2016年6月18日

难忘故乡情

作　者：徐金花（高安八景）

　　我出生在上海，上海是我的故乡，但是我也留念江西插队生活过的地方，那是我的第二故乡，让人难以忘怀。

　　我是 1970 年 4 月到八景公社插队，1973 年 10 月到华东师范大学读书，在农村仅仅锻炼了三年半的时间，比起在农村干了八、九年的插友来说，我在农村的时间短。但虽然时间不长，对我来说是实实在在的三年半。期间，我仅在 1972 年的春节回过一次上海，而且是短短的一个月时间，那是因为大队书记给我发来了加急电报，让我参加高安县"农业学大寨先进代表大会"。全家人再三挽留我，两年回一次家，怎么也得多住几个月。可我去意已定，因为书记发来了加急电报，肯定有重要事情，我说服了母亲和弟妹，第二天买了火车票，按时参加了会议。我和乡亲们之间的感情是难以割舍的，特别是刚离开的那几年，我常常与他们书信往来，向他们汇报在校学习的情况，与他们交流分别后的感想。

　　1976 年，我大学毕业分配到华东理工大学教务处工作。第一年，我作为党支部成员，报名参加江西赣州地区支农工作，协助教师搞函授教育。三个月可休假一个月，1977 年，我利用一次休假机会，到原生产队探望乡亲们，并参加队里生产劳动一个月，再次体验劳动的艰辛与快乐，受到乡亲们的热情接待。虽然晒黑了皮肤，可心里还是乐滋滋的，因为这是一次别样的有意义的休假，更加深了我与乡亲们之间的感情。

　　1997 年暑假，我和爱人及女儿前往庐山和井冈山旅游，返途中再次来到第二故乡，看望曾经朝夕相处三年半的乡亲们。当他们得知我们到来时，真是喜出望外。镇长是我们村的女婿，副镇长邓美勤是村会计的儿子。记得我离开生产队去上大学时，他小学还没毕业呢，现在已当了副镇长，真让我感到高兴。他一个劲地叫我徐老师。那是在1972年的春天，因村里的小学教师邓瑞宗爱人生小孩请假，队里让我临时代了半年课。他还说："是你教会我们拼音字母，教会我们说普通话，使我们在以后的工作中受益匪浅。"当时我心中百感交集，久久不能平静，我只代了半年课，能让学生记住几十年，这真是我人生中的一大乐事。

我们全家在八景镇的招待下住了两天，镇里还派专车把我们送到了村里。乡亲们都争先恐后地赶来，夹道欢迎，并备酒菜款待我们。临别时，还送给我们许多花生、薯片等土特产，一路鞭炮送别我们，直至我们乘上去樟树车站的小火车。火车缓缓开动了，透过车窗我们看到乡亲们还久久没有离去。

这次返乡，使我们全家非常感动，并给我们留下了终生难忘的美好记忆。当时我们还为乡亲们分别照了相，到上海印好塑封后寄给他们，有些老长辈说，这是他们有生以来第一次照相，得好好珍藏，同时我也加印了一份给自己留作纪念。从1997年到今天，又二十年了，每当我翻看这些相片，就会想起乡亲们的深情厚意，许多往事就会像一幅幅画面展现在我的眼前，勾起我对他们的丝丝眷恋和无限思念。

高安县八景镇——我的第二故乡，经过几十年的建设与发展，现已变得更加美丽和壮观，预溪村一定也发生了巨大的变化，我争取在上山下乡五十周年的时候，再来目睹预溪村的丰姿，再次探望我们山村的乡亲们，和乡亲们一同分享离别后再次欢聚的激动与欢乐。

难忘故乡的山，难忘故乡的水，更难忘的是故乡的情。

2016年6月20日

记预溪小学代课的日子

作　者：徐金花（高安八景）

　　热热闹闹的春节与家人团聚过后，大地回暖，我们知青陆陆续续返回江西了。

　　那是 1972 年春节后，我结束回沪探亲返回生产队。几天后，生产队长邓学林和大队副书记邓炳生找我谈话：你回来得正好，有件事要和你商量，村里的小学教师邓瑞宗的爱人快要生小孩了，是头胎而且身体不好，没有老人照顾，邓老师要请假一段时间，大队决定让你代一学期的课。我颇感突然，喜忧交加，一时语塞。邓书记以为我有情绪，接着说：你是入党积极分子，支部重点培养对象，希望你能接受考验。当代课老师真的很不错，一段时间内不用日晒雨淋干农活了，而且也是锻炼和提高自己文化水平的极好机会，但我担心胜任不了会耽误孩子们的学习。左右权衡，领导把如此重任交给我，自己应以大局为重，勇于担当，于是我愉快地接受了。大队领导和邓老师对我的决定十分感激，随即向我全面介绍了各年级的教学情况，给了我各年级课程的教学大纲和资料，邓老师交待完后就回家了，我也就匆匆地接班代课了。

　　学校就坐落在村口，教室十分简陋，土墙泥地，四周墙基是用石块垒起约有一人高，上面再用三合土（土、砂和石灰按比例混合）垒成土墙，屋顶倒是青瓦。教室还较宽敞，内墙粉刷也平整、干净。正中央挂了一块长长的木质黑板，课桌分成三列，每列一个年级，摆放了 19 套桌凳。白色的墙壁上分别张贴了各年级的课程表、一周值日安排及学习园地。教室白天上课，晚上则是生产队的活动室兼村民会议室。

村小学共有 19 个学生，人数虽然不多，是三个年级的复式班，有一、二、三各个年级的学生。我主要教他们语文和数学课，根据教学大纲的要求教完相关教材的内容。第一次站上三尺讲台，面对 19 个纯朴的乡村小孩，我心里既高兴又忐忑不安，深感自己肩上责任重大，决不能误人子弟。第一堂课我通过与学生沟通交流，了解他们的学习情况。第二节开始正式上课，三个年级在一个班级同时交叉上课，一块黑板也分三个年级，分别对应下面的三个年级的学生。一年级语文以识字，算术以加减法基础训练为主，课时相对少些。一个年级上课时，另两个年级就抄写生字和词组、默写课文、做数学题，幸好学生都是本村的，大部分学生都叫得出名字，我一下子就进入了角色。可是我说普通话，学生却用高安方言和我对话，虽然我也会说高安话，但我认为教师上课必须讲普通话，学生必须普及学会普通话。可是他们从未学过汉语拼音字母，也不会讲普通话，于是我决定每天增加一节公共课，教全班学生一起学习汉语拼音及说普通话，这样课表由每天五节课增加到六节课，即上午、下午均为三节课。我买来了汉语拼音教材及辅导材料。刚开始学汉语拼音时，学生感到很新鲜，也十分好奇。大家跟着我念，虽然声音十分响亮，但学生对拼音和汉字的关系浑然不知，真可谓小和尚念经有口无心，更谈不上分清声母和韵母了。针对学生的种种情况，我想方设法提高教学质量。用硬板纸给每个学生做了一套声母和韵母的卡片，让学生利用课余时间反复练习。有时我还得借助字典，训练、纠正学生的发音。每天晚上我还要为三个年级分别备课，批改作业，常常工作到深夜。早晨上课前，把各年级相关教学内容分别抄写在黑板上。教学实践使我认识到，教学是一项复杂的脑力劳动和一门精湛的艺术，上好课、教好书并不比干农活轻松。俗话说，开弓没有回头箭。我此时已经没有退路，只能继续向前！

为了腾出更多的时间指导学生、提高教学质量，我想方设法调动学生的潜能，发挥他们的主观能动性，指定每班班长协助我做教学辅助工作，收发作业本、默写生字、背诵课文、维持课堂秩序等。我还挑选三年级成绩优秀的学生，为一年级学生批改作业，事后我通览一遍发现问题加以更正。经过半个学期的反复训练，学生们除前鼻音和后鼻音、平舌音和翘舌音还不能准确掌握外，大部分能正确朗读声母和韵母，普通话水平也有了很大的提高，我心里别提有多高兴了。学生的进步让我忘记了辛苦和劳累，学生们也渐渐成了我好朋友。每到周末上完劳动课，学生们就会三五成群地汇集到我们知青住所的大厅里，帮我们干活。扫地倒垃圾、拣菜剥豆；有时还跟我一起下菜地，拔草、摘菜；到厨房点火、烧灶。学生个个忙得不亦乐乎，谁也不肯袖手旁观。我也会拿出瓜果和上海带来的糖果小零食来犒劳他们。此时，我们之间超越了单纯的师生关系，可以用"一家人""好朋友"来形容，学生的深情厚意，时常在我心中产生一种无穷的快乐和满足感，这种师生情是不能用辛苦和劳累等价交换的。学生学习非常用功，有些成绩不太理想的学生，我利用星期日休息时间给他们补课。

功夫不负有心人，期末考试，19 位学生的成绩全都过了关。我的"代课"工作村委会干部给予了很高的评价，并给我评定了妇女中的最高工分。一个学期的代课工作结束了，学生们放假了，我没有休假，继续投入了紧张繁忙的"双抢"战斗。同年 10 月，我光荣地加入了中国共产党，实现了自己梦寐以求的心愿。学生们也在以后的日子里，相继考入高中、大学，在不同的工作岗位上取得了优异成绩，当年为一年级批改作业的三年级学生邓美勤，在九十年代就是八景镇副镇长，2011 年又荣升为高安市审计局长至今。我由衷地祝愿他们为祖国和家乡建设作出更大的贡献。

2016 年 12 月 3 日

难忘我的闺蜜米英

作　者：洪　斐（万载高城）

　　2015年11月，我们队里6位知青，兴高采烈地从上海来到第二故乡——江西省万载县高城公社南庙村。父老乡亲像招待亲人一样，到宜春火车站接我们，请我们喝米酒吃土鸡……我们6个人的名字没有一个叫错的，大家一见如故高兴极了。那天我们刚到村里不久，只听到远处传来洪斐，洪斐……我一听就说是米英！乡亲们告诉我，她是特意从宜春赶回来见我的。当她跑到我跟前，我们紧紧相拥着许久许久……

　　米英可是我的好闺蜜！我们的友情难以忘怀，我们的缘分说来话长……

　　1970年的4月9日，我离开生我养我可爱的上海，乘上去江西宜春的列车，第二天到达宜春火车站，有专车接我们到万载县高城公社南庙大队。当时只有16岁的我稀里糊涂上了车，汽车在起起伏伏的公路上疾驶，也不知道开了多少时间南庙大队到了，父老乡亲敲锣打鼓迎接我们，我们队有14位上海知青（8女，6男）。那时我不以为然，认为不久就会回上海，就像现在出门旅游，说实在的心里蛮高兴的，一切都非常新鲜，十五六岁的我们开始了知青生活。开始几年我们是集体生活，大家一齐上山砍柴、种菜、出工、吃饭……很快乐。但是，一到晚上大家围在一起就会想上海，想家里的亲人，心里有一种说不出的滋味，女生会轻轻地哭起来……又过了几年，南庙大队把我们14个知青拆散了，我和邵瑞花分在庙山生产队。我们同老乡要同吃同住同劳动，接受乡亲们的再教育。印象最深的是参加"双抢"

劳动，早晨天还蒙蒙亮，就要起床下地拔秧苗，白天要收割稻子，栽种秧苗，天天面对红土背朝天，水稻田里的蚂蟥还要吸我们的血，一天下来我全身无比酸痛只想睡觉。那时我和邵瑞花住在村边的一个房间里，她常常要去宜丰县姐姐家，只要她晚上不回来住，我绝对不敢一个人睡这间房，这个晚上就由米英来与我作伴。从此，我们就像亲姐妹一样了，晚上我们有说不完的话，而且无话不谈。慢慢地，我知道了很多农村的风土人情，她也知道了上海有南京路外滩城隍庙大世界……我与她形影不离，我们一起开工，一起收工，一起修三十坝水库……不久，我光荣地加入了中国共产主义青年团，经常得到乡亲们的好评……我与米英在一起，学到了她热情淳朴、好客大方的待人接物，我学到了她勤俭节约，吃苦耐劳的生活和工作态度，我学到了她尊老爱幼，谦虚谨慎的传统美德……终生受用啊！我要感谢我的好闺蜜米英！

知青一词频频出现在网上，报纸上，这不由使我想起自己的知青生活，本来早已尘封的记忆，原以为淡忘的往事在《情系红土地》文章的征集下又浮现在我眼前了。我曾不愿回忆知青那一段苦涩和快乐并存的岁月，可 2015 年我回第二故乡见到米英，我不能不想了，这段经历已深深地扎根在我的心里。四十七年的岁月，流逝了多少人的青春年华，四十七年的岁月带走了多少熟悉的名字，四十七年的岁月，淡忘了多少陈年往事，但，唯有插队的经历，唯有米英，让我终生难忘。

2016 年 12 月 31 日

红土地圆了我的大学梦

供　稿：罗引珍（高安蓝坊）

整　理：郭敏学（高安村前）

　　上大学是我孩提时一直梦寐以求的夙愿，记得小时候看见胸前挂着大学校徽的大哥哥大姐姐们步入大学校门，那是多么的神圣，我是多么的羡慕和向往。未曾想到插队红土地后圆了我的大学梦。

　　1970年4月11日，我们一群十六七岁、懵懵懂懂的学生，响应知识青年到农村去的号召，远离亲人，远离大城市来到了这方陌生的红土地——江西省高安县蓝坊公社林场。

　　初到农村，首先遇到的就是劳动关，面对丘陵地区春寒刺骨赤脚下田弯腰插秧等各种繁重的体力劳动和农村的困苦生活，谁也无法逃避只能勇敢面对！我是知青班的班长，当时就抱定一个信念：直面现实尽快适应，踏踏实实做人，勤勤恳恳做事。我和班上的知青们每天跟随老表们早出晚归，在老表们的指导下，不会就学，不懂就问，不畏日晒雨淋，不怕吃苦受累，咬紧牙关闯过了劳动关。几年的摸爬滚打、艰苦磨练，我们学会了基本的农活：插秧割禾、护林育苗、垦荒造林……所有挫折和艰难困苦，不仅没有压垮我们，反而使我们增加了战胜困难的勇气。红土地培育了我，锻炼了我，更使我收获满满。由于突出表现，我担任了林场场委会委员、妇女主任，我重点负责知青工作，及时将知青的思想、工作、生活情况和诉求与林场领导进行沟通，在维护知青的合理权益和发挥知青作用方面做了一些工作，得到知青们和老表们的认可。

　　在农村的那些年，尽管生活单调，条件艰苦，农活劳累，但知青点的集体生活却充满乐趣与愉悦，我们同吃一锅饭，同住一栋屋，互助互勉而结下的深厚情谊是那么的纯，友谊融入我们枯燥的生活，同甘共苦的经历是我们感情的纽带，那么的真诚、那么的无私。记得有一次，我们班上的一位男知青因看山与当地老表产生矛盾，做了一些不该做的事，被场领导批评了几句，他认为领导太片面不理解他，越想越觉得气不打一处来，感到万分委屈，想想前途无望，萌生了喝农药轻生的念头。我闻讯赶到时，只见他双手被绑着，嘴里还喃喃地说：把农药给我，把农药拿来……走进他房间，扑面而来的是阵阵呕吐物的臭味和刺鼻的农药味。屋里一片狼藉，呕吐物弄脏的衣服、帐子撒了一地。我二话没说，捡起脏衣服、帐子拿到池塘边去洗刷，冲洗干净晾干后再交给他。数日后待他冷静便与他谈心，耐心疏导……多少年之后我们再见面时，他握着我的手激动地说：老班长，在农村的那几年里，我由于年轻气盛总犯浑，给你增加了不少麻烦，我这辈子忘不了你，谢谢你，谢谢你……

还有一个男同学，他的父亲在外地工作，当时因去顶替父亲的工作，他早早离开了知青班，待知青班所有同学都返回上海后的一天，我听说他患了脑溢血，瘫痪在床，已丧失了认知能力和语言能力。他爱人因他而不能工作，长期在上海照顾他，孩子还在读大学，孩子的学费、生活费、高额的医疗费用和各项开支使得他家的生活相当困难，经济上极为拮据。了解到这些情况后，我内心非常不安，马上找了几个知青同学商量，然后买了保健品及食品去看望他，并组织发动同学们捐款资助，接连几年都如此。见我们原知青班的同学们提着大袋小包的食品营养保健品前去探望，他爱人非常感动，她握着我们的手连声道谢，当我代表大家将捐款交给她时，她激动地流着泪，哽咽着连声说道：谢谢，谢谢！你们的恩情我们全家不会忘记。是红土地建立起了我们的友情，并一直延续着，直至回上海后我们还是那样的一如既往。

高考招生的机会终于来了，那是1974年夏天一个难忘的日子，在公社召开的全体知青大会上宣布了大学招生的信息。这给我带来了求学的希望，一时既高兴又担心，高兴的是若能有机会上大学，将使自己的人生有一个大的转折。担心的是一个69届初中学生，文化底子薄，能过得了考试这个关吗？正犹豫不决时，林场领导班子研究后已把我推荐到了公社。当时两个公社仅一个名额，真是千军万马过独木桥，希望渺茫。记得一天傍晚，晚饭后公社领导来到了林场，就在小山坡上召开林场知青和职工座谈会，听取推荐我上大学的意见。由于我在四年多的插队生活、工作中，以身作则吃苦在前，工作主动积极，努力奋斗，得到了大家的一致认可。出于领导和大家对我的信任和支持，我鼓起勇气去面对各项考试和面试。最后经过公社研究确定将我推荐到县里。

正值盛夏，骄阳似火。有一天辛苦劳作后，倍感疲惫，晚饭后正想歇歇，我突然接到电话通知，要求当晚九时前赶到县委招生办参加面试。从林场到县城有30多里路，我一下懵了，当时缺乏交通工具，难道要我走夜路赶去吗？我从没、也不敢走夜路的呀。正在犯愁时，知青姐妹中的华小妹、潘丽娟和许秀娣主动提出：我们陪你去。我先是惊讶，继而兴奋，最后是感动，困难之中向我伸出援手，多么好的姐妹啊！我们借着一缕月光，即刻出门赶路。一脚高一脚低、上了坡又下坡，不时被路边萤火虫发出的光闪和冷不丁的狗叫吓出一身冷汗，时而被路边荆棘拉破手脚……经过几小时的奋力跋涉，终于在规定的时间赶到了目的地。在好姐妹陪伴和鼎力支持下，我顺利地通过了面试。

我感谢我的好姐妹们，这种无私的插友加姐妹的情感是那么的刻骨铭心，是我终生难以忘怀和无法磨灭的记忆，是现在人无法体会的一种高境界的情义。我们的友谊一直延续至今。

9月初，我如愿以偿接到了复旦大学的录取通知书，按照通知要求，办理户口迁移、油粮关系、组织关系等手续。当时由于交通不便，为办油粮关系，林场职工赵伯太用大板车拉着我的口粮（几百斤的稻谷），跑了十几里地，送到了湾头粮管所，帮我办妥粮油转出关系。使我非常感动，这一幕至今记忆犹新。在临行前一天的晚上，场部领导准备了丰盛的晚餐为我饯行，席间那祝贺和希望的话语至今还萦绕在我心头，也成为我在大学里努力学习，克服基础差的困难，不惧艰难，勤学钻研、积极进取的不懈动力。

感谢蓝坊公社和林场领导对我的培养、信任和肯定；感谢林场的知青和职工对我的认可和支持。对这片红土地的感情我难以用语言表达，更无法割舍，至今我依然是那么的依恋。离开那片土地已40余年，曾回去多次，每次踏上那片热土，一山一水、一树一木、一物一景都勾起我对往事的回忆。红土地培育了我，锻炼了我，改变了我的人生轨迹，是她圆了我的大学梦。

2016年12月31日

电影放映队生涯

供　稿：许彬华（高安相城）

整　理：谭凤美（高安八景）

　　我手持朋友给的上海大光明电影院的电影票，沿着南京西路，找到216号大光明影院。抬头仰望了一下影院门头风帆形的外立面上书的大光明电影院，走进圆弧曲线形的高挑剔透的大厅，一幅巨大的彩色影片《圆梦巨人》电子广告扑面而来，左右各有弓形楼梯通向二楼。拾级而上菡瓣屋顶引导我入场，两边灯光巧夺天工，更显得富丽堂皇。我坐上宽大柔软的皮质沙发，思绪被轻歌曼舞的数码立体声，带到了四十年前曾经工作生活过的红土地，想起了生产队的露天电影院以及我在电影放映队的故事。

　　1974年初，江西高安县相城公社要成立电影放映队，消息传来老表们奔走相告，对文化生活极度贫瘠的老表来说，无疑是一件梦寐以求的大喜事。做梦也没想到公社决定抽调三个人组成放映队，其中就有我！喜出望外的我，第一反应就是可以脱离体力劳动，可以避开赤日炎炎下的双抢农活。哈哈，真是运气来了挡也挡不住啊！我很快就告别知青班同学去公社报到了。

　　放映队队长老吴是一位复员军人，另一位老曾是高中毕业生，在当地可算高才生啦，就我一位是上海知青，年龄最小学历也最低。第二天公社派我们三人到县电影公司培训一个月，后又随县电影放映队巡回实习三个月。在春雨绵绵中，我们披星戴月，挑着160斤的电影器材行走在泥泞的小道，其中的辛劳，不亚于白天在农田干活。四个月后返回公社准备大显身手时，却被告知要支援田多人少的大队插秧。后来才知道，公社工作人员农忙、双抢期间都要组织工作组支援大队，吃住在大队部。春耕支援进行到一半，老吴、老曾就请假忙自家的春耕去了，他们都有家庭负担，而我一个人吃饱全家不饿，坚持到春耕结束。我腰酸背痛回到公社躺在床上，想想原本以为可以逃避农活，可事实并非如此；想想以后要天天当夜游神，还真有点怕自己不能坚持下来。

相城公社有186个自然村，我们设置了130个放映点。电影都先在公社礼堂公演。我们挑着电影放映器材和彩色影片《红色娘子军》到15公里外的偏远村庄放映。老乡像过节似的喜气洋洋地在村口迎接。我们扛着放映机进入露天打谷场时，刚才还懒散坐在凳子上聊天的老表，忽然群情激动，我第一次碰到这样的场面，喜滋滋地与老吴挂上银幕，老曾拉电线用发电机发电。一位满头银发的老奶奶坐在电影放映机旁，她一边瞪着惊讶的眼睛看电影，一边不时与我唠叨：伢子，这可是我有生以来第一次看到会唱会跳有颜色的电影啊！我年轻时，在南昌看的是黑白哑巴电影，没有声音的。她不时地用双手抹着眼睛，连连说：我这一生值，值！电影结束后，生产队长告诉我，县放映队从不到我们这偏僻的山里来，邻村放电影，小伙与姑娘们肩扛一条长凳结伴走好几里路去看，上了年纪的人只能守家护院。我暗暗思忖：农村的文化生活太差了，今后得多跑跑这些偏远小村，让爷爷奶奶们在有生之年多看些电影。当每季度讨论放映计划时，我都力争向偏远村庄倾斜，理由是，县放映队以前不到的队要补课，我们要走进这些村落，为走不出村的耄耋老人服务。耳闻目睹老表们看电影的高兴劲儿，我开始觉得我们在做一件特别有意义的工作。

电影放映队的工作性质，决定着我们吃百家饭，睡百家床。每到一处，老表们总是竭尽所能，炒好菜招待我们；睡的床铺虽然谈不上十分舒适，却也干净、整洁。可是讨厌的小动物老是欺生，夏天的蚊子，放映机的吵吵声都轰不走，要喝我们的血还嗡嗡盘旋着哼哼，好像是来讨债，害得我再热也要穿上长衣长裤。俗话说：明枪好躲，暗箭难防。更可恶的是跳蚤，在我极度疲劳时偷袭。有一次也是在偏远村庄，夜晚11点结束放映后，生产队长安排我们到村里最干净的村民家睡觉，一个大床三个人睡。不一会他们两人开始打鼾了，我全身痒得睡不着，干脆起来坐在床边的凳子上。拖凳子的声音惊醒了他们，我说全身发痒，他们也说痒了，三人拿着手电筒开始抓跳蚤。老吴抖了抖被子，床垫上出现不少，比黑芝麻还小的跳蚤，一不留神就蹦没了。我好不容易捏住一个，怎么用力就是捏不死，一松手指它就逃之夭夭。还是老曾有经验，告诉我捏着跳蚤慢慢移到指甲旁，用另一个手的指甲，指甲对指甲才能把它掐死，真是实践出真知，我屡试不爽。由于没有充足的睡眠，第二天我眼睑肿胀，老吴告诉我用棉布蘸取露水，敷于眼睑，能很快消除浮肿。我到背阳处的瓜叶上采集露水，敷在眼睑上果然不久肿胀感消失了。老吴自豪地介绍，他在部队里，卫生员还告诉他百花上的露水涂脸能使皮肤光洁；用柏叶露、菖蒲露，早晨洗眼睛，能增强视力；神奇的韭叶露，还可以治疗白癜风病。从此我不再怕夜间的露水打湿头发，打湿衣裤了……

电影院的灯再次亮了，观众纷纷起身离座，我的思索被拉回现实。那么多年过去了，一看见上海大大小小豪华的电影院，我就会想起当年热闹而愉快的电影放映队的生活。每当挑着放映机下乡时，老表们常常会在半道上迎接我们，抢着挑担进村。我打心眼里感激这些红土地上纯朴、善良的老表。《圆梦巨人》描述的是什么我理不出头绪，我只能望文生义，农村巨大的精神欲望谁去圆梦？我期望改革开放的东风吹向红土地，让电影院建在红土地，让物质上开始富裕的老表，在精神文化生活上也充裕起来。

2016 年 8 月 20 日

"农科所"插队点滴

作　者：谈蔚霞（高安蓝坊）

　　我是上海市六十四中学六九届初中学生，1970年4月11日，我和陈爱华、刘赤峰等十人，随着知识青年到农村去的大潮，来到江西高安县蓝坊公社铜湖大队"农科所"，开始了插队落户的生涯。我们十人（四男六女），被安排住在农科所简陋的土屋里。土坯砖垒的墙，屋顶是在用竹条钉的桁架上面铺了一层薄薄的黑色土瓦，透风漏光；两张三条腿的竹条凳铺上木板做成的床，左右翻身是没问题，如果不小心前后一摇，整个床即匍匐倒地，这种尴尬场面几乎每人都碰到过。

　　所谓"农科所"，是大队书记梁显耀搞的试点。梁书记当时是蓝坊公社农业学大寨的一面旗帜，由于高安地处丘陵地带，山地的土质偏酸性而呈红色，这样的土质不适宜种植水稻等粮食作物，但荒芜着又可惜。在农业学大寨的热潮中，在大队书记梁显耀倡导下成立了农科所。农科所成立后，从各生产队调集一些精壮劳力到山上开垦荒地。在荒山上种植了果树、花生、西瓜和烟叶等经济作物；在山脚边搭建砖窑烧制砖瓦。农科所还办了食堂，虽然我们不用自己煮饭做菜，但食堂平时的伙食极其简单：捞饭加擦菜。所谓捞饭，即把米放在一大锅水中煮，水烧开后随即将米捞起来，放进一个大木桶里蒸，而米浆水倒在另外的木桶里，可当茶喝，吃饭时也可当汤喝；擦菜（酸菜），即把菜洗净切细，用盐腌制后放入辣椒炒一下，不太咸、但极辣，很下饭。当地人用钵头吃饭，一钵头饭只需加一点擦菜就足够了。

　　四月中旬，江西的天已很热了，中午只需穿一件衬衫。第一天出工，我们肩扛锄头上山，任务是锄掉果树周围的杂草，并给果树松土。在农科所老农指导下，我们从除草、松土这类最简单的农活做起，以后跟随着他们上山学种花生、排沟；为砖窑挑做砖瓦的土、推板车运土；育秧、拔秧、栽禾，割稻等各种农活。最艰苦的要数夏天，为避开酷日高温，清早6点到8点出早工，回来匆匆吃了早饭，9点再出工，到中午1点左右回来吃中饭，下午3点多一直要做到晚上8点。收工回来再洗澡、吃晚饭、洗完衣服已经不早了，疲惫了一天却无法进屋睡觉，因床上的铺板和席子都还是滚烫的，加上蚊帐，简直像蒸笼。无奈只能拿个小凳子，带把大蒲扇在山坡上乘凉，直到12点进屋睡觉。尽管屋内还是闷热，席子还是热的，钻进帐子一会儿身上就出汗了，但再热也得睡，第二天一清早还要出早工。农科所没有休息天，碰到下雨天不能外出上山干活，就在堂屋里编织窑厂盖砖瓦用的草帘、草绳，搓草绳编草帘，两只手被稻草磨得皮肤开裂非常粗糙，慢慢还长出了厚厚的老茧。几经磨练，我们个个都成了编织草帘的能手。那时我们是那么的年青、单纯，那么的朝气蓬勃、满腔热情。几年如一日，艰苦的生活，繁重的劳作，我们咬咬牙都挺过来了，我们不仅没被压垮，反而更加坚强。插队的酸甜苦辣作为一种经历、一种财富为我以后的工作、学习和生活打下了坚实的基础。

　　曾经以为江西插队生活是永远的翻篇了，不曾想《情系红土地》这个活动，让我们重温插队生活的酸甜苦辣。蹉跎岁月使我们从无知少年成长为能吃苦耐劳的青年，《红土情》要召集我们当年一同插队的同伴重回"农科所"故地，再聚第二故乡——铜湖大队。那情那景，百感交集，非亲历者无法体验。

2016 年 6 月 28 日

红土地上难忘的岁月

作　者：赵桐年（万载仙源）

　　1970年4月9日，上海彭浦火车站开出一趟知青专列，车上的少男少女告别亲友，告别大上海奔赴江西万载县。与我同行到仙源公社新市大队军庙生产队一个知青点的有：胡世彰、程德祥、李苏荣、陈幼裕、莫新龙、陈伟国、徐惠莉、韩鑫玉、陈志存、王玉英、蔡剑鸣等12位69届同学。

一、进山

　　列车运行了18小时，到达了江西省宜春火车站，我们下车换乘去仙源的汽车，途经万载县，领队告诉我们还有50公里的山路。果然行驶了十来分钟，汽车开始颠簸着爬高，离平地越来越高。不一会公路的一侧是依山红土，另一侧却是悬崖峭壁，行驶中的汽车时上时下，忽左忽右。我们上海知青第一次遇到这样盘旋起伏、蜿蜒曲折的公路，吓得心惊肉跳，不敢眺望车外的风景，随着每一个转弯身体都会跟着车子倾斜，引来女同学的大呼小叫。我担心车子会不会散架，会不会把我们摔出车外，会不会车辆交会时被挤下悬崖？这样出师未捷身先死岂不冤啊！看着司机熟练高超的避险车技，心头稍稍有所依托。当车顺利地驶过这段惊险的盘山公路，进入我们眼帘的是山清水秀、红土绿草、秀色可餐的自然景观。到了！我们的第二故乡：江西省万载县仙源公社。老表们站在公路旁夹道欢迎我们的到来。短暂的介绍后，热情的老表挑着我们的行李，新市大队生产队长付甲生带领我们走过一个池塘来到了山脚下，只见一个红土砖砌成围墙的红色大院，走进大院是一排房屋，我们 12 人被安顿在 6 间房间，房屋简陋却干净，透出新竹的清香味。院子也挺整洁，一看这些都是为我们知青到来特意修建的。院子后面的山上是一片挺拔的毛竹林，山脚下有一口水井，老表告诉我们井水冬暖夏凉，可以生喝还带甜味。院子外的池塘里种的是茭白，远处连绵起伏的山峦和公路，映衬一片片的农田，风景秀丽让人陶醉。

二、蛇缘

初到农村，大山就给了我们一个下马威，差不多每个知青浑身上下发出一粒粒的小红点，一瘙红一片，痒的夜不能寐。队长付甲生知道后笑对我们说：这是你们对山里水土不服啊，不要紧的，我有土方可以对付它。两天后，老表们给我们送来一条刚打死的长蛇和一个泥锅，在院子里摆开了架势。我们知青们远远地围观，只见付甲生砍下蛇头，吩咐会计李师傅的儿子戴荣芳将它深埋于泥土里，随后剥下蛇皮钉在木门上，说晒干后用作二胡的蒙皮。付甲生洗净蛇身剁成一段一段，放入加了水的泥锅里，然后支起三块石头，稳稳地放上泥锅，捡了些干树枝煮起蛇肉来。红红的火焰，袅袅的青烟，他一边添柴，一边大声说：蛇味会惊动躲在瓦缝里有毒的蜈蚣等虫子，所以一定要避开有瓦的房顶。不一会，泥锅里发出咕嘟咕嘟的沸腾声，一锅香喷喷热腾腾的蛇肉汤煲好了。女同学不知何时逃回了自己的宿室，男同学看着却没有人敢上前尝试。在付甲生的示范下我们每人勉强吃了一块蛇肉，女同学也不例外，胆大的同学还喝了几口蛇汤。奇迹在一天后开始出现，身上的小红点慢慢消失了。啊，江西的红土地开始接纳我们啦！虽然吃了蛇肉似乎有了蛇胆，但以后的生活中与蛇不期相遇还是胆战心惊，不过都是有惊无险。

有一天晚上，我拎着沉沉的水桶去浴室冲澡，走到离浴室不远的地方，水桶底无意擦碰到什么软软的物体，我低头察看魂飞魄散，放下水桶就跳开了，回头看见水桶正巧压在蛇的身上使它无法攻击我。我的叫声引来两位女同学，她们提了一盏煤油灯和一把砍刀，我接过砍刀，在微弱的煤油灯光下，向蛇身一阵猛砍，蛇被砍死了，我却平生第一次没洗澡过了一夜。

还有一次，我们知青班集体上山砍柴火，到山上后分散砍伐，忘记是哪位同学找准一棵树弯下腰准备挥刀时，听到头顶上发出什么声响，抬头一看垂下的树枝上悬挂着一条斑斓花蛇，随着那同学的一声惊叫，那蛇"嗖"地一声窜到地下，而后敏捷地窜进草丛不见了踪影。我们明白了打草惊蛇的道理，人怕蛇蛇也怕人啊，以后我们上山砍柴，人手一根长木棍开路。

三、锻炼

下到农村吃喝玩乐一星期后，漫长艰苦的生活开始了。由于我们大队地处山区，大大小小的梯田层层叠叠，水面上漂浮着铁锈红的尘，夏天山阳处稻田里的水是滚烫的，头顶太阳，汗流浃背；山阴处稻田里的水却从脚心凉到心里。可怕的是那些不怕冷热的蚂蟥叮咬却不被我们发现，突然有人惊呼发现了蚂蟥，我抬脚拔下蚂蟥伤口流血不止。按住伤口片刻休息后，再次投入到割稻打谷之中。没人想到伤口可能感染，也没人想到去包扎一下，因为身边的老表就是榜样。

有一次，在田里收割稻谷，我一不小心割了手指，血流不止。在我旁边割稻的老表马上放下农活，要我压紧手指上的伤口。他在稻田里抓了一只小蛤蟆，撕开蛤蟆按在我伤口上，不一会血止住了，疼痛也缓解了。我连说谢谢、谢谢！谢天谢地，几天后伤口自然愈合了。如今，每当看到手指上的疤痕，我就想到老表的关心和帮助，也惊讶自己当时居然不怕破伤风感染。

为了解决吃菜问题，我们军庙知青班同学在房屋的后山上开垦了一块荒地，在老表的指导下，播撒菜种，浇上发酵后的大粪，覆盖稻草灰，经过辛勤劳动，天不负有心人。看到绿油油的蔬菜、沉甸甸的番茄、茄子，享受着自己的劳动成果，心里不知有多舒坦。

我还学会了碓磨碓米，金黄的稻谷变成银白的大米。在戴荣芳的热情指导下，我按照他说的工序，先把晒干的稻谷用勺子舀入碓心里，看着水的落差能量带动一根长木棍拖转碓的上龛，稻谷进入上龛和下龛的缝隙中进行碾磨。米壳分家后，把它们倒进旁边一台木制的手摇风米机里，用力摇转吹开米和壳，然后第二次碓磨和吹，风米机流出了清香的大米。我从碓磨上看到了中国劳动人民的无穷智慧。几年后，有了电，有了机器碾米，碓磨才逐渐退出历史舞台。

除了参加生产队的劳动外，我们还要解决烧柴等生活问题。虽然我们背靠大山，但是不能就近取柴，生产队最多让割些茅草，要砍那些硬柴一定要翻山越岭走几十里的山路。几年下来我习惯了走山路，有一次公社供销社白砂糖紧缺，我们上海人烧菜偏好放糖，我在老表陪同下，硬是走了40里山路到湖南省的一个小镇买回了白砂糖。

四、春节

下放9个月后，象征阖家团圆的春节即将来临，我们响应万载县政府的号召：与贫下中农过一个革命化的春节。不回上海，在江西过第一个春节。除夕那天，我们知青分成三拨人，一拨人带上国家发的生活费，去镇上采购猪肉、鱼、腐竹、冬笋、酒等食材；一拨人杀鸡宰鸭烫毛10只鸡10只鸭，去自留地上采摘自己种的蔬菜；另一拨人充当火头军。大家齐心协力忙碌着，没有怨言只有欢笑。经过大家一番努力，居然烧成了一桌鱼肉蛋菜、色香味齐全的"满汉全席"。除夕之夜，吃着自己喂养栽种的鸡鸭蔬菜，尝着大家各显神通的厨艺，我们频频举杯互相祝福！不时有鞭炮声传来助兴。那天我有生以来第一次醉了，朦胧中好像有人在说豪言壮语，又好像有人在感叹没有回上海团聚……人生能有几回醉，几个同学还在拼酒，我晕晕的被人扶到床上。第二天大年初一，我被此起彼落的鞭炮声惊醒，洗漱完毕后就见队长付甲生等在门口邀请我们去他家过年，我们各自带上家里寄来的食品和紧俏的肥皂拜年。一进付家，瞧见桌上放了不少炒花生、炸红薯片等年货。我们刚坐定，队长老婆就给我们每人端出一碗酒糟水浦蛋，非逼着我们吃完。当我们酒足饭饱出来时，个个热泪盈眶，这些招待我们的都是江西老表平时都舍不得吃，要卖钱换生活必需品的，今天却大大方方拿出来款待我们，看到我们吃得开心，他们脸上露出了真诚的微笑。

路遥知马力，日久见人心，纯朴的老表自己很节俭，对客人却热情大方，只要他们有的就不会藏着掖着。以后几乎每天都有老表来请我们吃饭，进门首先都是一律的一碗酒糟水浦蛋，一直到正月十五。

队长付甲生兄弟俩和会计李师傅全家，几年来对我们知青亲如一家，我们把他们当作自己的父母，有困难就找他们帮忙，我们也时常用上海带来或邮寄来的物品回敬他们。

五、离别

1978 年，我从上海带着《户口准迁证》回到军庙，在办理返回上海手续的日子里，老表们知道我要离开，纷纷请我吃饭，餐餐都在老表家轮流转。别离江西的那天，我在会计李师傅家用了最后一顿早餐，队长付甲生等老表早早来到李师傅家为我送行。饭后，我与他们一一道别，戴荣芳紧握着我的手久久不放，对我说：你回上海后，有空一定要再来新市看看你的第二故乡，看看军庙的兄妹表亲。我说：会来的，军庙生产队是我第二故乡，我永生不忘！班车到了，众老表送我上车替我放好行李，班车徐徐启动，挥手互相道别。望着车窗外忽闪而过红土地上的花草树木，隐隐约约看到知青们的劳动背影，军庙生产队渐渐消失在我的视野里，此刻我真是悲喜交加……别了，仙源！别了，万载！

六、后记

回到上海三十余年，随着时间的流逝，以前刻骨铭心的劳累之苦被上海的安逸生活冲淡了，留下的却是对付甲生、戴荣芳们的美好记忆，当年在新市、军庙盛夏下蝉鸣鸟叫声中的劳作，似乎有了些诗意。仙源有中华苏维埃共和国湘鄂赣省苏维埃政府旧址留下彭德怀等无数革命家的足迹、有光荣历史的革命根据地仙源那古色古香的祠堂、庙宇、古桥等许多民间古式建筑还时时在我脑海里呈现。

戴荣芳与我们一直保持着联系。2002 年，戴荣芳电话告知香港邵逸夫先生投资 18 万港币在仙源乡新市小学建成逸夫教学楼，2003 年，戴荣芳欣喜地告知上海洞泾镇投资 20 万元建成海欣希望小学（仙源中心小学），新市有希望腾飞啦！

2010 年的一天，在仙源乡任乡纪委书记的戴荣芳来电说：你们知青当初居住的房屋，在一次暴雨中不幸倒坍了！听到这一噩耗，我陷入了深深的沉思……红土地上难忘的岁月锻炼了我的意志，使我了解到生活在最底层农民的艰辛，懂得了谁知盘中餐，粒粒皆辛苦的真谛，返回上海参加工作，有农村这碗酒垫底，什么艰难困苦都没有压垮我。

2016 年 6 月 8 日

磨　砺

提　供：东龙珍（高安相城）

执　笔：谭凤美（高安八景）

　　宝剑锋从磨砺出，梅花香自苦寒来。经历了冬天的人，才知道春天的温暖。经历了插队艰辛生活的人，才珍惜今天幸福的生活。

　　我是上海市 68 届初中毕业生，由于我的身材比较矮小，身高不到 1 米 4；身体特别轻盈体重不足 75 斤。故按当时的政策我是可以留在上海的，更何况父母看到瘦弱的我也坚决不让我去农村。可在"知识青年到农村去"上山下乡运动的影响下，我心潮澎湃：青年人要有理想，要有追求。我宁可去农村广阔天地锻炼自己，也不留在上海虚度光阴。我暗下决心，要去农村锻炼自己。我悄悄地报名去江西；偷偷迁离上海的户口，瞒天过海，而且瞒得滴水不漏，父母浑然不知。直至录取通知书送到家，交到父母手中，他们才恍然大悟。母亲勃然大怒厉声斥责我："你翅膀硬了，连父母的话也不听了。晚上等你父亲下班，让他来好好收拾你。"晚饭后，父亲只是叹了口气说："事到如今，我们也拦不住你。以后的酸甜苦辣你自己去承受吧！"这时，他们纵有千般万般地不舍也无可奈何了。1970 年 4 月 11 日，十七岁的我，挥泪告别了亲人，告别了上海，打起行李去江西。当时母亲随着行驶的火车追着哭着喊着的场景至今仍记忆犹新。

　　火车到了南昌，随后转乘汽车，再徒步，我们终于来到了江西高安相城公社新华大队第一生产队。一到生产队，副队长看到我个儿矮小，身体单薄瘦弱，一副弱不禁风的样子，便皱皱眉头轻轻地说："你这么矮小瘦弱怎么干农活？我们不要！"一听这话，我泪水情不自禁地流下来了，犹如一桶凉水泼到心底感觉凉飕飕的。幸亏队长说了句鼓励我的话："她是响应毛主席的号召来农村的，我们欢迎她，我同意留下她。"这时，我强忍着泪水，攥紧拳头暗暗下决心：你们瞧着，我决不会让你们失望的。

在江西插队的日子里，我学会了烧饭做菜。这里烧饭与上海大不相同，用的是直径有70多公分的大铁锅，我拿着锅盖都放不到对面的锅边上，只能放在后边的锅子上。简单的烧菜，也不相同，一边在锅里炒菜，一边要往灶膛里放柴火，有时没注意，炒着炒着怎么锅里没动静了，原来灶膛里的火熄了。在农村，烧饭和喝的水，我要从井里挑回来，生活用水要从河里挑回来，我个子矮小，挑着的水桶会碰着地面，我把水桶的绳子绕起来，坚持自己挑水。我学会自己洗衣服，自己料理自己的生活。这是我们到农村要经历的第一关：生活关。

几天后，开始了艰苦的劳动。我们这些在城里长大的青年哪里见过红壤地，哪会干农活。我始终记着自己来农村是锻炼的，不会就学。这四个字成了我的座右铭。我始终与村民们一起干农活。寒来暑往，起早摸黑，风雨无阻。插秧时，我会认真揣摩妇女主任的分秧、插秧手法，使自己手法越来越娴熟。每次分秧时，我能既速度快，又能均匀地分秧，插下的秧苗又快又直。

记得有一次割禾时，不甘示弱的我紧跟妇女主任，低着头铆着劲儿"嚓嚓嚓"地割着禾，不一会儿我就与妇女主任齐头并进了。我暗自高兴，想超越她，手上就加快了动作。哪里料到，一不留神，镰刀把我的手指割开了一道深深的口子。我不由自主地"哎哟"叫了一声，妇女主任听到后慌忙放下镰刀，关切地看我伤口，并安慰我："不要紧，我到田埂边上找些禾镰草一敷便好。"不一会儿她就找来了"禾镰草"。她用手反复捏拿"禾镰草"后便敷在我伤口上了。顿时，我的手仿佛不那么疼了，心中倍感温暖。妇女主任让我在田埂边歇歇，可要强的我不顾伤口疼痛，坚持着继续割禾。经过一段时间的锻炼，瘦弱的我不负众望，耕耘锄耙，插秧割禾，式式拿得起，样样做得好，连当初不要我的副队长也刮目相看了。由于我不懈地努力，荣誉也接踵而来。不久，我被生产队评为"五好"青年，还被公社评为"五好"青年。当我把奖状寄回上海时，父母悬着的心才渐渐放下了。

我要感谢江西，感谢红土地，是江西这片红土地使我得到了锻炼，磨炼了我不气馁、不退缩的坚强意志和能吃苦耐劳的品质和坚持不懈的精神。后来，我回到了上海，在工作岗位上，继续发扬这种精神，工作得有条有理、有声有色。我还光荣地加入了伟大的中国共产党，在党的培养教育下走上了领导岗位。

光阴似箭，日月如梭。四十多年过去了，回想起来，红土地的锻炼给我留下了深刻的印象，我仍深深地眷念那片红土地，深深地留恋着这片红土地上的一草一木，深深地惦念红土地的乡亲们。

2016 年 9 月 2 日

琴　　缘

作　者：吴维琪（高安新街）

　　我从小酷爱音乐，对旋律尤其敏感。下乡那一年，母亲圆了我儿时的梦，我终于拥有了一架手风琴。殷红的琴身，黑白醒目的琴键让我爱不释手，好几回从梦里笑醒。就这样，我背着心爱的手风琴踏上了上山下乡的征程。

　　我插队在高安县新街公社邓家村，农村的生活单调乏味，我们知青在艰辛的劳作中度过了一天又一天。终于有一天，由大队推荐，我当上了民办教师，走上讲台成了孩儿王。

　　夜晚的乡村格外寂静，寂静得让人感到窒息。初春，除了田野里青蛙的鸣叫声，偶尔传来小黄狗"汪汪"的叫声。那天晚上，我们知青点小屋里传出了悠扬的琴声，优美的旋律从窗口传出飘向空旷的田野，打破了村落的宁静。我们陶醉在音乐中，忽闻窗外叽叽呱呱的话语声，抬头一看，窗户玻璃外布满了一个个小脑袋，表情各异：紧张，兴奋，好奇，诧异。孩子们知道惊动了我们，便一溜烟散了，我发现其中有几个孩子是我班上的学生。当初学校没有设音乐课，也许是缺少专业老师吧。乡村的孩子对音乐很陌生，唱不了几首歌。但好奇心驱使他们想接近会出声的手风琴，也想一展歌喉。终于有一天，几个孩子相邀来到知青小屋，我用糖果招待他们，孩子们非常兴奋。推搡之下一个胆子略大的男生怯怯生生说：老师，能拉《闪闪的红星》吗？你能唱？他使劲点头。琴声一响，他先是领唱，随即孩子们合唱了。这下我乐了。尽管孩子们五音不全，但始终还在音调上，乡村的孩子也不简单。那个调皮的椿伢子乘我不备，用五个小手指同时按在琴键上，当手风琴发出沉闷的不和谐的声音时，孩子们开心地笑了，乡村的孩子真可爱。从此一发不可收拾，很长一段时间，小屋里时常传出琴声与歌声。孩子们多么需要音乐来熏陶，他们渴望多彩的生活。

在我的提议下，校方同意我们班开设每周一堂音乐课。课堂上传出的琴声歌声让所有的学生兴奋，这就是音乐的魅力。孩子们除了唱歌，还学习了简单的乐理知识。我的这份琴缘拉近了和学生的感情距离。那一年学校举行春季运动会，我参与了筹划。出板报，插彩旗，拉横幅，调来了锣鼓队，借用了大队部的广播设备。我还带领学生上山采摘野花来装扮舞蹈《迎宾曲》的小演员。我第一次为十六位女生编排了舞蹈，第一次承担了运动员进场乐曲伴奏的任务。那个年代没有录音设备，我的这架手风琴出尽了风头，为运动会增色不少。运动场上热闹非凡，周边学校也派出代表队参赛，大队书记亲临督战，老师与学生摩拳擦掌。似乎万事俱备，谁料闹出大笑话——当主持人宣布运动会开幕，顿时锣鼓齐鸣，鞭炮声、掌声、欢呼声响彻云霄。女学生头戴花环在手风琴的《迎宾曲》旋律中手舞足蹈：美丽的鲜花在开放，运动员们来自四方……会场一片欢腾。当主持人宣布运动员入场，我奏响了《运动员进行曲》。突然，扩音喇叭传出了不协调的音符，我正纳闷呢，发现不知什么时候我身边坐着两位男老师，一个正鼓腮吹着笛子，一个低头拉着二胡，非常投入，但三种乐器竟然不在一个调上。再看操场上，孩子们身着白衬衣，颈系红领巾，精神抖擞踩着节奏进场呢。好家伙，个个雄赳赳，气昂昂，步伐一致，毫不理会不协调的乐曲。我们只能将错进行到底，这不协调的乐曲一直延续到运动员进场完毕。开幕式就这样在热烈的气氛与不协调的旋律中，在我的小小遗憾中拉开大幕。事后，几位老师谈及此事笑得前俯后仰。C调，D调，F调，由此产生了一个怪调——不协调。每每想起那不协调的一幕，总让我忍俊不禁。那是一段快乐的回忆，这样的运动会，我不能说是绝后，但空前是一定的。

1975年的暑期，我接到了师范学校的录取通知书。我得走了——离开自己喜爱的三尺讲台，离开纯朴可爱的学生，离开可亲可敬的父老乡亲！学成之后，也许我会回来，也许就此离别，虽然怀有诸多的不舍与分别的酸楚，但离开的脚步是坚定的。那天我带着行李，肩上还有我的最爱——手风琴，坐上大队的拖拉机，依依不舍地离开了邓家村。

2016 年 6 月 24 日

打 牙 祭

作　者：吴维琪（高安新街）

　　一年一次打牙祭的机会总是在夏季"双抢"开镰之前。双抢时难捱的酷暑，高强度的劳动，足以让人望而却步。然而，每当此时我们知青和乡亲们一样按捺不住心头那无以言表的愉悦，因为猪肉的诱惑不可阻挡。开镰前欢乐又壮观的场面，让我深深体会到了人类对物资需求的渴望程度。队上要杀猪啦！队里要分肉了！乡亲们奔走相告，传递着这一振奋人心的好消息。不奇怪，队里男女老少已有半年没闻到荤腥了。队长心中有数，早早开始了筹划，他拟好派工名单：酿米酒、宰猪猡、磨豆腐、煎豆泡、籴米果……技术娴熟的屠大人，厨艺超群的烹调高手，人称豆腐王的桂花嫂，手脚麻利的男女杂工打下手，万事俱备。只可怜队里饲养的那几头膘肥体壮的猪大爷将要成为屠大人的刀下鬼，乡亲们的盘中餐。按照队上惯例，一是劳动力上桌聚餐，男女平等；二是按人头每人一斤猪肉，童叟无欺。聚餐安排在下午四点。想凑这份热闹，也为一睹究竟，我们知青为自己放了一天假。一大清早队里就忙开了。男知青们受好奇心驱使现场观摩，女知青因为害怕则避开了，据说那个宰猪场面恐怖。几个壮汉用粗绳分别捆住了那几头猪的四肢，那把锋利铮亮闪着寒光的屠刀足足一尺多长。远远能听见猪不停的叫唤声：俺老猪死到临头了。屠大人杀猪不眨眼，这一刀肯定下去了，因为传来了猪发出的惨烈哀嚎，声嘶力竭，撕心裂肺，可怜的猪啊！哀嚎声支撑持续了好几分钟，由强渐弱，呻吟着，喘息着，无声无息了——女知青们这时才壮着胆躲在人群背后窥视，只见树上倒挂着的那几头猪身体被气灌吹得浑圆鼓胀，毛鬃也已全然褪尽。听说是在猪后脚划道口子，然后人工用口朝里吹气，那吹气的人需要多大的肺活量啊。地上几个大木盆里盛着红色的液体，应该是猪的血，上面泛着白色的泡沫，令人恶心，听老乡说这玩意儿是清肺佳品。其中一头猪已被开膛破肚，掏心摘肺，大卸八块了，还能看见五脏六腑隐隐约约在那微微颤动。不可想象餐桌上的美味，屠宰的场面却如此血腥。

豆腐房热气腾腾，刚出锅的油豆腐金灿灿好诱人，酒坛子里的米酒香气扑鼻，还有那大块正方肥瘦相间的红烧肉油亮闪光正冒着热气，那猪血配上大蒜竟然那么秀色可餐——每桌八大菜碗非常丰盛，一共二十几桌占满了整个禾场。等不及了，太诱人了，开宴吧。队长一声令下，男人们迫不及待举起了斟满水酒的大海碗，妇女们手中的筷子齐刷刷伸向那碗红烧肉，整个就餐过程用风卷残云来形容一点都不过分。物资匮乏的年代如此美味佳肴，能不让人垂涎欲滴？能不让人亢奋吗？酒足菜饱后，大伙儿打着饱嗝，一手抹着油嘴，一手摸着肚子离席而去。禾场上只有那几条大黄狗还津津有味地啃着剩骨残渣。接下来如何善待那人头一斤份子肉，家家有奇招。我们知青把分到的份子肉，在第二天以一大锅红烧肉的形式下肚，解决得干净利落，不留后患。乡亲们则不然，计划着细水长流，腌腊肉，做熏肉，留着慢慢待客呢。这场有关打牙祭的话题持续了好长一段日子，也是双抢期间劳动者们朝夕相伴快乐的话题。田间割禾时，乡亲们体会着禾场盛宴的满足感；田头歇息间，还有人在绘声绘色回忆那红烧肉的鲜香味；秧田扯秧片刻，婆娘们更忘不了憧憬着那块被腌制的腊肉如何接待娘家客。妇女们此时口吐莲花描述打牙祭场景的话题，让所有劳动者当然也包括我们知青非常享受。忽然脑海中呈现小学课本里的那个成语典故——"望梅止渴"，让我们再度深刻领会其中的含义，时不时吞咽着"馋吐水"（口水）。啊，不知不觉太阳下山了。

第二天又是一个烈日当空天，队长安排妇女们禾场打谷，正在边打边嬉闹中，我们听到队长老婆骂骂咧咧一路走来，向大家诉说她家墙上挂着的那块腊肉不幸被花猫叼走了。乡亲们听着为之惋惜，随后开怀大笑。正说笑着，梅花的娘家哥嫂来了，梅花的喜悦溢于言表，兴冲冲地回家，割肉招待哥嫂去了。这时，新媳妇水红喜滋滋地告诉大家，昨天提了块肉回娘家，村里人羡慕不已，娘家人更是喜上眉梢，把她当功臣，破天荒赏了她"三个咯咯（土话：鸡蛋）一碗面"。那年代有肉待客真是脸上有光啊。

几十年过去了，往事已经久远，记忆依然清晰。每年一次打牙祭，真让人期盼，让人享受，让人回味。在上海，我给家人和朋友讲述那份猪肉的快乐心情，大家听后疑惑不解：不就是开荤吃肉嘛，有那么夸张？现在我可以告诉家人和朋友：因为原生态，因为健康环保，也因为城里人享用不到，更因为那时候我们知青久未沾荤，这是城里人无法体验的一份经历。

2016 年 8 月 5 日

有缘千里来相会

作　者：张建生（高安黄沙）

　　有缘千里来相会，是形容有缘分的人，不管相隔多远，都会有机会相遇的，这句话用在我身上非常贴切。

　　那是 1970 年 4 月 12 日，我来到江西省高安县黄沙公社三红大队伍家村插队落户。经过火车汽车一路的奔波，当我们到生产队时，天已经黑了，村民们忙着帮我们搬行李，我们也正在准备整理床铺。这时，生产队长把我叫到他家里，队长的妈妈仔细地端详我后，笑容满面热情地招待我入座，接着端上一大碗热气腾腾的面条请我吃。这让我既感动又惊诧：从上海初来乍到就遇到这么热情的接待，可是为什么不把其他知青一起叫来？无功不受禄啊，莫不是老太太想招我当上门女婿？要问清楚，我不能平白无故接受他们家这么热情的款待，吃了人家的嘴短……队长可能猜到了我的疑虑，他借故支开了他的母亲、妻子和两个女儿后，便悄悄地对我说：我母亲就生了我与弟弟两兄弟，弟弟两年前到部队当兵去了，从走的那天起母亲天天想小儿子，吃饭想，干活想，夜里常常做梦都想，常常呆呆地一个人想着想着就哭了，我与我媳妇都对她一点辙也没有。谁知，今天你们上海知青进村时，母亲在村口一看到你，就说你长得像我弟弟，非要我请你到家来……哦！原来如此，我明白了！

　　从此以后，不管刮风下雨，还是酷暑严寒，队长妈妈每天都会将烧好的菜装在罐子里，嘱咐 6 岁的孙女送到我住处。我很理解母亲思念儿子的心情，所以我也会常常去队长家坐坐，每次从上海回来，还捎带些上海的食品送去。一来二往，队长妈妈真把我当他儿子了。

1972 年，当她得知公社有招工指标，她亲自跑到公社找到公社书记，强烈要求把这个指标给我。就这样我轻松地拿到招工指标进了江西电机厂。我进厂后，每逢节假日就会回生产队探望队长一家，当然主要是看望我的妈。

缘分常常留给有缘的人，队长妈妈待我像儿子一样，我也把队长妈妈当作自己的妈妈。我很重视这份缘，这份情。虽然几十年过去了，现在回想起来，心里还是觉得暖暖的。有缘千里来相会。说得真好！

2016 年 12 月 9 日

胜 似 亲 人

作　者：谭凤美（高安八景）

　　时光荏苒。回想当年我们十六七岁时，随着"上山下乡"的热潮从上海来到江西这块红土地插队落户，那淳朴、热心的老乡们真诚关怀我们的点点滴滴，犹如一朵朵浪花涌上心头；热忱帮助我们的林林总总像电影一样，一幕幕呈现在眼前。

　　1970年4月11日，我们五位由上海日晖中学毕业的、稚气未脱的知青：我和沈金龙、张嘉明、赵顺来、顾杜妹（已故）告别上海的亲人，下乡插队来到了高安县八景公社红星大队敖岭村。淳朴的村民们把一挂挂震天响的鞭炮一字摆开，以传统的迎接亲人的方式迎接我们，在他们的夹道欢迎中我们进了村，住进了铺着地板、在当地算是条件比较好的房子里。生产队罗队长亲自给人生地不熟的我们购买了生活用品及一系列劳动工具。由于还没有菜地，距离公社又有十二里路，生产队就安排我们吃派饭。每到一家，村民们总极尽所能拿出好菜来招待我们。当我们掌握了做饭技巧后，村民们还时不时地送来些新鲜蔬菜接济我们，尤其是住在一个天井里的大队通讯员"猎狗"的妈妈，我和另一位女知青顾杜妹昵称她为"老妈子"。热心的她见我们吃饭总将就着喝盐水，会时常叫上我们吃上两勺她蒸的蛋羹，加上一块自家做的香辣乳腐。

　　1970年9月下旬的一天，发生了一件令我难以忘怀的事。刚到这儿还不到半年的我，不知何故突然发起了高烧，浑身滚烫、四肢瘫软，昏天黑地地睡了一宿。当妇女队长"金花子"一如既往地扯着大嗓门喊着："开工锄草啰！"不谙医学知识的我心想：这样躺着是不是会更疲软无力，不如今天开工试试？于是我硬撑着沉重的身子，提了一把锄头，高一脚低一脚地走在村子小巷的石条板路上。不曾想到没走上几步，身子一个趔趄差点摔倒。我暗自思忖：看来这次不像小病啊！我把锄头当拐杖，一挪一移地走到家门口，正遇上老妈子。她快步上来扶着我关切地问："怎么啦？小谭。"我眼泪一下子夺眶而出，哽咽着说："我病了，浑身无力。"她边扶边安慰我，让我躺在床上，顺手帮我掖了掖被子，我又昏昏沉沉地睡着了。中午十二点左右，老妈子端来了一大碗热气腾腾、香气扑鼻的挂面，她一边询问我病好些了吗？一边叮嘱我趁热吃了那碗面。听着她那关切的话语，望着她那慈祥的面容，看着她那忙碌的身影，我感动万分，鼻子一酸，眼泪不争气地顺着腮帮子流了下来。我拉着老妈子的手连声说："谢谢，谢谢你老妈子。"病中的我这几天一直胃口欠佳，而老妈子送的这一大碗香喷喷的面条却让我吸溜吸溜地吃了个底朝天。噢！面条下还卧着一个白花花的荷包蛋！下午，邻队的知青汪承英来到我们知青班，看见我憔悴的面容和发黄的眼白，好心提醒道："你是不是得了黄疸肝炎？"一语惊醒懵懂人。在顾杜妹的护送下，我们来到了樟树人民医院。经诊断属急性黄疸肝炎，肝肿已三指，黄疸指数也高达一百多，医生看完检查报告后令我马上住院。

小小的一碗面，却深深感动了那个远离家乡孤独无助的我，这份温暖至今还记忆犹新。可红土地上发生的暖心画面远不止这些。

记得有一年正逢插秧时节，我风尘仆仆地从上海第一个赶到敖岭村知青点，准备早日参加队里的春插劳动。正好碰上生产队杀猪，我多买了些肉回去炖了一锅，算是在农忙季节里犒劳自己。在那个物资匮乏的年代，能吃上一餐肉对于我们这些平日里滴油不沾、荤腥不进的人来说算是件极其奢侈的事了，这样的珍馐我可得留着慢慢享用。放到第三天这些肉入口的感觉已经有点酸了，像加了醋，可我竟津津有味地把剩下的连肉带汤统统吃了。深夜，万籁俱寂，劳累了一天的村民都已酣睡。而这时肚子一阵阵的绞痛把我从梦中惊醒，伴随着恶心，我开始上吐下泻，这样的症状持续了约摸一个钟头。无助的我只能拖着虚弱无力的身子，挪向这栋房子里除了我以外唯一住着的黄元华夫妇家求救。多亏了热心的夫妻二人，连夜替我出门叫来了乡村的龚老医生，也多亏了这位老医生的及时相救，才把严重脱水的我从鬼门关边拉了回来。

红土地上老表们关怀、帮助知青的事不胜枚举。他们不仅帮助我们闯过了劳动关,掌握了各种劳动技能,养猪、放牛、扶犁……还帮助我们闯过了生活关,教我们学会了做酱油、豆豉、豆腐、腐乳、冻米糖……

两次重病后回到江西,为了照顾体弱的我,大队让我在敖岭村当了一名民办教师。没过多久,公社又调我到公社广播站当播音员,每个月还能拿 25 元工资呢。好事连连,公社党委组织委员找我谈话,希望我积极靠拢党组织。一年以后我光荣地加入了中国共产党。当高安师范招生时,公社推荐我去读师范,公社党委副书记卢水生主持召开欢送会,会上卢书记勉励我进师范后一定要好好学习。这一推荐,让我继承了太爷爷的职业成了一名光荣的人民教师。

红土地的可亲可爱的老表们:我打心底里感谢您给予过我们的无私帮助,感谢您在我们困惑迷茫时给予我们指引,感谢您在我们孤独无助时给予我们温暖,感谢您……你们胜似亲人!

2016 年 6 月 29 日

人 间 真 情

作　者：谭凤美（高安八景）

人们常说水火无情，水火虽然无情，但是人间自有真情。

记得那是发生在1971年夏末初秋的一个下午。那天我们敖岭村的五位知青吃过午饭后正在休息，忽然听见巷子里有人急促地大声喊：八队失火了！八队在我们生产队下面的一个村庄，靠肖江河较近。一听到失火的叫喊声，我们五位知青心急如焚拔腿就跟着村民们跑。跑出村外，只见下面村庄有一处地方已是浓烟滚滚，火光烛天了。我们加快步伐跑向火场，加入了救火大军的行列。几位男知青沈金龙、张嘉明他们离火场较近，便提着水桶奋不顾身地扑火。我和顾杜妹则排在长蛇阵中毫不懈怠地传递着一桶桶、一盆盆水。没过多久，我和顾杜妹已浑身湿漉漉了。不知是汗水还是清河水混淆在一块儿了，头发粘着脸颊，衣服贴着胸背，汗水沿着腮帮子流到嘴里咸津津的。我和顾杜妹瞧着对方的大花脸相对一笑，也顾不上擦拭。不知过了多久，火场那边噼里啪啦的声音渐弱；肆无忌惮的火苗也低下了头；冲天如柱的浓烟也只剩下丝丝缕缕的青烟。我和杜妹走近一看，其中一栋房子已变焦土，所幸没殃及周边房子。看着一栋完整的房子转眼就成废墟，大家唏嘘不已。

救火之后，我们几位知青拖着疲惫不堪的身躯回到家。一进家门，我和杜妹换上干净衣服就横躺在床上，一直躺到月亮挂上树梢。忽然，传来一阵阵响亮的悠长的呼唤声：嘉明，回来啊……嘉明，快回来啊！我和杜妹猛然惊醒，从床上一跃而起迫不及待地出门询问怎么回事？问后才恍然大悟：原来自火场回来后，年龄最小的张嘉明一直失魂落魄似的发怔，好心的大队通讯员母亲老妈子和大队长妻子仙瓜说这是救火时吓掉了魂，要叫叫魂才会好。他们忙碌了一阵子：拿了一个大瓷碗，蒙上一层黄裱纸，又插上一炷香。这一声声的呼唤就是他们在叫魂，似乎是在呼唤游子的归来。看着眼前这一幕，让我想起了慈祥的母亲，小时候我吓到了或摔倒了，母亲总要拍拍我的胸口，叫上几句，令我温暖无比，勇气陡增。这也是心理暗示和慰藉心灵受伤者的方法。在一阵阵情真意切的呼唤声中，嘉明犹如大梦初醒也不时地回应着：噢，回来了，回来了。后来，张嘉明病退回到上海，再后来当上了某厂厂长，现在已享受着退休后含饴弄孙的天伦之乐了。

救火中及救火后发生的这一幕幕，充分体现了我们与村民们的人间真情。并且，我们也以真情回报着红土地的乡亲们。

又逢一个农村双抢的日子，远处那一片片稻子在微风飘拂下，好似起伏的金色海浪。刚从上海回来的我端着满满一脸盆待洗的衣服向村口的池塘走去。耳旁不时传来几个孩子的嬉笑声，池塘里一圈圈的涟漪也清晰可见。忽然，见一个二三岁的光着腚的小女孩倏地一下从池塘边沿的石条板上滑入了池塘中。一个七八岁模样、齐耳短发的像是给小女孩洗澡的姐姐"哇"地一声哭开了。见此情景，顾不上来了例假，我毫不犹豫地甩下脸盆，大步流星地奔向池塘，扑通一声跳入池塘，一把拉住小女孩的后背衣服，把她拖离池塘。由于救得及时，小女孩没喝到什么水。看到小女孩安然无恙，我也赶紧回家换衣服了。事后，一村民告知我：小谭，别看那口塘不大，但中间也有三米深，你不害怕？我实情告知：我略懂水性，会游上几米。而且，当时根本来不及细想，那是一条鲜活的小生命啊！碰上谁都会这么做的。

没过多久，小女孩的母亲国秀执意让我去她家吃饭，我盛情难却只得去了。看着满桌的菜，我知道，淳朴的乡亲用这方式来答谢我救了她女儿。

知青救火、救人的场面及老表救火、呼魂的场面至今还记忆犹新。淳朴的乡亲用他们真切的热情温暖着我们，我们也用自己的方式回报乡亲，这些也都真切地体现了那个年代发生在红土地的人间真情。

2016 年 7 月 12 日

"不安分"的播音员

作　者：谭凤美（高安八景）

40 年前，我曾在八景公社担任播音员，清脆的声音、标准的普通话在红土地上空飞扬，曾经引以自豪的播音员经历，还常常萦绕在我的脑海，久久挥之不去。

1975 年秋，我从八景公社的南头知青队抽调到公社广播站任播音员。初来乍到的我，虚心向大家学习，老播音员曹莲秀言传身教，使我在一周内就掌握了整个播放操作流程，学会用录音机进行录音，对录音磁带进行剪切、粘贴……在广播站我倾注了全部精力，工作一丝不苟，认真遵循师傅教授的方法，大胆实践不断提升播音质量和效果。功夫不负有心人，我的播音工作得到领导和社员们的认可，自诩是个较合格的播音员了，可我又是个"不安分"的播音员。

当时，公社广播站仅两位工作人员，除我之外，还有一位是维修员熊尚炎师傅。熊师傅还得经常下队维护广播线路。每年公社大大小小的会议不计其数，各个会议的需求也不一样。大会议在大礼堂召开需要用喇叭播放，得用扩音器、电唱机和话筒。会议前，我都会搬好机器，熊师傅会把各种连线插头一一插好。我在旁边观察着，揣摩着，忽然想到：好记性不如烂笔头。我兴冲冲地拿来工作手册，先依样画葫芦地画好机器面板上的各个旋钮开关和插孔、再将面板和后盖板上的各个插孔与对应的插头一一对应编好号。心想：下次如师傅不在我也能独当一面了。我暗自高兴，还颇有些得意。

又逢一次大礼堂召开会议，我提前将机器搬到台上，就照上次画的图，把插头与插孔"对号入座"。开会时间快到了，台下的参会人员攒三聚五地窃窃私语着。这时，公社干部席联祥有些着急地问我："小熊怎么还没来？"我连忙把话筒递给他。他试了一试，话筒的音响效果不错。正试着，只见熊师傅急匆匆赶来了，看见我已把机器的连线"丝丝入扣"了，他朝我赞许地点了点头。

自此，师傅毫无保留地把修理舌簧喇叭的技术传授给我，之后，像绕线圈、换线圈、焊接喇叭上的舌簧片这些维修任务我也能得心应手了。每每大队或生产队一些村民拿来要修理的喇叭，我都能及时地修理好。

因为我的"不安分"，还让我险遭不测，差点"光荣"在这片红土地上了。有一次，熊师傅背着工具袋，从大礼堂的主席台上架着竹梯子攀援而上，拿着手电筒去礼堂屋顶检修线路。好奇心驱使我也想去了解一下屋顶内这些线路的走向和排法，又怕师傅撵我走，就不紧不慢地悄悄地跟在师傅后面。上了屋顶，因为天花板里面光线较暗能见度差，我用双手抱住竖梁或斜梁走在横梁上，靠着前方五六米处师傅的手电余光摸索着前行。大概走至四五米处，我浑然不觉危险已经逼近，一闪念：这些天花板平平展展的，应该更加好走，右脚恍如鬼使神差般地踩了下去。忽听"咔嚓"一声，天花板破了，呈现了一个直径约一尺五寸的不规则的圆洞。"不好！"我手脚敏捷双手一下子抱紧了竖梁才幸免遇难。原来这些天花板是纸屑压成的，我吓得魂飞魄散，慢慢地从原处战战兢兢地退了下来。到了底下，放眼向天花板望去，距地面足足有十多米高。一阵后怕，冷汗直冒，以后再也不敢贸然上去了。很多年过去了，大礼堂的天花板破洞处始终挡着块小板。那个洞就是我当年留下的"杰作"。

我既是播音员，又学做维修员，还乐当服务员。当时公社有个招待员叫谢桂香（是我的入党介绍人），她原来是生产队的妇女主任，长着圆圆脸盘，梳着齐耳短发，浓眉大眼。她热情、爽朗、勤劳，干起活来雷厉风行。在她的感染下，我乐于和她一起做着服务员的事：每天清扫办公大楼、打开水、抹桌椅、洗杯子……遇到公社召开大会，需要安排就餐，我们就更忙了，有时有十多桌：清场子，摆桌椅，擦桌椅，摆碗筷，端盘子等什么都干。不过那些美味佳肴，我们工作人员也能上桌享受。

有时碰上天高云淡的晴朗天，我和谢桂香就得把公社招待所的被子拆下来清洗。我们一洗就是十几床被子，那时还没有洗衣机，全靠我们的一双手。十几床被子得洗几个小时，全部洗净晾好，累得腰酸背痛。可是我和她都干劲十足，不亦乐乎。

记得还有一次，我正在广播室聚精会神地修理舌簧喇叭，有一位公社干部看到我正在用电烙铁焊东西，就提议能否用电烙铁帮他把塑料凉鞋的裂缝处补补，下乡时可以穿，我满口答应了。随后，我就去公社的废品回收站的塑料回收处，剪了些比较平正的各种颜色的塑料片，将塑料片清洗干净晒干，以便修补时可作辅料。之后我也帮多人修补过塑料凉鞋。

在公社当播音员一年多，我除了干好这些"份外事"，碰上办公室以及食堂管理人员有事回家，我也乐意相助：帮办公室处理一些事；替管理员代卖饭菜票啦！这一年多的日子也是我最快乐的日子，因为得到了大家的赞许和信任，光荣地加入了中国共产党。我忙着，我乐着。我觉得我这个"不安分"的播音员，也为江西这块红土地增光添彩了。

2016 年 10 月 11 日

小小鹅卵石

作　　者：谭凤美（高安八景）

君不见，海滩边的鹅卵石又光滑又坚硬吗？那可是毫不起眼的小石子一路颠簸，历经坎坷，遭受海浪多少万次的冲击才磨砺而成的。人生也如此，就像小小鹅卵石不会一帆风顺的。忆往昔，知青艰难的插队生涯，尤其在南头青年队那一年，磨炼出我们坚强的意志，吃苦耐劳的品质，乃至影响我一生。

1975 年过完年后，八景公社把我们红星大队敖岭村、预溪村、桩溪村这三个村的剩余 9 名知青合并成南头青年队，当时 9 名知青中女生 6 名，男生才 3 名。女生自然成了这支队伍的主要劳动力。公社还指派了一名叫"友猫子"的有经验的老农来当我们的领队。

南头青年队坐落在八景公社的南头大队部后面。初来乍到，我们见到了一排还没完全铺好屋顶瓦片的红砖平房。故放下铺盖的第一件事就是上房盖瓦片。我们好几个女生纷纷绾起袖子，摞起一叠叠灰色瓦片，爬上梯子上屋顶先放上瓦片。瓦片有几摞了，就由上而下地在椽木条上盖瓦片了。在师傅的指导下，我们一边小心翼翼地踩在较结实的有横木的椽木条上，一边把瓦片轻轻塞进上片瓦的下部三分之一左右处。看似较轻松的盖瓦片活儿，干久了，也会腰酸背痛。可我们毫不懈怠，当晚我们就得住进去啊！干着干着就顺手啦，盖瓦片的速度也加快了，日落之前终于顺利竣工了。

后来，我们还自己砌墙盖牛栏，砌过灶头的章少洪像模像样地当起了师傅，挖上几担红土，浇上一桶水，用锄头搅拌一会儿，这红泥浆便成了砌墙时砖块之间的粘合剂了。我们先挖上不到一尺深的沟为地基，章少洪亲自示范演练开了。为了砌墙时墙体正，他还用线横向牵直作横线，用小砖块缚上绳子自然垂直为直线。我们几位女生也毫不示弱，同样拿起泥刀，忙着砌墙体。由于有横线，直线的牵引，初为泥工的我们竟然砌得墙体也那么正，那么直了。

初建青年队时，困难重重，我们都一一迎刃而解了。开始给我们的熟地不多，生地又很硬，我们不用锄头开荒，而用两齿镐开荒，抡起很重，却可以轻易挖开硬土。轮到烧饭者，每天还得去一里开外的水井里挑上十来担百把斤重的水，供大家洗漱及烧饭洗菜等用。最为艰难的日子要数在南头青年队挑耐火土的日子了。

八景公社有个耐火厂需要耐火土。那时南头大队附近几里处，有耐火土可挖，为了给刚创业的青年队增加些收入，我们女生也义无反顾地加入这一行列。我们兴冲冲地挑一担土箕，扛一把两齿镐来到挖土处，一到这儿就傻眼了，这里是清一色光头啊！原来挖耐火土、挑耐火土是重体力活，当地都是男劳力出工。一担耐火土比一担沙子还重。耐火土并不在地表层，此时，我们目睹到的有耐火土的地方接近三层楼那么深了。我们沿着陡峭的一尺多宽的泥台阶拾级而下，来到了挖耐火土处，兴奋的几位女生摩拳擦掌抢起两齿镐就挖，那知道这耐火土又硬又拧，一镐下去手臂震得发麻还撬不下几两土。大家商议分工合作，由男生专事挥镐挖土，女生挑耐火土。平地能挑百来斤的我们，踩着陡峭的泥台阶上上下下，开始还步伐坚定，多担挑下来，就显得步履沉重，气喘吁吁了。尤其是我的脚后跟，因为水土不服发出红疱挖烂的伤口始终没愈合，这时磨出血来，硌得生疼。我只得脱下解放鞋，光着脚丫挑着耐火土，坚持到最后。

实质上，第一年得过甲型肝炎的我，虽然肝功能已正常，但过度疲劳加之插队时艰苦的生活——营养不良，肝区也常常隐隐胀痛。可我凭着坚强的意志，除了两次生病，六年来农忙季节没拉下一个工。插队生涯磨炼了我的意志，强壮了我的体格，还让我战胜了病魔。

在工作中凭着这股劲儿，我曾经多次获得优秀教师，优秀党员的称号；在学习中凭着这股劲儿，多年来边工作边学习年年得优秀学员奖，48岁那年拿到了梦寐以求的上海师范大学自学大专毕业证书。

我想：我的人生，犹如这小小鹅卵石，曾经曲折，曾经坎坷。可是我愿做块小小鹅卵石，铺就多彩人生路。

2016年12月31日

一首难忘的歌

作　者：李秀珍（高安石脑）

　　在去江西插队的列车上，我坐在车厢一隅，听着窗外春夜细雨滴滴答答打在玻璃上，沙沙的敲击声，让我全身有入骨的寒意。那车轮转动发出"哐珰哐珰"的轰鸣，把我的思绪又拉回到下午火车启动的那一刻：发车的汽笛声响了，挤满在站台上前来送行的家长和亲友们再也控制不住自己的情绪，紧紧地握住了一双双即将分开、尚且稚嫩的小手，叮咛声、嘱咐声、啜泣声、哭喊声，混成一片，震耳欲聋……

　　一路上，我不思吃饭，不想说话，呆呆地坐着。不知什么时候，忽然从车厢的一头传来轻微的歌声，声音由轻而慢慢变响，声音越来越清晰，歌词也慢慢听清楚了，"告别了妈妈，再见吧！上海！美丽的黄浦江畔，是我可爱的家乡，我的家乡……"我的眼泪不知什么时候簌簌流了下来。此时此刻，这首歌道出了我的心声，心情随着歌声而激荡，这首歌太符合我们当时的心境了。它像一股清清泉水，流淌在我们的心田，抚慰和温暖着我们的心。车厢里一些胆大的男生尽管只会几句歌词，也跟随着歌声一起附和着唱。

　　我们终于来到了目的地。在生产队，我们很快发现，我们听不懂江西方言，吃不惯高安的辣椒，不会走乡间的田埂小路，不习惯乡间的劳动。到了晚上，拖着疲惫的身躯，躺在木板床上，看着摇曳的煤油灯，思绪万千。不知是谁，哼起了那首熟悉的旋律，我们女生宿舍的五位同学，一起唱起来："告别了妈妈，再见吧！上海！……"歌声由低到高，又由高而低，我们的眼泪和着歌声流淌，一遍又一遍，一遍又一遍地唱着，慢慢地歌声停歇了，只听到各人的蚊帐里传出呼呲呼呲抽泣声，大家又流泪了，又想爸爸妈妈了，想念亲人，思念上海了。尽管声音很轻，但都听得很清楚，大家的情绪又在想念、思念、惦念中了，唱着，哼着，流泪着，伤心着，久久不能入睡。几天后，班上的男生去蓝坊公社，带回了《知青之歌》的完整歌词。晚上，夜深人静，男生宿舍传来了歌声，"告别了妈妈，再见吧！上海！……"我们女生也跟着唱，以排遣心中的苦闷和孤独。

那时，知青们也会串门，别的公社知青会到我们这里来，这里的知青也会走出去。知青来玩时，依然会唱起这首歌。《知青之歌》成了互相沟通的桥梁，互相理解、互相照应，心照不宣。据说，当年"凭着这首《知青之歌》，你可以到处找到朋友，找到吃，找到住。"这首歌伴随着我们一年又一年的知青生活，慰藉我们的心灵。今天当我写这一段文字时心情仍不能平静，我要感谢那些知青，感谢他们写下了这一首《知青之歌》。

当我们刚到生产队感到特别孤寂苦闷的时候，是《知青之歌》给了我们慰藉。渐渐地我们有一段时间没唱《知青之歌》了。我们知道不能让思念的情绪总停留在脑海中，我们应该找到生活的目标，找到生活的新方向。我们积极参加生产队的劳动，在农村的生产劳动中，锻炼自己，找到自身的价值。春插中，天还没亮，我们和老乡一起去拔秧，我们也都有蚂蟥爬上腿的经历，蚂蟥吸得双腿鲜血淋淋，伸伸腰，抹掉蚂蟥继续拔秧。上午我们和老乡们一起插秧，我们被分配在各个小组中，与老乡们拉绳，抛秧，一起插秧，老乡赞扬我们学得快，秧苗插得又快又直。其实我们当时是咬着牙与老乡们一起劳动。四月的天，有时下雨，天气很冷，上身穿着棉袄，下面只能穿两条单裤，穿多了裤腿卷不起来，无法踏到田里，插秧时田里的水刺骨地凉，人都飕飕发抖，但是当时没有一个人叫苦，没有一个人打退堂鼓，都坚持下来了。过了五一国际劳动节，春插的任务基本完成了。接下来是耘禾，耘禾比起插秧要轻松一些，拄着棍子，用脚把长在秧苗四周的草踩到土里去，长一些的草就要用手拔掉。我们到江西还不到一个月，听不懂江西老表的话，与老乡交流有一定的困难，我们边说边加上肢体语言，但是与老乡们的沟通还是有一定难度。有位老乡建议要我们唱首歌给他们听，我们唱了当时流行的一些歌曲，老乡们说我们唱的歌都很好听，他们感到惊奇的是，我们讲话他们听不懂，我们唱歌他们居然都听明白了，非常高兴。音乐真是有神奇的力量啊。

在艰苦的劳动中，我们得到了锻炼，我们的身体强健了，饭吃得多了；我们的意志更得到锻炼，我们学会了吃苦，学会了不怕困难，学会了坚强。我们感谢红土地，使我们领悟了人生道理；感谢红土地，让我们在人生中不怕困难，活得坚强。

2016 年 6 月 21 日

过　年

　　"过年啦！过年啦！"以往每当电视台春节联欢节目播放到零点钟声即将敲响时，楼道里传来邻居们喜悦的大声说话声，家家户户打开家门，家里大大小小老老少少一齐出动，一个个欢天喜地，手里拿着大包小包的爆竹，拿着打火机，兴奋地涌向电梯。这是我们大楼最集中出动的时刻，大家在小区的空地上，放好爆竹，点燃后，等待那"噼里啪啦"一阵燃放，这似乎会给每一家带来好运。碰到熟人，大家会互相祝贺新年好。一年又一年。

　　而1971年的春节。则是一个不一样的春节，在我脑海里留下了深深的印象。寒风骤起，北风吹得人瑟瑟发抖，冬天来临了。春天的播种，夏天的双抢，秋天的收获，到了冬天，修理水库的任务也完成了。农村进入一个休整期。妇女们开始准备过年了，知青们都开始忙着回家，回上海过春节，这可是我们1970年4月11日到江西后第一次回上海啊！大家很高兴，夏玲芳讲，她家里人爱吃冬笋，她多买了几斤冬笋，"哦唷！好重呀！"宋桂香说："花生好，春节亲戚来，好招待客人。"吴文雅同学轻声细语地说："我要买些笋干带回家。"郑鸿娣说："我家姐妹多热闹，你们要来玩啊！"大家你一言我一语地说着，还互相检查行李包是否扎紧。我强打起精神，应和着他们的话语，心中却滚过一阵又一阵的悲伤。

　　因为今年我不回家过年，我要一个人留在这山区，留在生产队过年。这是因为1970年10月中旬我回过上海了。那是我80多岁的外婆，将我从小带大的外婆生病了，住在瑞金医院吵着要见我这个外孙女，母亲没有办法，只得到上海市长途电话局，打电话到大队部，大队书记接到电话，通知我马上回上海，同意我请假半个月。我回了上海，喂外婆喝水、喂外婆吃流汁、喂外婆喝粥，两周后，外婆神奇般地好起来了，她能起床了，能走路了。半个月后，我就按时回到了江西。春节快到了，母亲写信也希望我回上海过年，说让我一个人留在江西不放心，我理解我的母亲，可我还是选择了一个人留在江西过年，我不想再给母亲增添经济上的负担。晚上，同学们带着喜悦的心情，慢慢进入梦乡，可我一点也没睡意，我不敢哭，只是一个人蒙在被子里暗暗地流泪。第二天一大早，同学们在老乡的帮助下，挑着行李到高安，坐汽车到南昌，再转火车回上海，我假装睡着了，没敢起来送他们，我怕！怕！怕自己管不住眼泪。

同学们一离开，生产队妇女主任郑爱莲来了，拖我到他们家去，她说，"要过年了，我们家今天晒糯米花，晒干后，做冻米糖，你呢，就跟着我，看看我们江西人是怎样做冻米糖的。"这一天，我跟着爱莲，她蒸糯米，我帮着烧火；糯米蒸成米饭，拿到禾场里，倒在竹垫子上，要用手把糯米饭一团一团搓开，搓成一粒一粒的饭粒。边做事爱莲队长就说："小李啊，你不要担心，我们知道你一个女孩，一个人住那么一栋屋害怕，生产队已经安排好了，与你们比较熟悉的三个女孩，每天晚上安排两个女孩陪你一起住。"这时我的眼泪真止不住流下来了。冬天白天短，黑夜漫长，我一个人住在一栋大屋里，真的非常害怕。我们住屋的楼上是生产队放的谷种，老鼠在楼板上奔跑，就像小孩奔跑声，有时老鼠还跳下来，咚咚的声音很响，使人非常害怕。

后来的每天晚上，有两个女孩陪我一起住。一个叫"黑妹子"，当年大约14岁左右，另一个叫"菊香"，大约16岁左右，还有一个叫"小花"，大约13岁左右，陪我比较多的是黑妹子和菊香。她们每天吃了晚饭，洗了碗，帮妈妈做好家务，晚上8点钟左右就到我的住处来。每次她们还带些事来做，晚上我们围坐在煤油灯下，黑妹子纳袜底，将几层新的白颜色的布铺平，滚上白边，再在这袜底上，纳出花来，袜底弄好后，将买来的新袜子，从脚底剪开，将袜子缝在袜底上。黑妹子告诉我，棉袜了不经穿，缝上袜底就耐穿了。菊香则纳鞋底，做鞋子，我说："你做这么多鞋子，干什么呀？"菊香说："你不知道，我们农村人，女孩出嫁，要给未来的家公家婆、给未来的老公各做两双鞋，自己还要做几双鞋。"她还说："如果出嫁后，没给家公家婆老公做鞋，男方家里会瞧不起这个媳妇的。"这天晚上，她们告诉我，她们都已经定了亲，过不了两年就会出嫁的。我非常惊讶，他们还小，怎么就定亲，谈出嫁的事呢！她们说："小李呀，你不知道，我们这里的女孩14岁或15岁都定亲了，有的13岁就定亲了，如果18岁还没定亲，村里就会风言风语的。"我心里挺为她们难受的。我也淡忘了自己没回上海的难受心情，反而为她们感到一丝的悲哀。

过了几天，爱莲来叫我到他们家吃晚饭，说晚上做江西冻米糖，我见她在大铁锅里放了些油，然后将晒干的糯米粒放到锅里，不停地翻动，过了一会儿，锅里飘出阵阵香味，糯米粒变成了爆米花，爱莲将炒好的爆米花铲起来，再炒花生，炒黑芝麻，最后将炒好的爆米花、花生、芝麻拌在一起，放些麦芽糖浆，爆米花、花生、芝麻粘在一起了。爱莲要我赶快熄火，她将这些东西倒在长方形木框里，用力将这些食物压紧，等凉了，倒在桌子上，先一条一条切开，再一片一片切开。放在事先准备的坛子里。这个晚上过得很开心，我见识了冻米糖完整的制作过程，还吃了不少冻米糖，离开时，爱莲还让我带了一罐回来。

我一个人在那里，烧一次饭要吃两天。这天下午收工了，我们的妇女组长喜花嫂子要我和她一起去他们家的菜地，我想今晚有剩饭，不要做饭，就跟着去了。她熟练地拨着白菜叶，将黄了的放在一起，将新鲜的放在一堆，我说："喜花嫂子，黄叶子还要它干嘛，扔了吧！"她说："不行，黄了的菜叶可以给猪吃。"还说，"看你那天跟着爱莲晒糯米，明天我做薯片，你来吗？""来，一定来！"我爽朗地答应了。第二天，我又见识了江西薯片的制作过程，洗红薯，将红薯蒸熟，用刀把红薯切成一片一片的，放在竹垫子上晒干，要吃时，放在油里炸一下，那香味，真是一辈子也忘不了的。

有一天，我在地里松土，忽然听到吹唢呐的声音，还伴着敲鼓的声音，咚咚锵、咚咚锵！声音由远及近。女人们说，看新娘啊！看新娘啊！我也跟着去看。只见一辆独轮推车上，坐着个女孩，大概也就是17岁左右，穿着一件红花布的棉袄，一条咖啡色的灯芯绒裤子，脚穿一双军绿色的解放鞋。撑着一把伞。独轮车后跟着一位身穿蓝布棉袄、军绿色裤子、脚穿军绿色解放鞋的年轻小伙子，喜气洋洋，再后面是吹唢呐的、敲鼓的、迎亲的队伍，一行十多人。妇女们像看西洋镜一样，嘴巴里还不时地发出"啧啧"的赞叹声，说那女孩的灯芯绒裤子真好看。我第一次看江西新娘出嫁的情景，不知道什么原因，我一点也不开心，反而心里有一阵悲哀的情绪掠过心头，我也说不清悲哀些什么。

这天晚上是小花来陪我的，小花说，他们家明天做油豆腐，我说："请我去看是吗？"小花说："是呀！你怎么知道的。"我装着神秘的样子说："不告诉你！"第二天，我看了油豆腐的制作过程，还真挺麻烦的，第一天要将黄豆浸在水里，浸泡了一夜后，第二天磨豆子，做成像现在的豆浆似的，再把磨好的豆子连水一起倒在一块布里，拉住布的四个角，吊在那里，将里面的水滤干，倒入一个木框里，等水流掉一些后，豆腐做好了，小花妈麻利地将两板豆腐切成小块，放在干草里，说是做霉豆腐，又拿两板豆腐，一块一块切成大块，放在大木盆里，放些凉水，说这是留着过年吃的豆腐，我说：还有两板豆腐呢。小花妈说，马上将豆腐变油豆腐啊！原来要在大锅放较多的油，将豆腐放进去经过油炸，两面翻动，不多时就炸成了油豆腐了，但是不能炸得过久，时间长了，油豆腐会僵硬，就不好吃了。我吃了刚出锅的油豆腐，两个字"真香"，三个字"真香啊！"这似乎是从心底里喊出来的。

有一天早晨，我被一阵猪的嚎叫声吵醒，菊香说："过年了。"我说："猪叫跟过年有什么关系？"黑妹子说："杀猪，分肉，就是年到了。"中午时，爱莲来叫我去拿肉，生产队多分了一斤肉给我，队长还对出猪的那家人说，要留一叶猪肝给小李啊（农村哪家出猪，猪内脏就归哪家）。春节，我烧了红烧肉，还烧了猪肝汤。那年的红烧肉特别的香，猪肝汤也特别的鲜。

噼噼啪啪的爆竹声，一阵响过一阵，一阵胜似一阵。过年啦！过年啦！1971的春节，我是一个人在江西过的，可是我又不是一个人过年。年三十，我在爱莲家吃的年夜饭，年初一，是在喜花嫂子家吃的饭，初二是在菊香家吃的，再后来，我像现在的土豪一样，天天在老表家吃饭。我到哪一家吃饭，进门时，那家主人就放爆竹，像迎接贵客似的。过年了，大家都不出工了，在家休息，一会儿这个妇女来了，衣兜里兜着一些花生；过会儿老奶奶来了，揣着两个鸡蛋；一会儿那个大嫂来了，拿了自己娘家拿来的芝麻片，坐在我的房间里，纳着鞋底，陪着我，说些她们娘家的事儿。其实她们娘家我谁也不认识，她们怕我一个人寂寞，特意来陪我聊天，找些话题。

过年期间一个多月，我没感到寂寞，而是充满了温暖。吃了晚饭后，我会到老表家，抱抱她们的小孩，帮她们喂饭，我会去看她们做霉豆腐，做酸菜。直至知青们从上海回来。这一年我在丁家的大家庭中过了一个充满乡土风情的、充满了亲人般关爱的春节。虽然过年时上海亲人不在身边，但丁家大家庭的乡亲们胜似亲人。

"爆竹如人意声声悦耳，梅花晓天时朵朵欢心。"爆竹声和着电视节目主持人向全国人民拜年的亲切话语，远处的爆竹声，一阵响似一阵。带着火焰味，带着声响，带着亲切的问候，总是让我回到在江西过年的情境。

2016 年 7 月 1 日

歌 由 心 生

作　者：李秀珍（高安石脑）

　　青春，是人生最美好的时光；青春，留给我们的是永久难忘的回忆。我们的青春，在红土地成长，在青山绿水间迸发，在人生的征途上升华。

　　时光荏苒，岁月沧桑，知青岁月已成为难忘的回忆。回首我们知青生活的那些年，既有对理想激情的向往，又有对蹉跎岁月的感叹，但最多最强烈的是对同学间亲如手足情谊的怀念，对乡亲们相濡以沫情意的留恋，对第二故乡难以忘怀的思念，这种同学情、乡亲情、第二故乡情随着岁月的更替越来越浓，在红土地上萌发的这种红土情，是我们最不舍的情怀，将伴随我们到永远。

　　在那个特殊的年代，知青同学们同甘共苦，患难与共，在乡亲们的关怀帮助下，在红土地上磨炼成长，感恩知青同学间至亲至纯的友情，感恩乡亲们至亲至善的亲情，感恩红土地对知青的历练，感恩生活教会知青坚韧；感恩岁月磨砺知青的意志。

　　知青的胸怀宽广，知青的意志如钢。

　　岁月抹掉了我们的稚气，却抹不掉知青的印记；时光在我们脸上镂刻下皱纹，却刻不掉知青的气质；年轮把我们带到了老年，却丢不掉知青的情怀。在写作和编辑《红土情》文章的过程中，我深深地被知青们的经历、事迹、情怀、意志所感动。歌唱青春，青春不老；歌唱生活，生活欢乐；歌唱心声，心声欢畅；歌唱岁月，岁月不朽！一种歌唱的情怀在我心中油然而生。歌曲创作的冲动与激情让《红土情》和《红土情深》两首歌词如涓涓暖流流出心房。歌声诉说着知青的情怀，歌声演绎着知青的隽永，歌声弘扬着知青宽广的胸怀！知青的歌声永远嘹亮！

红土情

1 = C 2/4

♩=70

作词：李秀珍
作曲：龚兆岗

```
1061   061  |  77    5  |  6046  046  |  3 -  |

‖1·6 12|43212|3·66532|3 - |2·353|243212|3·62765|6·  |
  绿  绿的 山 川，满 满 的 爱；红 红的 土 地，深 深 的 情。

1  1  7 62 1 |3·6535|2·  3|1·236|545 3|7 2 3|6 - |
悠 悠  的 岁 月，难 舍 的 梦；纯 纯 的 情 谊，永 恒 的 缘。

6·  3|17656|6 - |2·  6|43212 2 - |335 656|i· 7|
啊！  红 土 地，  啊！  红 土 地，  青春 年 华 的
啊！  红 土 情，  啊！  红 土 情，  风雨 同 舟

6·16532|3 - |335 232|1· 2|7·2 65|6 - |6·3|1765 6|
艰 辛 路，  至 亲 至 纯 的 同 学 情！啊！ 红 土 地，
情 意 切，  至 亲 至 善 的 乡 亲 情！啊！ 红 土 情，

6 - |2· 6|4321 2| 2 - |335 656|i· 7|6·16532|3 - |
啊！  红 土 地，春华 秋 实 成 长 路，
啊！  红 土 情，情深 似 海 难 舍 情，

335232|1· 2|7·265|6 - |7 2 3 65|6· |6· |
萦回 梦 绕 的 故 乡！  故 乡 情！
终生 难 忘 的

1023   021  |  33   i  |  6011 076  |  7012 017  |  6 - ‖
```

红土情深

作词：李秀珍
作曲：龚兆岗

1 = D 4/4
♩ = 76

领　6765323212 | 4·6 75 | í - - - 0 | 0 0 0 0 | 5 5 5 6 5̂6 |

（领）巍巍的高山
（领）浩瀚的大海

女高　6765323212 | 4·6 75 | í - - 5̂í - - - | 0 0 0 0 |

女低　6765323212 | 1·6 2 7̣ | 3 - - 1̣ 3 - - - | 0 0 0 0 |

（合）啊！
（合）啊！

男高　6765323212 | 4·6 75 | í - - 5̂í - - - | 0 0 0 0 |

男低　6765323212 | 6·1 7 5 | 1 - - 5̣5 - - - | 0 0 0 0 |

í - - - | 646767 | 5 - - - | 0 0 0 0 | 0 0 0 0 0 0 0 0 |

哟，　竖立着知　青；
哟，　荡漾着知　青；

0 0 0 0 | 0 0 0 0 | 0 0 0 0 | 67653 0 0 | 4·6 767 | 3 - - - |

0 0 0 0 | 0 0 0 0 | 0 0 0 0 | 67653 0 0 | 2·4 323 | 1 - - - |

意志　如钢意志　如钢 意志 如　钢！
胸怀　宽广胸怀　宽广 胸怀 宽　广！

0 0 0 0 | 0 0 0 0 | 0 0 0 0 | 0 23212 | 4·6 767 | 3 - - - |

0 0 0 0 | 0 0 0 0 | 0 0 0 0 | 0 23212 | 6·1 5 7 | 5 - - - |

222535 | 2 - - - | 243232 | 1 - - - | 0 0 0 0 | 0 0 0 0 |

红红的土地　哟，　镌刻着知　青；
红红的土地　哟，　勾勒出知　青；

0 0 0 0 | 0 0 0 0 | 0 0 0 0 | 0 0 0 0 | 54565 0 0 | 2·5 432 |

0 0 0 0 | 0 0 0 0 | 0 0 0 0 | 0 0 0 0 | 545650 0 | 5·7 2 7 |

脚印　坚强脚印　坚强 脚印 坚
身影　顽强身影　顽强 身影 顽

0 0 0 0 | 0 0 0 0 | 0 0 0 0 | 0 0 0 0 | 21243 | 2·5 432 |

0 0 0 0 | 0 0 0 0 | 0 0 0 0 | 0 0 0 0 | 0 21243 | 5·7 65 |

```
0 0 0 0 | 6 461 — | 1 0 0 0 | 0 0 0 0 | 0 0 0 0 | 5 356 — 6 0 0 0 |
         红 土 地，                                        红 土 地，
         红 土 地，                                        红 土 地，

1 — — | 0 0 0 0 | 0 7 7 6 7 6 | 5 3 2 3 2 1 2 | 3 — — | 0 0 0 0 | 0 2 2 5 3 5
5 — — | 0 0 0 0 | 0 5 5 4 5 4 | 3 1 2 3 2 1 7 | 1 — — | 0 0 0 0 | 0 6 6 2 1 2
强。              知青辛勤的 汗 水挥洒流 淌，                    知青至纯的
强。              知青刚毅的 声 音环宇回 响，                    知青不屈的

1 — — | 0 0 0 0 | 0 7 7 6 7 6 | 5 3 2 3 2 1 2 | 3 — — | 0 0 0 0 | 0 2 2 5 3 5
5 — — | 0 0 0 0 | 0 5 5 4 5 4 | 3 1 2 3 2 1 7 | 1 — — | 0 0 0 0 | 0 6 6 2 1 2
```

```
0 0 0 0 0 0 0 | 0 0 0 0 | 0 0 0 0 | 0 0 0 0 | 0 0 0 0 |

6 1 2 3 5 7 6 | 5 — — — 5 6 5 4 3 4 | 0 0 0 0 | 1 7 6 5 6 4 — | 2 3 2 1 7 1 —
3 6 2 3 5 4 2 | 3 — — — 5 6 5 4 3 4 | 0 0 0 0 | 3 5 6 4 3 2 — | 7 1 2 6 7 5 —
友情 温暖 胸 腔。    噢 呀 喂！  噢 呀 喂！       噢 呀 喂！  噢 呀 喂！
精神 永远 弘 扬。    噢 呀 喂！  噢 呀 喂！       噢 呀 喂！  噢 呀 喂！

6 1 2 3 5 7 6 | 5 — — — 0 0 0 0 | 6 7 6 5 4 5 — | 1 7 6 5 6 4 — | 2 3 2 1 7 1 —
3 6 2 3 5 4 2 | 3 — — — 0 0 0 0 | 6 7 6 5 4 5 — | 3 5 6 4 3 2 — | 7 1 2 6 7 5 —
```

```
6 6 6 5 3 | 2 3 2 1 2 3 — | 0 0 0 0 | 0 0 0 0 | 3 3 3 2 1 | 5 6 5 4 3 2 —
经过了 多 少 困      难，                          经历了 多 少 磨     炼，
经过了 多 少 岁      月，                          经历了 多 少 坎     坷，

0 0 0 0 | 0 0 0 0 | 5 3 3 5 6 7 — | 2 1 7 6 5 — | 0 0 0 0 | 0 0 0 0 |
0 0 0 0 | 0 0 0 0 | 5 3 3 5 6 7 — | 2 1 7 6 5 — | 0 0 0 0 | 0 0 0 0 |
                   艰苦的生 活 含辛备 尝，
                   幸福的征 程 胜利起 航，

0 0 0 0 | 0 0 0 0 | 5 3 3 5 6 7 — | 2 1 7 6 5 — | 0 0 0 0 | 0 0 0 0 |
0 0 0 0 | 0 0 0 0 | 5 3 3 5 6 7 — | 2 1 7 6 5 — | 0 0 0 0 | 0 0 0 0 |
```

```
0 0 0 0 | 0 0 0 0 | 0 0 0 0 | 6 46i - | i 0 0 0 | 0 0 0 0 |
                                  红 土 地
                                  红 土 地

2 532·3 | 1 225676 | 6 - - - | 6 46i - | i 77676 | 5 323212 |
2 532·3 | 1 225676 | 6 - - - | 1 613 - | 3 55454 | 3 123217 |
捶打出挺 拔  坚 强的脊     梁。      红 土 地     铸刻铭心的 记 忆心中 荡
百炼成德 才  兼 备的栋     梁。      红 土 地     铸刻铭心的 记 忆心中 荡

2 532·3 | 1 225676 | 6 - - - | 6 46i - | i 77676 | 5 323212 |
2 532·3 | 1 225676 | 6 - - - | 1 613 - | 3 55454 | 3 123217 |


0 0 0 0 | 5 35 6 - | 6 0 0 0 | 0 0 0 0 | 0 0 0 0 :|
          红 土 情，
          红 土 情，

3 - - - | 5 35 6 - | 6 22535 | 6 i23576 | i - - - :|
1 - - - | 5 13 2 - | 2 66212 | 3 623542 | 3 - - - :|
漾，      红 土 情，   终生难忘的 亲 情永记 心 上。
漾，      红 土 情，   终生难忘的 亲 情永记 心 上。

3 - - - | 5 35 6 - | 6 22535 | 6 i23576 | i - - - :|
1 - - - | 5 13 2 - | 2 66212 | 3 623542 | 5 - - - :|
```

碧落山的园丁——丁家知青老师

执　笔：李秀珍

（丁家知青：宋桂香、郑鸿娣、唐学连、陈志和、范玉顺、蔡传鸿）

　　青青碧落山，滚滚锦江水，光阴仍荏苒，日月如穿梭。四十多年魂牵梦绕的情谊，四十多年萦绕心头的眷念。2013年6月当我们又一次踏上第二故乡的土地——丁家，当我们又一次来到知青下放的村落——丁家，当我们又一次来到作为教师生涯起航的地方——丁家小学，丁家的乡亲，当年的学生、老同事、老领导精心安排，热情接待，让我们感受到了胜似亲人的温暖。正如教育局黄美华局长诗云："四十多年一挥间，故地重游思绪牵。青丝有幸风雨兼，教育园地肩并肩。"

　　1970年4月，只有17岁的我们——十位上海知识青年，从上海下放到高安县石脑公社丁家大队，满怀激情充满理想的我们想用自己的绵薄之力为第二故乡做出应有的贡献。1971年5月大队安排李秀珍在丁家中小学任教，后又陆续安排夏玲芳、吴文雅、徐扣龙任教。在丁家小学开始了我们的教师生涯，有了一段让我们永远深深留念的记忆。

　　那时的丁家中小学，教学设备简陋，办学条件艰苦。校舍只有一栋老屋，外面下大雨，里面下小雨，在绵绵的细雨中，学生拿自己的斗笠给老师戴，为的是让老师继续讲课。在那个不尊重老师的特殊年代里，让我们倍感当老师的幸福。学校中夯实的黄土地是学生们的操场和活动场地，下雨天粘得满脚都是黄泥，大晴天，学生活动场地上常常会扬起一阵黄黄的尘土，那是给生动活泼、丰富多彩的校园添上了一笔别样的色彩。汤家村距离丁家六七里路，学生每天走山路到学校，从来不迟到，中午拿出竹筒带的饭菜吃，大冬天就吃冷的，看得我们好心疼。孩子们为了求学，从来不叫苦，不怕累，那种精神深深感动着我们这些知青、感动着我们这些老师。

在物资贫乏的年代，学校老师的生活也很艰苦，平时能够吃到猪血汤这样的菜，已经是奢望中的佳肴了。我们与学校的公办老师一样，学校就是我们的家，学生就像我们的孩子。在教学中，倾注了我们对学生深深的爱，我们教会了学生加减乘除，教会学生看书写字，教会了学生用普通话朗读课文。我们用青春的热情和开放的情怀影响着学生，热爱教学关爱学生，我们深深感到一位知青当教师的幸福。上海知青普通话比较标准，汉语拼音是强项，知青教师除语文教学外，还承担了数学、体育、音乐等课程的教学，深受学生的欢迎，建立了浓浓的师生情。每天和朝气蓬勃的孩子在一起，没有什么比见证学生的成长、变化更令人感动的。知青中的夏玲芳还在公社举办的教师学习班中，为全公社的教师开设汉语拼音讲座，提高教师汉语拼音的水平。作为一名知青，我们感到骄傲；作为一名教师，我们更进一步体验到教育本身的一种幸福。教育不是牺牲，而是享受；教育不是重复，而是创造。为了教育事业，我们挥洒了汗水、挥洒了热血、挥洒了青春。我们深深怀念当知青时的那段青春岁月，我们深深眷恋教育事业起航的地方——丁家小学。幸福是什么？是一种感觉，是一种心态，更是无私的付出。作为一名教师，一名知青教师，他的身份是特殊的，他的教育生涯是幸福的。为了祖国的花朵，为了孩子们美好的未来，教好书育好人是教师神圣的职责。

四十多年过去了，当年的学生长大了，成才了，成了国家的栋梁。他们在各行各业施展着才华，为祖国的繁荣富强贡献着才智。有的在财政部门担任领导，为人民精心理财；有的在商贸部门担任领导，为人民的生活迈入小康尽心尽力地工作；有的从事医疗工作，为人民的健康生活提供保障；有的成为企业家，为经济发展献出自己的光和热；有的奋斗在教育岗位上，为祖国的下一代呕心沥血，孜孜不倦。在他们的身上我们看到了自己当年的青春身影，看到了中华民族精神的代代传承。

我们丁家的知识青年，陆续回上海。有的一如既往从事教育事业，退休后依然受邀从事教育工作，几十年获得了许多教学成果和荣誉；有的从事医疗卫生工作，有的是企业领导、有的从事会计工作，有的从事其他行业的工作，我们为上海的建设贡献了自己的一份力量。

四十多年后，当我们故地重游时，我们欣喜地看到高安城长高了，高安城变大了，丁家变美了，丁家小学变好了，丁家小学在老师们的精心培育下一定会人才辈出，更加辉煌，我们的教育事业一定会更上一层楼。为人师表，教书育人，镌刻在人们的心中。

碧落山巍巍树长青，锦江水滔滔向东流。我们的心，依旧会怀念知青那段生活，我们的情，依然会留念教师的那段岁月。青春岁月脚步匆匆，青春乐章华丽嘹亮。知青身份是永远的纪念，知青老师是多么亲切的称呼。

"丁家小学故地游，师生情谊心中留。教书育人真幸福，人才辈出社稷求。"我们永远是碧落山的一名知青，我们有一个永久的独特称呼——知青老师。

2016 年 6 月 9 日

注：碧落山——位于江西高安城锦江之北，原高安市人民政府大院后，又名凤山。

锦江——源出宜春地区的慈化山区，流经万载县、上高县、高安市，于新建县厚田镇境内，入赣江。锦江是赣江支流，属于赣江水系。

难忘的岁月

作　者：茅培云（高安华林）

1970年4月11日，是我们队知青终生难忘的日子。我们离开养育我们的故乡——上海，呼啸而去的列车，承载着我们对家乡和亲人的无限眷恋，来到江西省高安县华林垦殖场插队落户，开始了与红土地的结缘。

列车于第二天到达南昌，然后换乘有蓬卡车，一路颠簸，到达华林垦殖场已是下午三点多钟了。热情的老乡用传统的方式，隆重地欢迎我们这些来自大城市的知青们。随后，我们一行九人跟着前来接我们的老乡步行去最终的落脚点——富楼大队太溪生产队。踩着泥泞蜿蜒的小路，望着远处层层叠叠的高山峻岭，我的心都抽紧了。大家一路无语，老乡们点起松枝火把，带着我们默默地行走在幽深莫测的大山里，月亮探出了脑袋，星星也眨眼望着我们。终于在翻过了一个山口后，出现了一块平地，几幢房屋出现在我们眼前……

"到了，同学们你们的家到了！"一位老乡在门口笑吟吟地迎接我们。立刻有人介绍说，这位就是以后帮你们烧饭的老辛。大家边寒暄边进屋，随后知青们在昏暗的煤油灯下围坐吃饭。大家肚子虽然很饿，但吃着辣得呛人难以下咽的饭菜……积攒了一天的担心、害怕、疑虑，转向怨气爆发了。大家虎着脸，拿起桌上一碗碗的饭菜，你一个饭碗，"啪"地扔地下；我一个菜碗，"啪~"甩出去；"啪、啪"的声音此起彼伏……等老辛闻声赶来时，一桌大大小小的饭碗、菜碗、连饭带菜已变成地上的一片狼藉。老辛愣了片刻，含着眼泪默默地打扫满地的碗片和饭菜，语气沉重地对我们说：这里是山区，粮食、蔬菜……收成从来不好，每年春节过后到五月份是春荒，队里所有的大人小孩都只能吃得六七分饱，有的人甚至靠吃笋子、笋干过日子。你们的这桌饭菜都是乡亲们你一点我一份凑合起来的，你们怎能一来就这样呢？浪费了这么多饭菜还打碎了碗……大家低着头默默不语，脸上露出羞愧的神色。第一餐饭就这么辜负了老乡们的一片心意，多少年后回想起来还会感到内疚。

以后的日子里，我们和当地老乡一样早出晚归，坚持同老乡一起播种、拔秧、插秧、耘禾、收割、上山砍柴等等，在老乡的指导帮助下学会了各种农活。我们与老乡熟悉亲近了，有共同语言了，变得不怕脏、不怕苦、不怕累了，皮肤晒黑了，身体长结实了，思想也逐渐成熟了。

当然，生活决不会一帆风顺，磨难和病痛相继而来。夏季的山区蚊蝇肆虐，哪里饭菜香，哪里就有饿狼般的苍蝇围叮，它们恨不能将饭碗也一起吞掉。哪里有人群，那一群群花脚大蚊子，就在哪里嗡嗡叫着朝你身上扑来……

八月的一天，收工后大家扛着锄头，拖着疲惫不堪的身子走到家门口，只见堆积在门口厚厚的树叶上躺着一个身材矮小、面清目秀、满头虚汗、昏迷不醒的小青年，那不是我们知青集体户里的小艾吗？大家七手八脚将他抬进屋，喂他喝水，他慢慢地苏醒了，干裂的嘴巴大张着，秀气的脸上挂着深深的痛苦，那痛楚的面容至今回想起来仍使人难过。他喉咙里断断续续吐出："冷—冷—"酷暑骄阳似火，正常的人们光着膀子还汗流浃背，可是我们的小艾刚才还大汗淋漓，转眼间上下牙不停地颤抖，一阵紧似一阵全身抽动，知青们各自奔向自己的房间，抱出被子盖在他身上。这种忽冷忽热的痛苦在他身上交替出现，怎么办？正在大家不知所措时，大队邓书记来了，他还带来了赤脚医生。医生的诊断是：疟疾，也就是民间说的"打摆子"。邓书记一行的到来，使我们悬着的心放下了。他们不仅为小艾治病，还带来了当地老乡对知青的关心。

第二天，赤脚医生带着几名知青在泥泞的山路上扒开碎石、枯枝和烂叶寻挖草药。从太阳升起出去，直到夜晚月亮出来才回家，背回满满的几筐中草药，有的是煎后内服的，有的是熏蚊子的，不光为小艾治病，还想到为知青集体防病。在医生的看护和草药的作用下，小艾渐渐康复，但身体还是极度虚弱。邓书记和当地老乡送来了老母鸡、鸡蛋……在那个物资匮乏的年代，这些东西是何等的精贵，而红土地上的人们却是那么慷慨！有了这些营养品，小艾的身体又逐渐强壮了，脸色又红润了。每当提起这些往事，小艾总是深情地说：如果没有当地老乡的关心帮助或许我活不到今天，我将一辈子记住他们。

几年的艰苦磨练，使我们从一名稚气未脱的中学生懂得了如何热爱生活，如何与当地老乡及周围人相处；从什么都不会做的城市青年，懂得了如何脚踏实地做好每件事情。我们知青队有的人成了劳动能手，有的成了农业学大寨积极分子，有的当上了生产队长，有的当了妇女主任。这都是富楼——这片红土地上的父老乡亲们给予的一笔巨大精神财富，我们终身取之不尽用之不竭。

随着社会发展，我们队的知青有的参军，当了一名光荣的解放军战士；有的推荐读书，当了工农兵大学生；有的到地质队，当了地质勘探工作者；有的回上海当了工人……虽然我们相继告别了知青生活，告别了红土地上勤劳、朴实、善良的乡亲们，告别了我们的第二故乡，但是这段难忘的岁月将永远深深地镌刻在我们心里。

2016 年 7 月 5 日

酸甜苦辣的插队生活

作　者：金美丽（高安华林）

我是 1954 年 7 月出生的，因进了五年制小学，故我也成了 69 届初中毕业生，但在同届学生中数我年龄最小。1970 年我也幸运地挤进了插队落户的行列。

四十多年过去了，当年的情景，我还历历在目。记得在上海北站乘坐绿皮火车行驶一晚才到达南昌站，然后转乘箱式货车，货车行驶在盘山公路上，偶尔我从箱式货车的小木窗往外看，行驶的山路越来越高，途中经过一段盘山公路，公路的一边是红土山体，另一边却是悬崖陡壁，那 S 型的盘山公路，时上时下、忽左忽右、一路颠簸，我心里暗暗思忖，我这么一个弱小女生，何时能跳出这片红土山区？啊……难啊！想着想着眼泪止不住地涮涮直流，整个眼睛都哭肿了。汽车盘旋了几个小时，终于到了高安县华林垦殖场富楼大队。恭候多时的大队书记邓美成、村民们和茅培云等上海知青，在村口燃放起鞭炮隆重迎接我们。我们用那种很好奇和异样的眼光看着她们。大队部设晚宴招待我们，吃糠团时我觉得在吃忆苦思甜饭。大队为我们安排了在当地算作上乘的住房。因旅途劳顿，十分疲惫，当晚，寒风骤起，在煤油灯的陪伴下我很快入睡了。第二天给家里捎信报平安，在头几个月里，16 岁的我只要收到家信就会想家，思念父母继而流泪抽泣，难过好一阵子。

寒冬腊月，北风呼啸。我们赤着脚肩挑沙土修水利，吃的是胡萝卜卷心菜拌饭。春天拂晓，天还黑着，我们就跟随着当地老表手提点燃的松木火把，朝着田边走去，天刚蒙蒙亮，我们就已经踏入那冰冷的梯田里，在山墩深处最高的水田里，在那冰冷齐腰深的沼泽田里，乡亲们手把手教我们插秧，在水田里常常会感到小腿上痒痒的，一看好几条黑乎乎的蚂蟥叮附在腿上吸血，将蚂蟥拍落后，小腿上还在不停地淌血，顾不上处理，随即跟上大伙继续干活，不停地拔秧，插秧。夏天"双抢"，火辣辣的太阳晒在身上，衣服干了又湿，湿了又干，斑斑的盐霜，阵阵的汗味，虽然戴着草帽，脸还是被稻田里的热气熏得红肿起泡，晚上疼痛难忍，干活时稻田里的飞虫横行，手脚被叮得瘙痒难忍。我们按照农村的劳动工序，跟着老乡们割稻、打稻谷、扎草堆。有一次我中暑了，晕倒在田埂边上，老乡将我扶到树荫下照料我喝水。因农活忙，我歇息一会儿感到稍好些，又打起精神到农田干活了；累了大伙在田边休息一会儿，渴了用双手捧起小渠里的流水，痛快地畅饮。傍晚收工了，肩上挑着100多斤重的稻谷，送往大队的粮食仓库。我们插队的富楼大队属于高安县的高山地区，为创收，农闲时还要搞副业，要上山砍毛竹，伐木、砍柴等。当时我们年仅十六七岁，肩扛又粗又长的毛竹，挑着自己砍的柴担，沿着陡峭的山路，慢慢走下来。现在想起来也有点毛骨悚然，因为那时我还没有发育健全呢！那时候的我，身穿军装，肩挑粪担，手撒牛粪，脏活累活都不怕，唯独就怕那暗绿色的扁扁的蚂蟥，在水田里见我两条雪白的腿上爬满了吸饱血后变得滚圆的蚂蟥时特别害怕。有时例假来了，也不好意思开口请假，羞涩、稚嫩、天真无邪的我，仍然泡在秧田里。至今，我的腿上都还留着被蚂蟥叮咬过的疤痕，脑海里还留着那段难忘的记忆。

那个年代山区农村很穷，生活非常艰苦，每月只有一至两次吃肉的机会，"双抢"那段特别辛苦的日子里，只要一听到有肉吃，割稻的劲头会更足，现在想起来岂不成了笑话？

插队初期，因"菜荒"我们也曾做过不地道的事情。当初我们不会种菜，也确实没有时间种菜，上海带过来的诸如梅干菜烧肉、雪菜肉丝、酱爆肉、酱瓜等能放些时间的菜都吃完了，拌饭的酱油猪油也吃光了，熬了数天，实在没有菜吃了，我们曾经偷偷地到老乡们的菜地里偷摘南瓜、冬瓜等。这不是我们的本意，实属无奈。我们白天上山砍毛竹的时候就看好了哪里有菜可采摘，晚上收工了就去把那地里的南瓜等偷摘回来……对此，老乡当时的反响也较大，经常有老乡在知青点门口用土话骂我们。后来大队书记知道了此事，一方面做老乡的工作，要求老乡们要体谅关心已多日没有菜吃的知青们的生活，一方面立即采取了措施：专门为我们知青划分了一块蔬菜地，并派一位有经验的老农帮我们种菜。富楼大队的乡亲们是可亲可敬的，多年来一直非常关心我们知青的生活，及时解决我们生活中的实际困难。

记得有一年我们在农村过年，知青们都去了一对一的老乡家，家家户户忙着杀猪、宰鸡、宰鸭、做米酒、包粽子、做冻米糖；每家每户准备了丰富的年货：腊鸡、腊肉、蜂蜜、笋干、麻花、麻球、糖果等琳琅满目，家庭主妇忙得不亦乐乎，男女老幼人人喜笑颜开，好一派庆丰收过新年欢天喜地的景象，我真有在家的感觉，现在都回味无穷！后来我放弃了上师范学院的机会，选择了和大部分知青一起留守农村，直到知青大返城我才回到了上海。

回上海以后我曾经两次去过第二故乡，第一次是随上海公司去庐山疗养期间，我特意从九江转车去了高安华林。那次受到乡亲们非常热情的接待。临别时，乡亲们反复叮嘱我："有机会一定要带更多的知青再来，千山万水总是情哦！"第二次我和茅培云等知青相约一起回去的。这一次回去更是感慨万千，乡亲们用土鸡，土鸭、鲜虾，活鱼、山珍，野味、野生甲鱼、高山茶叶……盛情地款待我们。当我们离别时，富楼大队的书记带领着乡亲们放鞭炮欢送我们，我们个个激动得热泪盈眶，心情久久不能平静。

我要感谢《上海知青在高安》这个平台，让我们抒发红土高坡的姐妹情、知青情、红土情。这一切对于一个没有离开过大城市的孩子来说是无法感受到的，在任何书本上也是看不到的。46年过去了，我们和乡亲们在农村战天斗地的艰苦生活中建立的感情是难以割舍的。四十多年了，第二故乡——高安华林那浓重的乡音方言仍旧记得。今天，我虽然青春不再，我的激情依旧；虽然年过六旬，但我的豪情依旧。我追忆那不悔的青春年华，记录当年那段不平凡的插队生活，不忘那段日子，是为了更好地珍惜今天的幸福生活。

难忘啊，红土地！

2016 年 7 月 12 日

难忘的日子

作　者：华小妹（高安蓝坊）

　　呜——，汽笛长鸣，一辆知青专列载着我对未来生活的美好憧憬离开上海，西行到英雄城南昌，转车再次西行到达我人生的第一驿站——高安县蓝坊公社，1970年4月12日开始了插队生涯。

　　幸运的是，我和好友罗引珍一起分配到公社林场。林场由公社文艺宣传队加上11位知青和几个管理人员组成，主要任务是维护全公社的山林，培育树苗和植树造林，农忙时也要参加插秧割稻。培育树苗的季节，每天出工我们都必须带上遮阳挡雨的伞、小板凳和拔草工具，走好几里山路去林地劳作。我和引珍两人一拢田，面对面坐着拔草或间苗，一边干活一边聊天，每天有聊不完的话题，说不完的知心话。口渴了，就双手捧山沟里的泉水喝，根本顾不上牛在山上也和我们同饮一沟水。每逢双抢，我们起早摸黑，顶着骄阳抢收抢种，累得直不起腰。遇到宣传队排练节目时，我们就成了他们忠实的观众，看着这些精彩的文艺节目，我们会时而鼓掌时而哼唱，陶醉地欣赏着宣传队员们优美的舞姿和动听悦耳的器乐曲，忘却了一天的疲劳和浑身的酸痛，日子虽然艰苦，却也充满了快乐。

　　最使我难忘的是，下乡一个月左右，身材矮小体弱的我感冒发烧了，林场无医无药只能硬挺着，持续一星期都是迷迷糊糊。一天傍晚，收工回来的引珍发现痰盂里我的尿呈绛紫色，她大惊失色，立即向知青领导老刘报告，这下可忙坏了林场的所有人，他们七手八脚想办法送我去医院。隐隐约约感觉我是坐在独轮车上，由于都是山坡，一会儿上一会儿下的颠簸，独轮车又很难平衡，几位乡亲艰难地轮换着推我走了七里的夜路，送我到蓝坊公社卫生院就诊。抽血化验、尿检，化验结果是血尿、蛋白尿，确诊为急性肾炎。接下来就是打针、吃药，根据医嘱禁盐、按时吃药，静养一个月。在治疗休养期间，好友引珍无微不至地关心照顾我，出工前将上海饼干、炒麦粉放在我枕边让我饿了吃。食堂的炊事员，每餐都为我准备特别的小锅菜，里面放点糖，田里的时令蔬菜总是我第一个尝鲜。这位慈祥的老人平时对我和引珍就很关照，对生病的我照顾得更是周到细致。我还记得，在这段生病的日子里，没感到孤独寂寞，可我非常想念上海的父母。父母得知我生病也焦急万分，盼望我能回上海养病。然而场规规定，插队不满一年不能提前探亲，就此断了回家的念头。父母知道我被照顾得很好，也鼓励我战胜病魔。不下地干活，在寝室里休养感觉时间过得特别漫长，无事可做感到无聊。天性胆小的我，每当夕阳快下山时，就早早坐在山坡上等待姐妹们收工回来。由于治疗及时，饮食和休息得当，加之老乡及好友的细心照料，我很快得到了康复，庆幸没有留下后遗症。

每个人都有难以忘却的回忆，对我来说插队患病期间的点点滴滴至今都记忆犹新，每每回忆起知青时代的往事时，都会想起曾经的林场生活和给予我关心帮助呵护的老乡和好友，那段日子刻骨铭心，令我终生难忘。

2016 年 12 月 24 日

这样一个人

　　斗转星移，时光如梭，弹指一挥间，42年过去了。回想四年多的红土地生活，给我的馈赠太多太多：它不仅教会了我农活，硬朗了我的身板，锤炼了我的意志，更重要的是赋予我直面逆境的信心和战胜困难的勇气，使我能坦然面对之后工作生活中的各种艰难险阻，为自己开辟一条到达理想彼岸的光明大道。

　　闲暇之余，偶然翻到插队时候的笔记，其间有一篇是1974年初夏，用第三人称写的散文《有这样一个人》，摘录如下：

　　初夏的夜晚，在两脉丘陵之间的一片开阔地上，孤零零地静卧着两幢房屋。北面一幢正在兴建中：高高的门框突兀在齐脖子高的石墙上；南面的一幢造好了并已住进了人家。此刻各房间的门都关着，从东面数过来第三个房间还亮着灯光，灯光下靠东边一张尚未放下蚊帐的竹榻上斜倚着一个人：二十岁出头，一张清瘦的脸，配着一头短发，稍高的额头下，两条黑漆般微曲的眉毛，一双不算大的眼睛，长长的睫毛，适中的鼻梁，稍厚的嘴唇，脸上弥漫着遐思。他上身穿一件因日晒而褪了色的灰色衬衫，下穿一条淡蓝色劳动布裤子。衬衫的纽扣从下一直扣到领口，甚至连领子也向上翻起。脚上套着一双袜子，穿着袜子的脚被裹到毯子里。莫非他感到冷吗？不，五月的天气，温暖宜人，即使光着身子，也绝对不会有冷的感觉，况且又是在这闭门绝户的房间里。那他为什么会这样呢？……啪！——蓦地，他用右手在耳朵根拍了一下，根据经验，他知道没有达到目的，于是便放下手来。哦，原来是为了防御被吸血的蚊子叮咬，他才把自己这样全副武装起来的!

他躺着。右边靠脚那端,有一架小提琴躺在启盖的琴盒里。左边靠床放着一张本地单斗桌,桌上一盏油灯,照现出桌子上的一片凌乱景象:瓷碗,茶杯,手电筒,口琴,小圆镜,梳子,烟灰缸和一架半导体收音机——它们都是在不同的时间里被主人随意搁在桌面的各处,有些像一盘放大了的象棋残局。收音机里时而传出优美动听的音乐,时而是诚恳感人的话语。那只用一截竹筒做成的烟灰缸,缸沿上搁着一支飘着青烟的前门牌香烟。而那面小圆镜正对着他的脸,他一眨眼、一皱眉,都在圆镜里反映得一清二楚。这时候,他耳旁突然响起一个女中音的深沉话音,他凝神静听,发现是这样一些句子:……时间是生命的材料……时光是一个铁面无私的法官……岁月在人们的叹息声中流逝,岁月也在人们埋头事物之际悄悄溜走了……接下来是一阵缓缓的柔和的音乐。他闭起眼睛默默地聆听着,呼吸也随着乐曲的抑扬而起伏。他沉浸在美妙的乐曲声中,他陶醉了……

沙沙沙,沙沙沙忽然传来不和谐的嘈杂声,小圆镜里那个人渐渐皱起了眉头,他知道发生了什么事。他用力睁开眼睛,然而映入眼帘的只是一片炫目的霓光。他忙用手背揉揉眼睛,定睛再看,只见一只蚕豆般大小的昆虫颤动着翼翅,在桌子上扑楞折腾。它一会儿滚到瓷碗边,一会儿又撞在灯罩上;一会儿东南,一会儿西北,在横竖不过二三尺的桌面上肆无忌惮地逞着凶。不由得,一股厌恶从他心中猛然升起,他按捺不住地伸出手去,悄悄向停在桌上的昆虫逼近、逼近,一下子将它捉在手中,随即投进灯罩里。他看着昆虫先是在灼热的灯罩里拼命打滚,然后停下来,肚子朝天无力地摆动着细腿,最后一动也不动了。他的厌恶心理,在进行了报复之后,才慢慢消散。

然而,刚才报复的痛快却又引来了另一个使他难堪的思路:那本小说的主人公——马丁·伊登的可悲结局跳进了他的脑际:这一刹那,他还知道得清清楚楚,下一刹那,他就什么都不知道了。他想起昨天在水库里游泳时的情形来:当时他戏剧性地想尝尝马丁离世时的滋味。可是当他刚往下沉了三四秒钟,就立刻被一阵难以忍受的窒息吓得连忙浮出水面。他惊呆了,他不能理解,像马丁这样一个水手,究竟靠了什么样的力量,使他选择这样一个方法来结束生命,而且竟然获得成功?他的思路开始混乱起来,他不能再想下去了。他觉得躺得腰骨酸痛坐了起来，伸手捡起那半截香烟，烟火早已熄灭。他拿过火柴点着烟，大口大口地吸着。他看了看油灯，灯里的油已经被吸干，只凭着灯芯上的那一点油，得以维持着火光。他怕油灯会突然之间熄灭，赶忙脱下衣服袜子，扇去蚊帐里可能隐藏着的蚊子，迅速跳上床放下帐子。等他刚刚随着一串呱啦啦的响声在竹榻上睡平时，油灯大亮了一下，随即便熄灭了。

黑暗中他听见从田野里传来蛤蟆和昆虫的合唱声，他看见流萤在薄薄的帐幔外发出一道道青光，他已经没有精力去欣赏这些了，他需要安静，需要休息。于是他闭上眼睛，让黑暗笼罩了自己的头脑，随它走进梦乡里去……

突然，一声鸡鸣划破夜空的寂静，把他从昏沉中唤醒。鸡鸣使他得到启示，他知道随着它这一声声的啼叫，将迎来满天绚丽的朝霞；他也知道，寅时过后将会有一轮鲜红的太阳从东方升起，她将迅速地荡涤一切黑暗与混沌，使大地的面貌焕然一新！他愿学这能唤来黎明的雄鸡——虽然鹰有更多的优点，但不妨先学学这响亮的、号角般的鸣声，这打破死寂，甦醒大地的鸣声。他就不信学不会，就不信用这声音唤不来鲜红美丽的朝阳！

怀着对美好未来的坚定信念，铭记着敬爱的鲁迅先生的谆谆教导——路很远，也很暗，但是不要怕，不怕的人的面前才有路——他欣喜地看到一缕淡淡的曙光已透进了窗洞……

合上笔记本，我仍然深陷在沉思中。曾经的迷茫、无助甚至颓废是如此的刻骨铭心，它伴随着我们青春的身躯度过了一个个空虚、寂寥的日子。这段心路历程虽然短暂，却依然是我生命旅程中难以忘怀的一段插曲。苦难是位最好的老师，欲见彩虹必先经历风雨。再说，痛苦的经历也是人生的一笔财富。

最后，我想用俄国伟大诗人普希金的一首诗作为结尾：

假如生活欺骗了你，

不要悲伤，不要心急！

忧郁的日子里须要镇静：

相信吧，快乐的日子将会来临。

心儿永远向往着未来；

现在却常是忧郁：

一切都是瞬息，一切都将会过去；
而那过去了的，就会成为亲切的怀恋。

2016 年 10 月 6 日

栗园灭虫记

作　者：曹其明（高安杨圩）

金龟子是一种杂食性害虫，主要危害桃、梨、栗、葡萄、苹果、柑橘等林木。这种小飞虫，小脑袋，身披二层翅膀，飞起时外层硬翅张开，由内层薄翅飞翔，停下时外层硬翅包裹着内层薄翅，硬翅色彩斑斓，以金黄色为主。小时候我好玩，偶尔抓到它，就会用一根细线扎在它颈部凹陷处，然后牵着线让它飞。它飞，我就跟着追，后面往往会跟着两三个小伙伴一起追着，跑着，拍手闹着，成为弄堂里小孩玩耍的小小风景线。没料到的是，在知青岁月里我与成千上万的金龟子来了一次零距离亲密的接触，不过那滋味可真不好受！

1970年，我们12位上海知青下放在高安县杨圩林场（后来改为板栗林场）。林场以栽植板栗树为主。板栗既可以作为水果，又可以当粮食，俗称为木本粮食。林场规划栽植板栗林8000亩（号称万亩），已栽植初步成幼林面积约4000亩。据说当时是我国南方最大的人工板栗林基地。1972年初夏季节，有人发现板栗幼林发生虫害，一片片的栗树幼叶被一种害虫啃吃，严重的整株树嫩叶全被吃光，只剩枝干和零星的老叶子，而且漫延迅速，第一天几十亩，第二天上百亩……经林业局工程师王容鉴定是金龟子爆发了，如不及时扑灭，危害极大，整个板栗林基地将遭灭顶之灾！林场领导心急如焚，迅速确定灭虫方案，组织了灭虫专业队，由工程师王容带队，成员是我们六名上海男知青，同时紧急向上级和林业局求援，调拨特效灭虫药六六粉和敌百虫粉。那时政府机关办事效率真不错，两天内就运来了几吨六六粉和敌百虫粉！

杀虫药一到，我与同伴穿了长衣长裤，每人肩挑一担装满药粉的土箕，直奔受灾的栗园。到了栗园，王容在一株受灾的栗树旁，简单地介绍了金龟子的生活习性及扑灭的方法。因为金龟子晚上会钻到树蔸（是为促进树生长而锄松的圆盘）的松土层内，早上钻出来上树啃吃树叶，因此只需在树蔸松土层上撒一层六六粉和敌百虫粉即可达到杀灭的作用。这时我明白了，这栗园虫灾原来是我儿时玩的金龟子惹的祸，只见板栗树上爬着不少金龟子，它们贪婪地啃吃着板栗树叶子，我用力摇了一下这株树，这下子犹如捅了马蜂窝似的，除有几只落在地上外，大部分飞起来，起码有百多只金龟子，嗡嗡嗡的声响很震撼，一株树百多只，十株树千多只，百株树……我都不敢想下去！大家立即行动，每人一行树排开，每株树蔸上均匀地撒上薄薄一层药粉，撒了一株又一株。为防止遗漏，我们顺着一排排树，从山脚撒到山顶，又从山顶撒到山脚（好在山势比较平缓）。虽然不是盛夏，但撒了几圈药，每个人都大汗淋淋了。更难忍的是药粉很呛人，刺激味非常大。工作了一段时间后，我们的眼睛都睁不开了，喉咙被刺得疼痛，衣服上也沾满了药粉。好在山脚下的一条水渠有水，我们可去渠里清洗一下，否则还真难坚持。就这样，撒完一个山头又撒另一个山头，带的药粉一撒完又赶去场里取药粉挑上山，大家马不停蹄，你追我赶忙灭虫。直到太阳下山时我们才收工回场，赶紧先到水库边去冲洗，然后再去食堂吃饭。

第二天，当我们挑着药粉经过昨天灭虫现场时，眼前的一幕又使我震撼了：每株树蔸下都是一堆堆的死金龟子，起码百多只！有些半死不活的小爪子正在抽搐着！看到这情景大家都为昨天的灭虫效果感到高兴。

灭虫战斗继续着。天不算很热，还有些风，我们尽量站在上风头撒药，但免不了药粉沾在衣服上，头上脸上也有不少药粉光顾。中午去食堂时，所有的人都对我们避而远之，实在是我们身上的药粉刺激味太浓烈！正吃中饭时，领导来了，除了表扬还布置新任务：场部周围受灾的板栗林已撒药完毕了。韩家栗园正发生虫灾，灭虫队下午去完成灭虫任务。我们二话不说，放下饭碗，挑着药粉奔向韩家受灾栗园。当时的天气虽不很热，但太阳当头照，挑一担药粉到韩家山上后，每个人都汗湿衣襟，又沾了不少药粉，那滋味真不好受！我与同伴吴宏海对了一下眼色，他马上意会，反正没有女同胞在场，顾不上斯文，我们就打了赤膊，只穿短裤，这样撒起药来更方便。我们六个知青除个别保持斯文外，大部分都是赤膊上阵。由于任务明确，我们的干劲更大了，撒药速度更快，药粉沾在身上也全然不顾，眼睛实在吃不消时才到渠里洗一下，然后又接着干。太阳没有下山我们就圆满地完成任务啦!

大约半个月后，遭受虫灾的栗园又长满了嫩叶，恢复了勃勃生机! 在一段时间内特别是雨后，还能经常在路边小沟里看到一摊一摊的虫尸。

离开林场三十九年后，我与部分知青重返林场，看望了那些板栗树，它们长势喜人，正当壮年盛果期。只见它们整齐地随风翩翩起舞欢迎我们! 我仿佛听见它们在说：谢谢你们当年对我们的精心呵护! 回顾往事，老农们一再赞扬我们当年灭虫和养护板栗树付出的辛劳。在日日月月的劳动中，我们与板栗林结下了深厚的情谊。

回忆起当年灭虫的情景有感而发：

栗园金龟逞凶狂，千亩板栗叶遭殃。

王容老师亲率队，知青小伙灭虫忙。

光着膀子撒药粉，全然不顾药伤身。

害虫闻药死光光，清扫虫尸用箩筐!

2016 年 8 月 23 日

三道伤疤的故事

作　者：余杏元（高安灰埠）

　　1970年4月，刚满17周岁的我怀着好奇，神采奕奕地背着妈妈用5元多钱给我买的最时尚的两用包就像现代年轻人用法国品牌"LV"一样的感觉。随着上山下乡的浪潮，来到江西这片完全陌生的红土地插队，迈出了人生历程的第一步。四十多年过去了，那段青春岁月的艰难生活已被埋藏在我的心灵深处。今天，打开那尘封已久的记忆，插队时那段难忘的岁月，仍让我心怦怦动……最令我难忘的是那三道伤疤的经历。

一、水土不服留下的死疤

　　我们十个来自上海南洋中学69届不同班级的四名男生和六名女生被安排在高安县灰埠公社林场第二创业队。一间茅草房、两间简易猪圈坐落在公路边的山坡上，创业队队长是一位叫秧伢子的老表，他和一位姓聂的当地退伍军人负责管理我们知青。

　　林场的工作除了上山种树、育苗、在树苗间套种花生和红薯外，还种了近三十亩的水稻，以解决林场职工的口粮。这近三十亩的水稻田也够我们十多人忙的了：播种、育秧、插秧、耘禾、灌水和收割等。农活多，劳动强度大，每天起早贪黑，非常辛苦。春插时，由于双脚长时间浸泡在水田里，我的右小腿前部长出了几个疖子，起先我涂点药膏不当回事，但好多天下来不见好转，而且越长越大。在水田劳动时又时常被蚂蟥侵袭，抹去蚂蟥后，血流不止，我算是品尝了血浓于水的滋味了。小腿前部没有肌肉表皮里面就是骨头，疖子开始化脓溃烂，越来越严重，伤口糜烂的能见到骨头了。我每天要到林场卫生所换药，卫生员在换药时都要刮去伤口周围一层白色的腐肉，那钻心刺骨的疼痛实在难以忍受，作为男子汉此时我既不能叫，也不能哭，只能用牙齿紧紧咬住嘴唇，以致每次换药嘴唇都留下了深深的牙印。林场卫生员也想尽办法，外敷药膏，内服药片，这个疖子一直拖了近半年才慢慢收口愈合，愈合的伤口上新长出的皮肤光溜溜的已无汗腺，留下了一个清晰可见的死疤。

二、割禾留下的断指疤

在林场，我们每天出工劳动至少十小时，天刚蒙蒙亮就起床下地出早工，约两小时后才回来洗漱用早餐，早餐后又出工，回来吃了中餐下午开工一直要十到太阳下山天色渐渐黑了才收工。那真是日出而作，日落而归。就是这样的辛勤劳动，得到的报酬极其微薄。当时林场里的全劳力一天为 10 分工，报酬是 3 角 9 分，我被定为 8 分工，每天的报酬是 3 角 1 分。

我们知青情绪并不消极，劳累了一天，睡上一觉，第二天又干劲十足地投入劳动。在双抢农忙时，我们还时常与老表比拼挑担数量，比拼插秧快齐，比拼割禾速度，农田里充满了知青与老表比拼较劲的竞赛场面。在一次割禾时，我埋头只管拼命地割，脸上的汗水也顾不上擦，随着我的镰子飞舞，金黄的稻穗一排排地倒在田里，正当我左手抓禾，右手稍不留神，咔嚓一刀下去，左手的无名指连禾被锋利的锯齿形刀口割了一刀，一阵剧痛，我随即大叫一声哎呀不好，丢掉镰子，握住带血的左手，只见无名指连指甲被截去了近一公分左右，那连着指甲的小半节手指血淋淋地躺在地上，左手无名指的创面处，殷红的鲜血咕咕地直往外冒。我从没见过这一血淋淋的场面，既紧张又害怕，顿时眼泪直流。虽然经过用药、包扎，治好了断指创面，但是我的无名指还是短了一截，留下了一道永久的断指疤。那一小节连着指甲的断指也永远地留在了红土地的稻田里。

三、锯齿留下的长伤疤

在林场第二创业队劳动、生活了近两年，公社领导突然把我和另一位知青小张调到灰埠手工业厂工作。当时我的感觉非常好，毕竟也算是一次跳出农门了。手工业厂里全是活跃在民间的匠人高手，有铁匠、篾匠、木匠、油漆匠和泥瓦匠等。厂领导见我人高马大，先安排我学做铁匠、篾匠，但被我找了些理由谢绝了，最后我自己挑选了学做木匠。这里的木匠也分好几种，有大木匠（造房子），小木匠（做家具），圆木匠（做盆、桶），车木匠（做独轮车），还有专做风车、水车、棺材的独门手艺的老匠人，看得我眼花缭乱。

知青学手艺，免除了农村一套拜师的规矩。我的师傅姓熊，他要我先练基本功——刨樟木板。刨了一个多月樟木板，双手起茧，双臂酸痛，不由产生了厌倦情绪。熊师傅看出了我的心思，就开导我说：学木工活儿，一定要经过由简单到复杂的这一过程，只有把基本功练好了，再学难度大的就容易得多啦。没过多久，熊师傅就开始教我做简易的小板凳。他不厌其烦并毫无保留地教我掌握木工手艺的情景至今令我难以忘怀。

记得有一次我在打制樟木箱时，当箱体的燕尾榫衔接好，底板封完后，开始按比例锯开箱盖时，鬼使神差地将左手误放在锯口的前面，在箱体分开的一刹那，锯条上的锯齿狠狠地咬了我一口，手上立刻出现了深深的锯痕，顷刻鲜血直流。这时熊师傅急忙跑过来，一边安慰我，一边指出造成这一惨状的原因。是啊，由于自己不按规程操作，最终酿成了苦果。当初留在左手上的这道锯齿伤疤至今仍隐约可见。

我在灰埠手工业厂工作了三年多，收获也不小，学会了打简易家具，还外出修建房子，记得灰埠瓷厂的第一代厂房的建造，我还是当初的参与者呢。三年的木匠工作，是我知青生涯中的又一段难忘的经历，也使我与木匠结下了不解的情缘。

1974年底，南京军区到灰埠征兵，我光荣地加入了中国人民解放军，成为一名解放军战士，又一次从农村跳槽到了军营。别了，江西红土地！别了，我的第二故乡——灰埠！

三道伤疤的故事，是我知青生活中的一段无法抹去的记忆，它不是战功，不是勋章，也不需要鲜花和掌声。感谢上海知青在高安的微信平台，让我回忆了这段刻骨铭心的往事，有辛酸也有欢乐，至少我是这样认为的。

2016年6月22日

我的知青生涯小故事

作　者：林迎珠（万载三兴）

1970年4月10日，我到江西省万载县三兴公社沙谭大队谭渡生产队插队，在这片红土地上奉献自己的青春年华。这是我人生漫长旅途中最值得纪念和难以忘怀的岁月，回忆在这里插队落户点点滴滴却刻骨铭心的往事，仿佛回到了那个年代。

一、令人窒息的吸血虫——蚂蟥

蚂蟥又称为水蛭，刚到农村，这个新名词就出现在我们的生活中，直到现在回想起来还是不寒而栗。

4月正是春耕春播季节，来到生产队还不满一星期，公社指定的带队干部老王就拉开嗓门吆喝："出工啦！天光了！"见没有人响应他就开始敲门，"乓乓乓"对着我房门一阵敲打。被他突然敲醒，我脑子一片空白，继而满肚子委屈，嘴里叽里咕噜："哪能先敲阿拉啦？"和建平一起走出房门才发现天才蒙蒙亮，一袭寒风使身子骨禁不住嗦嗦发抖。老王继续挨门敲："杨国华起床了，女同学也出来了，快点！张胜利、高天平……"知青们一个一个睡眼蒙眬被他叫唤出来。那时出早工是不吃饭的，老王在家准备早饭，我们饥肠辘辘跟在老农的后面，沿着锦江边蜿蜒的田埂，稀里糊涂默默地走到了一块绿油油的秧田旁，"下去呀！把秧苗连泥土一起拔起来。"老农和蔼地示范起来，动作麻利地拔起一把秧苗，用根稻草扎一圈丢在了一旁。我看傻了眼，这就是出工？脚上穿着袜子叫我怎么下水田？看看站在周围的同学，使命感陡升，心中默念接受贫下中农的再教育，我得带头下水田。咬咬牙脱掉袜子撩起裤腿，雪白的双脚踩在了泥泞的田埂上，一只手拉着建平，一只脚慢慢伸下水田，接触水面的一刹那，一股冷气沿着脚底往上蹿，我的心一下子收紧，七倒八歪手往后一扬把建平也拽了下来。刚准备弯腰拔秧，突然脚脖子一阵针刺感，"不得了！"我突然歇斯底里嚎啕大哭起来，"腾"一下跳上了田埂，斜眼瞧腿上，妈呀！那是啥？一条五厘米左右黑乎油亮的东西，吸附在脚跟处，直觉告诉我是听到过没见过的吸血虫蚂蟥！我死命地甩腿大叫："蚂蟥，蚂蟥叮我脚上了！哪能办啦？它会咬穿我的脚。"我这腿难道就这么废了？恐惧笼罩心头。田埂上准备下水田的同学都被我吓傻了，愣在那里不知所措。老农涉水过来利索地帮我从脚上拿掉了蚂蟥。被蚂蟥叮咬的伤口鲜血直流，我不顾三七二十一，拖着滴血的脚一拐一拐执意往回走，一行同学就因为我的"挂彩"集体罢工了两天。潭渡大队知青蚂蟥事件的消息，快速传遍全三兴公社，不久就被老表当作调侃"上海佬"的笑料。

经不住老王的拍门尖叫，三天后，诶！我们不得不继续下水田，从此我们的双腿就成为蚂蟥的美食。蚂蟥一旦悄悄地叮上了你的腿，就张开贪婪的吸盘嘴附吸在你的双腿上，牢牢稳住它扁扁的身子，扯不下拉不掉，当你发现它时，血已经灌满它的身子，呈圆鼓鼓油光闪亮漆黑一条，吃饱喝足了才自己滚落下来。每下一次水田都不止有一两条蚂蟥来眷顾你。每年春插、耘禾、"双抢"、秋收，我的两条小腿都会红肿一片，又痛又痒，经它吸食的伤口发肿溃烂，很久才会愈合。慢慢地我也学会了保护自己，发现蚂蟥就在它旁边敲打将它震落下来，千万不能硬拉，这样它反而会吸得更牢拉伤皮肤。然而"双抢"时哪还顾得上，直接就用手上的稻杆把它刷下来。老表好像对蚂蟥很淡定，田间休息时会用各种手段来玩死蚂蟥。有用竹签把蚂蟥穿起来插在旁边太阳里晒干的；有把它的身体从里到外彻底翻个身，就像洗猪大肠一样，这样被废了"武功"的蚂蟥就不会再叮人了，还有的用打火机焚烧，蚂蟥就蜷缩一团。传说蚂蟥生命力极强，你把它截成几段就会变成几条。现在回想起来当时的表现似乎有些夸张，可这是我插队过程中最难忘的经历。

二、夜路

许许多多的第一次经历我都记忆犹新，也包括在农村第一次走夜路。1971年我被借调到公社广播站当广播员，春节将临，队里的同学都结伴回上海过年了，我也想回上海，可是我的"家当"都在离公社18里以外的青年班，那里有生产队分得的茶油、花生、鸡和板栗，统统要带回上海孝敬长辈，白天三次播音不能断，脱不了身，思前想后心一横，最后还是逼着自己选择广播结束后，走夜路回生产队，早上6时准时赶回来放广播。

"三兴公社广播站今天第三次播音到此结束，再见！"时针指向20时30分。办公楼里静悄悄，我把房门悄悄扣上，蹑手蹑脚闪出了办公楼。眼前一片漆黑，电筒弱弱的光照着前方若隐若现的路。出了公社大院跨过公路，沿着三兴街旁的一条小路是通往沙潭队18里的山路，月光下一条灰白色的小路蜿蜒曲折直指前方，"呼呼"的西北风吹在空旷的稻田里，发出"沙、沙、沙"的响声，我疾步如飞地进入山路。这是一片松树林，月光照射下倒影千奇百怪，有的像巨人张开双臂向我说："姑娘啊！慢慢走！有我在护着你呢！"有的张牙舞爪面目狰狞，不由得使我毛骨悚然。"呱！呱！"从头顶上盘旋而过的是老鸦，我不由自主地举起手电筒对着它一阵晃动，心却"怦！怦！"跳个不停，额头上沁出了冷汗。路越来越陡，走到了一个叫井头的地方，光秃秃的山头是一片坟地，杂草中高高低低的坟墓错落排列，走过一个顶上压着石块高高的坟茔，坟头两旁白色布条随风飘逸，地上洒落各种图案的纸片，那是刚刚落葬的新坟。那时的我天真幼稚得真不知人死后，就被埋在那一堆堆土丘里，否则打死我也不敢这么潇洒走一回。月亮在不知不觉中躲了起来，路开始混沌起来，手电筒也不起什么大的作用，只是依稀凭感觉探路，脚下好像有什么东西拌一下，那东西有被拖着走的感觉，直觉告诉我被蛇缠上了，我忍不住失声大喊："救命啊！有蛇！"奇怪这东西也不动，伴着我的脚步往前走，我心一横弯腰一摸，原来是脚上套上了一根柴火，虚惊一场。路越来越不像路，传说中的迷路鬼笼罩在我的心头。老表曾经吓唬过我们，碰到迷路鬼让你原地转呀转找不到回家的路，鬼使神差我一头撞上了土堆，抬头细看是围墙，这不是房子吗？不知不觉走到了一户人家的后门。我捞到救命稻草似的使劲敲门，只听见房里传出：

"撞到鬼哩，啥的人半夜敲门？""拿把刀防着点。"房东把我当成鬼当成贼了。房里煤油灯亮了，淡淡的光线从门缝里射出来。"老乡开开门，我是上海佬，开门呀！"房门咯吱一声打开，站在面前的老表高举着的刀，嘴上却叫起来"哎！是上海妹子哩，那个笑菩萨妹子，广播员妹子，乍地跑夜路勒？"一连串的妹子，叫得我心里头热乎乎，眼泪哗啦哗啦流下来。那老表像个老熟人说："公社广场开大会不是你读的文章喊的口号？""广播里天天听你在哇。"原来我来到了万岁大队已走了一半的路，老表重新指引走上了正路。小溪沿着山脚潺潺流淌陪伴着我，我开始小跑着前进，"呼、呼"北风在耳边吹过，浑身却是热乎乎，心中默默念叨加油！加油！转个弯，一条宽阔的河流出现在眼前。呵！锦江！隐隐约约看到了锦江边上的谭渡村。到家了，到家了！长长嘘口气不由得脚下生风，一溜烟爬上斜坡来到了住处。我们知青班和老表混合住在一个四合院。上海同学都回去了，我摸索着打开房门点起煤油灯，收拾着年终分得的茶油、花生、笋干、芝麻等土产满满装了几袋，肩扛手提背着一年的收获，在黎明前又开始走上了返回公社的羊肠小道。清晨6点整，"三兴公社广播站现在开始今天的第一次播音。"我又用嘹亮、甜甜的声音开始了新的一天广播。完全沉浸在广播里的我，昨晚茫茫夜路已经丢在了脑后。

以后虽然也有走夜路，但第一次迷路在我的脑海里抹不去，挥不掉，坚信走夜路的时候心中只要有一盏灯，一个信念支配我，就不会恐惧和胆怯了。

如今回想那段经历真的反而有点后怕，要是碰上坏人抢劫啦，碰上流氓，碰上野狼或恶狗，要是真的有野鬼……后果不堪设想。还好那时社会民风淳朴，而我的思想又很单纯。

三、回上海探亲的路

1971年春节，我为阔别上海21个月后第一次探亲激动不已，同时担忧没有同伴这一路如何到上海。走夜路拿来的土特产把藏青帆布旅行包装得满满的，拉链也拉不上，还有纸板箱里在公社饲养的三个母鸡和买的冬笋，都是我这一年半载独立生活劳动的收获，是我的骄傲，必须一样不拉下带回家。三兴到宜春火车站要到万载转车，好在三兴汽车站售票员知道我是广播员，检票时他把住车门挡住急吼吼的老表，让我先上车，使我顺利地来到万载汽车站。下车后，我熟练地用扁担挑起旅行包和纸板箱，去买到宜春的汽车票，售票窗口乱哄哄人头济济。我放下肩上的担子，看到边上有个面目慈祥的大爷，灵机一动走过去说："大爷，请你帮我看看东西，我去买票到宜春。"他疑惑地看着我，继而流露出担忧和怜惜的眼神。我买好车票，大爷一声不吭挑起我的担子，我诧异地紧跟在后面来到车旁，大爷放下担子用他布满茧子的手，拍拍我的肩膀，笑容可掬地说："妹子不容易呀。"我急忙掏口袋拿出 5 毛钱递给他，只见他一下子变了脸转身迅速地离开，我愣住了不知所措。万载到宜春汽车站行车将近一个小时，好的是对号入座，坐稳后我打开纸板箱要给母鸡透透气，"咯、咯、咯"母鸡的叫声，引来旁边老表的注意，"这鸡带到上海肯定有用。"意思是会死去。他说把鸡的两只脚绑起来，不能让它乱动，可以活得久点。随即拿起他篮里稻草，帮我捆好了鸡脚（事实证明确实有用）。公路坑坑洼洼，汽车颠簸得厉害，车尾滚滚沙尘笼罩了车身，我喉干舌燥，却是担心这鸡是否会口渴。车到宜春才知道宜春汽车站到火车站还有 1 公里的路，我挑担朝火车站方向走去，一头旅行包一头纸板箱，怎么走都不协调，腰越来越弯，整个人像一只煮熟的大虾，扁担在两肩转来转去，脚步颤颤巍巍，额头沁出点点汗珠，肩上的担子越来越沉重。放下担子坐扁担上休息，抚摸双肩，看看前面的路不禁感叹，咬咬牙跌跌撞撞终于来到了火车站。长吁一口气，一屁股坐在长椅上，心里惦记着买火车票。周围嘈杂而混乱，稍事休息我挑起担子来到售票窗口买到晚上 9 点 30 分开的火车票。在候车室里靠着行李打盹，饥肠辘辘我才想起午饭和晚饭没吃，拿出随身带着的干干的馒头充饥，一边打开纸板箱解开鸡脚上的稻草绳，也让它伸伸脚，撒一把随身带的谷子，放些水，喃喃自语：母鸡呀！我送上海的礼物和心意，你们比我的命还重要，上天保佑你们活着。"开往上海的火车开始检票。"广播喇叭唤醒了我的意识，重新绑好鸡脚，挑起行李直奔检票口。在闸机前，拥挤的人你推我搡，我一手提旅行包一手提纸板箱，侧身越过闸机口，右手提着沉重的旅行包差点脱臼。火车在宜春停留 3 分钟，月台上站满了候车的旅客，我满脸愁容，如何上得了火车。不一会儿，火车呼啸而来，由于站的位置偏离车门口，人群发疯似地骚乱起来，大家抢着上火车，我赶紧蹲下来双手护着鸡和行李。

上火车的第一个台阶特别高，我试着挑担上去，可两脚发软跨也跨不上不去，只能一包包上下折腾几个来回，面红耳赤根本顾不上散了的长辫子，汽笛长鸣时我终于挤上了火车。车厢拥挤不堪，乌烟瘴气，连插脚的地方也没有，我还是决定把行李挪到座位旁，站在走廊上，梦想座位上的人半路下去，就有机会坐位子。哐啷哐啷火车发出了催眠曲，我却睁大双眼毫无睡意，又一次打开纸板箱，让母鸡放放风，伸伸腿，看到它们还能动，我悬着的心终于放下来，此时已是筋疲力尽。到达上海站，我提起精神扁担一挑出车站，引得周围的人交头接耳回过头来看着我，一片啧啧声，哪里来了个乡下人？回到既熟悉又陌生的地方，此时的我才醒悟，这个城市已经不属于我，以至于以后的几次回上海，都不愿意走亲戚，不愿意见熟人，匆忙来又匆忙去。

人生就是一个轮回，命运的安排根本不会由于人们的意念而改变，我们放下手中的书包，"浩浩荡荡"到农村去，战天斗地，接受贫下中农的再教育，承担着严酷不可抗拒的历史使命，为此而付出了我们的青春。

四、在祠堂里的小学当老师

1972 年 9 月，大队书记找到我说小学缺老师你去教书吧，我想想总比下田干活强，虽然没有上过师范，也不知道教学规律，我还是一口答应了。我收拾了行李去报到，沙潭大队小学建在满目疮痍的祠堂里，时代的变迁改变了祠堂命运，被用来开办学校。跨上台阶推开沉重的木门，发出"咯吱——"声，祠堂上下两个天井，天井当中是甬道，两旁走廊毛竹片分割出一间间教室，甬道尽头拾级而上挂着办公室的牌子，相邻两间教师宿舍，右边柴火堆老高，左边灶台水缸一看就是厨房间。我径直走进办公室，已经有 7 个老师围一圈坐在那里，办公桌高低不平大小错落摆放在中央，靠里右面有个空位就是我的。分派给我一年级语文带班主任，还教高年级音乐课。

开课伊始，点名点到王春秋，一个女孩"哎！"了一声站起来，大大的眼睛眨巴眨巴盯着我，双手交叉搓呀搓，冲我一笑，露出两个小酒窝，咿！与众不同漂亮小姑娘，在这个乡村野落和泥土打滚的孩子群里，她特显眼，从此我对这个小姑娘格外关注和喜爱。每次提问忍不住要问她，她依旧是报以腼腆的笑脸回答却结结巴巴。开学没几天，走进教室只见讲台上一把花生，小姑娘手指指自己的嘴，眼睛看着我的嘴，示意我收下，从此一发不可收拾，抽斗里冒出一个鸡蛋，粉笔盒里一块姜，练习本里还夹把葱，还有红薯、土豆和搁在宿舍门口装满了田螺的竹筒，每天都会变戏法似的给我惊喜。几天后我把小姑娘请到办公室，把她拉入怀里，然后把积累的一大堆东西拿出来交给她，她却用恐惧的眼神看着我，怕我惩罚她。我温柔地开导她："老师不能拿你的东西，带回家里自己吃。"一脸疑惑的她，怯生生拿着东西回了家。终于小孩再也不带东西来学校，我对她更加爱怜和喜欢。那是寒冷的冬天，小姑娘脸色惨白来到教室，没有了平时那灿烂的微笑，趴在摇摇欲坠随时都可能散架的课桌上，头上直冒冷汗叫唤肚子痛。我束手无策只能拿块毛巾帮她擦擦汗，让一个大同学把送她回家。连着两天她没有来上课，走进教室我习惯性地先看那个位子，只听见"报告老师，秋秋昨夜死了。"犹如晴天霹雳！原来姑娘几天前就闹肚子痛，家里没给她治，她硬撑着来学校上课的。我自责：前几天忍痛前来学校，也许是来向我求救？或许是向我来道别？直至今天我都内疚自己无知和冷漠，懊悔为啥不亲自带她去医院检查？在那个重男轻女缺医少药的农村，女孩的命运多舛。那灿烂的微笑和两个小酒窝从此消失在课桌前。音乐课没有乐器没有教材，全凭老师拉开嗓门随便教，那天我别出心裁和五年级的同学说，今天音乐课教你们讲上海闲话，每个小组一句，然后相邻两组互相学对方的那句，直到每人把4句都学会。"阿拉上海人""侬好""白相相""切饭"一组一组学，教室里顿时热闹非凡，这个组"侬好！"那个组"窃饭！"指着对方叫。我拼着命地纠正他们的发音，"老师为啥叫白相相"、"阿拉、阿拉"千奇百怪的问题也接踵而来，我快招架不住了。"梆！""梆！""梆！"下课的棒子声响，我抓住救命稻草似的赶快逃回了办公室。走廊里乱糟糟一片"阿拉、侬好、窃饭、白相相"整个学校像一锅煮开的粥。我一看这情形不得了，果然不出所料，校长一脸严肃走过来，"林老师！你在哇嘛格？教啥的课，不像话！尼里上海人就知道瞎晃。"我也懒得和他解释，心想怎么了？是你想学我还不教呢。想不到的事情还在后头呢，那些调皮的小鬼以后看到我，直接就叫"阿拉""白相相"老师也不叫了，好好的语言课就这样夭折。每到星期天老师们各自回家，祠堂就留下我一个人，怀着对祠堂的崇敬和好奇，我经常围着祠堂转圈圈。解放前万载自然村落聚族而居，一些宗族只要有百几十丁以上，便要建祠堂来追祖德，加强宗族凝聚力。仔细观察这祠堂，门口的两尊石狮断了尾巴缺了腿，樟树制作的大门框四周，斑斑驳驳依稀还可以看到诗文祖训，长句对联，屋顶上各种装饰图案、隐隐约约也分辨不出是啥寓意，猜测这个祠堂是个大家族。我如今成了一个守祠堂的外姓人，想到它曾经的辉煌，我想谌家的老祖宗肯定会感恩戴德保佑我。夜幕来临，我会先把大门从里插上，一推就会倒的两扇边门，用棍子从里往外顶住，毛竹片隔离起来的宿舍只是一个框子，办公桌挡在门口算是关门，自我感觉到了安全，然后我坐到只有绿豆点大的煤油灯下批改作业、备课、翻看书。一阵风吹过，煤油灯火忽闪忽闪。屋顶不时有"吱吱"老鼠叫声，急促的"犀利犀利"的声音穿过，我猜是黄鼠狼，哗啦一声，噢！一定是野猫。夹着天井里瑟瑟的风声，就这样我慢慢进入了梦乡。终于有一天，我在池塘边洗衣服，远远看见一队人走过来，公社下乡工作检查组，带队的池主任一脸惊讶看着我："小林！你在这里干吗？"我指指那祠堂："代课老师呢。"星期一大队书记通知我，公社让你去报到，从此我结束了在祠堂里人生第一次的为人师。

五、柴火

老表做饭烧水用柴火，我们刚到知青点那时，大队部要求各生产队每家每户"笃发"柴火。所谓"笃发"就是生产队老表轮流每天送两捆柴火给上海知青用。老王是个相当耿直的带队干部，我们 10 个上海知青接受他的管理，他倒也认真负责督促并收柴火。第一个月我们不愁没柴火烧，可是好景不长。这天老王尖着嗓门又对着房门喊起来："今天不要出工了。"我们还以为他大发慈悲呢，还来不及高兴，接下来只听他宣布："集体上山砍柴。"嚓！擦！ 10 把镰刀被磨得铮亮，我们每人分得一把，还有一根枪棍（竹杠子两头削尖）用来挑柴火。所谓的初生牛犊不怕虎，一伙 10 人手握镰刀肩扛枪棍嘻嘻哈哈耍着玩出发了。沿着锦江边的田埂路，我拿枪棍的一头撑着地边走边跳，老王唬着他的脸一手叉在腰上走在最前面，紧跟在他的后面是高天平，学着老王尖起脚走路那个样，油腔滑调唱起了："北风那个吹哎！哎！"并翘起兰花指，一不留神滑下了田埂，引得我们一个个无所顾忌拼命地笑啊笑，笑到肚子痛，直不起腰来。不知不觉来到了一座山脚下，老王手一指"到格。"却自顾自脚步不停往山上走去。空气一下子沉闷起来，抬头一看那个山坡稍微有点陡，碗口粗的松树下面生长着稀疏的茅柴，很杂乱。老王人也见不到了，我们被逼踩着凌乱的茅柴，手挡荆棘上得山来，只听见前面"腾、腾、腾"的砍柴声，原来老王已经干上了，他自顾自在前面头也不回喊："把那些茅柴用镰刀沿根部砍下来。"我手握镰刀却无从下手，只能依样画葫芦，低着头专捡嫩绿的茅柴，脚踩手拉使出浑身解数一刀一刀砍下去。忽然感到不对劲，怎么会这么安静呢？当我抬起头来却不见了周围的人，看到的只有旁边一堆绿茅柴，刹那间，我头冒冷汗，环顾四周，心想，老虎、狐狸、狼、野兽来了怎么办？吓得我只好拼命叫："建平、老王，快来人啊！"还好山那边回荡过来了老王的哇啦哇啦声"喊萨得喊，捆起来。"我一头雾水，砍下来还要自己捆？又没有绳子！拿啥格么事捆？简直是天方夜谭，吃也吃力煞了。还好的是老王就在山那边，我稍稍安心下来，索性坐在枪棍上歇歇。远处传来有节奏的哼呀哼呲声，老王低着头枪棍一头一捆柴火压在肩上来到我身边。只见他放下肩上的担子，"铡、铡"三下五除二，砍下旁边两根小竹子，竹子一头踩在脚下，有叶子的一头朝上扭呀扭，竹子中间慢慢开裂软了下来，就地取材立马做成了一根捆柴绳，即刻动手捆我砍的柴火，嘴上不停地嘀咕："冇用的，嫩绿嫩绿点不着火，晒干了一下子就烧光。"一边把竹子放在地上，柴火横放竖堆上去，竹子一边打个圈向中间使劲拉，圈套圈捆好一把柴，枪棍一头一捆柴火"蹬"一下子放在了我肩上。肩上担子压着立马虾般弓起腰，感觉整座山都压在了身上，再也没有了笑声，眼睛盯着脚底下山坡的路，生怕踩上小竹尖七高八低往回走。担子越来越沉，左肩换右肩不停地转呀转，沮丧的我去和回完全判若两人。

我们10个人砍回来一堆柴还不够烧两天。从此砍柴成为我们生存下去的必须，可我们深知砍柴的活太难干，于是每次砍柴火大家想着法子躲避。老王出一高招，大家自由结合每人一星期交两担，交不出就罚款，并认真做记录。我们只好被迫自觉自愿上山砍柴火。老王有政策男同学有对策，杨国华砍了一担柴，单手高举着走了进来，正好被老王撞见，马上就去拿把秤来称，只有七斤翘一点，老王一下子黑了脸，从此以后砍回来的柴火都要过秤。男同学慢慢学会了砍硬柴（树木），不仅分量上去，而且好砍。而女同学只能砍茅柴，我捆茅柴的技术一直过不了关，捆扎不牢走一路掉一路，回到家过秤分量总是不够标准。男同学知道砍小树既方便又耐烧，整个村子家家户户砍柴烧，周边小山上的树来不及生长就被拦腰砍去。由于无限制的砍伐，山上的树木越来越贫瘠，只得去深山找，越走越远，走上十几里路砍到新棠水库那边。我也开始拣稍微粗壮的小树枝砍，想想当初我和建平两个女生也不晓得要找个男同学搭档，怕找个男同学搭档就会被认为谈"靠定"（恋爱对象），界限划得非常清，现在想想真有点傻乎乎的。肩膀上红肿的伤痕还没有来得及退下去，接着又要砍下一轮，每次砍柴都成了我的心病，很多时候都是建平帮我捆柴火。

　　过了双抢和秋收我们会分到一大堆稻草，可用来当柴火烧。用稻草当柴火可是要水平的，弄不好即使点着也烧不着，我在实践中学会了烧稻草柴火的"技术活"：稻草按 3 比 1 先折过来，顶端这边为长端，然后握着顺势围绕矮的草梗兜一圈把尾部塞进去打结。烧的时候先把打结的一头送进炉膛，轻轻对着炉口吹气，呼！呼！两下，再用木棍慢慢拨拉草结，轰的一下，火被引燃，这样的火集中又耐烧。冬天山上砍来的硬柴湿淋淋点不着火，男生对付的招法可多。有一年快过春节了，小缪同学把汽油浇在炉膛里的木柴上，"砰"一下火势冲出来，明天就要赶回家过春节的缪之龙被火烧伤了脸，还好眉毛鼻子没有烧着，否则如何回家见爹娘。春节时，建平的弟弟为我们打造了一个煤油炉，我们从此不必为柴火而担心。现在江西老表也用上了液化气，免去了砍柴的艰辛。说心里话，有了上山下乡砍柴烧火的特殊经历，我们百倍珍惜如今能用上液化气、煤气乃至天然气的舒心生活。

2016 年 10 月 11 日

师傅娘的那碗米酒蒸蛋

作　者：王文萍（万载岭东）

　　随着知识青年到农村去，接受贫下中农再教育的下乡插队热潮，我跟随虎丘中学的61位同学，在1970年4月9号赴江西万载插队落户。当时还不满17岁的我，挥手告别了父母兄妹，踏上了去江西的列车。记得随着汽笛的一声长鸣，火车上下一片哭声，就这样离开了生我养我的上海，历经了长达9年的插队岁月。

　　几十年过去了，当时的情景还历历在目……

　　到了公社，61个人被分到四个大队，我们15个人被安置在兰田大队。生产队，给我们每人安排了个师傅，便于在生活上、农活上给予指导和帮助。我的师傅是生产队的会计，我出工前都会先到师傅家等候，每次到师傅家，师傅的母亲（我喊她师傅娘）已站在门口，像慈母般地迎接我，帮我拿好干活的农具，我就跟着师傅出工。师傅耐心地、手把手地教我干各种农活，让我感到很温暖并学会很多劳动技能。逢年过节师傅娘都会杀鸡、割肉，做好多可口的饭菜，请我去他们家吃饭。每次我刚坐下，她就会端出一碗热气腾腾的米酒蒸蛋给我吃，这米酒是师傅娘自己酿的，蛋是自家养的鸡下的，所以那个醇香、甘甜，还带有点醉意的味道，这么多年过去了，还是忘不了。那时我为了想喝碗米酒蒸蛋，农闲时经常去他家，师傅娘好像知道我的心思，一会儿就会端出这香喷喷的米酒蒸蛋让我解馋。那碗米酒蒸蛋，飘着米酒的清香、飘着蛋的醇香、飘着师傅娘的一片心意。我吃在嘴里，甜在心里，到今天这醇美还洋溢在我心间。当时农村的生活也非常艰难，师傅自己很节俭，师傅娘却总是那么热情地款待我、在那物质匮乏的年代是多么弥足珍贵啊。

每到冬天农闲，师傅娘都会到公社花炮厂领些做花炮的引线纸，手把手地教我做引火线，做好后交到公社去换些现金，帮我在农闲时赚些钱补贴生活之用。

师傅一家陪伴我度过了人生最艰难时期，让我在这片红土地上感受到家的温暖。

四十几年过去了，师傅一家对我的关爱和热情帮助一直记在我心间，师傅娘的亲切、慈祥的笑脸经常在我脑海里浮现，我多么想再喝一碗师傅娘亲手做的米酒蒸蛋啊！

由于种种原因，回上海后忙于工作和养育儿子，一直没时间去探望那久违的红土地。终于，几年前有机会再一次踏上这亲切的第二故乡时，一切都变了，斯人已去，新的一代出现在我眼前。对于故人，我只有深深地怀念，我知道再也见不到他们了，也喝不到那熟悉的米酒蒸蛋了，实在有些伤感，但是看到红土地翻天覆地的变化——宽敞的公路，用上了电和自来水，住上了砖瓦楼房，普及了彩电、冰箱、电脑和手机，信息也和世界接轨了，我为这些巨大变化感到欣慰、感到高兴。红土地——我的第二故乡，我想念你，我也永远忘不了师傅娘的那一碗米酒蒸蛋。

2016 年 12 月 27 日

红土地杂记（上）

作　者：顾　坚（万载白良）

20世纪70年代，我经历了江西插队岁月的磨炼，留下了难以忘怀的记忆，它时不时会一幕幕呈现在我脑海中，激励我克服生活中遇到的一切困难。

一、踏上征途

1970年6月初的一天，班主任问我：有一个去江西插队的补充名额，你考虑去吗？我急匆匆赶回家与家人商量后，返回学校报名去江西。这时离出发只有三天时间，我迅速着手准备行装，还忙着走亲访友与他们告别。

9日上午，我在家人的陪同下，到达彭浦车站登上知青专列，奔赴江西省万载县白良公社白良大队桐山庙下生产队插队。很多人像我一样，第一次离开生养的城市，带着初涉人世的懵懂，去一个遥远的、未知的、充满神秘的地方。一路上大家的表现各异，有的观察沿途的自然景色、人文景观；有的还沉浸在离别的悲痛之中，默默地低头凝思着什么；有的与周围同学聊开了，互相交流想象着未来。我凝望着车窗外掠过的乡村、田野及山峦，心里充满着矛盾。既有青春激情，怀着对未来插队生活的好奇和对新生活的向往，对革命老区人民的敬仰及各种奇特的遐想，誓在农村广阔天地好好作为的豪情壮志；又带着对亲人们的眷念，带着对未知世界的种种猜测和疑虑，带着对前程不可预测的担忧。列车在前行，思绪在延伸，伴着那车轮与铁轨单调的摩擦声，载着进入梦乡的知青奔向那神奇的红土地……

二、初到桐山

列车经过十多个小时的运行，10日傍晚到达宜春车站。我们换乘卡车赶往万载县白良公社白良大队。晚上九点多钟白良大队部灯火通明，大队领导和乡亲们像过节一样，迎接我们这些来自上海的知识青年，领导为我们敬烟献茶，我们顿时感受到了一股浓浓的亲情。简单的欢迎仪式后，我们被告知还要步行三里多路前往桐山庙下生产队——我们插队的目的地。

老表们在大队、生产队干部的带领下，抬的抬，挑的挑，争先恐后地帮我们搬运箱子、柜子等大件行李。几位老表举着燃烧的松枝，照着崎岖的山路，我们拖着疲惫的身子，跟随着大伙向前走去。我走在队伍的尾部，望着那迤逦前行的人流和星星点点的火光，体验到一种别样的壮观。半个小时后，我们终于到达了目的地庙下。说是庙下，实际上这里就是曾经的土地庙，一排四间石基土坯瓦房，两间为大厅，另外两间房内用木桩、毛竹和稻草组合成的通铺，便是我们的寝室。进入四角高挂着煤油灯的大厅，老表们已经摆着两桌丰盛的饭菜，我们放好行李就上桌狼吞虎咽，饭菜有鱼有肉很丰盛，但覆盖了厚厚的红辣椒，我除了感觉辣味麻舌之外，几乎没有真正吃出美味。

饭后已近半夜，我们面对与原先设想的巨大反差，联想到今后将在这里生活、学习、劳动，思绪万千，愁容满面。初夏，成群的蚊子欢快地围绕着我们嗡嗡叫，昏暗的煤油灯火随着微风飘浮着，给我们营造出一种压抑的氛围。庙下的第一夜，就这样在迷茫中进入了梦乡。

第二天当我们醒来时早饭已为我们烧好，大队干部对我们进行安抚，并告诉我们在为我们盖新房子。大家看到了希望，真正的插队生活就从这里开始了。

三、购安置粮

到桐山插队后不久，原先队里安排的知青安置口粮吃完了。管知青后勤生活的下放干部老袁，提出带我们上街去粮站购安置口粮，我们带着一种新鲜感欣然应允。老袁为我们准备了几副箩筐，带着大伙就上路了。

第一次去白良街正逢当墟，老表们挑上自产的农产品设摊买卖，连绵百米煞是热闹。白良街范围不大，从公社大院、粮站、邮局、百货商店、农资商店，再到那几家饭店和小杂货店，不一会就转完了。于是老袁带着我们去粮站买米。他将200斤大米分成四担，每担50斤，我们男生义不容辞地担当起来。可是挑着担子没走200米，就有两个同学搁担叫吃不消了，于是男女同学相互交替着挑。我们有的知青看起来人高马大，一上担就露出肩不能挑手不能提的原形，怯对这50斤的担子。况且沿途是一色小道，缓坡上行，穿村过户，蜿蜒曲折，更加增添了挑担的难度。我们不断地相互替换着挑，实在不行就在路边休息一会。俗话说百步没轻担，每次替换的距离在逐步缩短，从200米到150米，又从150米到100米。50斤的担子越挑越沉，每个人的肩膀都磨肿了。2000米的路程，几经停下休息，走了一个多小时，才好不容易陆续回到了桐山庙卜。

同学都七倒八歪无精打采，有的摸着红肿的肩头，咧着嘴，皱着眉；有的大汗淋漓喘着气；有的猛喝水；有的干脆一头钻进自己房间……挑回来的米也没人管了，八只箩筐孤独凌乱地呆在大厅。本来，买米是件不足挂齿的小事，但却切切实实地给我们上了第一堂课，使我们认识到：如果不用心锻炼，不努力克服困难，闯过劳动关，其他任何事情都无从谈起。

四、上山砍柴

下放两周后，生产队给我们准备的柴火已剩不多了，带队干部老何说他带我们上山砍柴。队里为我们每人制作了一副竹子挑柴扁担，还购置了砍柴刀。老何给我们做动员，他要求我们努力过好思想关、生活关和劳动关，还特别强调了安全防范。生产队还指派老表袁炳根和张才生作为砍柴带教师傅。

次日早饭后，大家拿好工具，有人还特意披上了上海带来的护肩，拿着砍刀像个武士，引来阵阵嬉笑。两位师傅领着我们沿山的之字路缓缓上行，山道越走越崎岖，树木杂草也越来越密集。一路上三位老表为我们介绍路过的各种树木和花草。袁炳根还风趣地说，年龄都差不多，你们就叫我炳根伢，张才生就叫才才伢吧。我暗暗寻思，伢不是小孩的意思吗？不过还挺亲切的。队伍来到一个山口处，山路蓦然变得宽敞了许多。师傅招呼大家先休息一下，大家气喘吁吁，又渴又累，纷纷找树荫底下席地而坐。

炳根伢招呼大家歇着，自己就去周边树林里寻找我们砍柴的目标。才才伢在路边砍了一根毛竹，三下五除二地将毛竹砍成数段，然后捣捣鼓鼓，不一会就做成了几个竹水筒。才才伢叫上我与另外一位知青，带着刚做的竹筒，拨开树枝杂草艰难地行走，不远处传来细小的潺潺流水声。走近一看，只见一泓清泉从石缝里溢出，水流的下方形成一个清澈见底的小水潭。才才伢说：这水好喝。边说边捧着水就喝，我也用双手捧起水喝了起来。瞬间，一股清凉从口中流入心田，好舒坦啊！口干舌燥嗓子冒烟的时候，喝这山泉堪比玉液琼浆。我们三个人贪婪地喝足后，把那几个竹筒装满水带回。大家争先恐后地就着竹筒喝完那清凉的山泉，洋溢着美滋滋的神态。

大家嘻嘻哈哈喝水间，炳根伢已在附近放倒了一棵直径约有二十公分的树，他利索地把枝枝丫丫都砍掉，留下的树干和稍粗一点的枝丫都砍成五六十公分长的树段。炳根伢和才才伢一边示范一边介绍砍断树干要领：左一刀右一刀，慢慢转猛力砍，直到把树干砍断。老表几刀就砍断了，我们砍了几十刀，却仍未能砍断。他们耐心地教，我们边砍边琢磨，慢慢地悟出点门道了，速度也就稍快了些。我们先是用右手砍，后是用双手交替着砍，没多久大家的双手都磨红了，渐渐起泡了。两个老表师傅和带队干部，装好自己的担子过来帮着我们，根据我们每个人不同的体力分装好柴担，安排妥当后，老何一声令下大伙挑起担子，踏上了下山的路途。

俗话说，上山容易下山难。下山的小路崎岖坎坷，大伙挑着担子一脚高一脚低地往下赶。一开始还算轻松，渐渐地感到担子越来越沉，脚也开始飘起来。老何一路叮嘱：下山小心，前脚踩稳了后脚才能提起来，看准了路慢慢走，不要闪了腰扭伤脚……渐近晌午烈日当头，我们大汗淋漓，步履蹒跚地往回赶路，担子越挑越沉，到了下山梁的之字路时，看着那蜿蜒的下山道，双腿还真有点打怵发软。老何和两个师傅前后照应着，还帮助柔弱的女生一而再再而三分担柴火，不断地鼓励我们坚持、坚持再坚持，咬咬牙也要把柴火担子挑回家。大家左右肩频繁换着挑，歇一会再挑，支撑着走了一段又一段，终于把柴火挑到了家。到家时已过中午，我躺倒在床上腰酸背痛，浑身骨头就像散了架似的，耳边传来老何他们在外面劈柴和堆柴声。我轻轻按抚着红肿的肩膀，心里涌动一阵由衷的感激之情，也有点愧疚。我们到农村的锻炼才刚刚开始，接受再教育的路还很长很远呢！

第一次上山砍柴，在我插队生活中留下永恒的记忆！

五、意外工伤

临近双抢，稻田里需要大量的生石灰，队长廖有财安排几个劳力去把存放生石灰的棚子休整一下备用，我也自告奋勇地参加了这项工作。

石灰窑实际上与一般的砖窑类似，上口敞开，生石灰已经烧好，白花花的堆满了整个窑室。我好奇地问炳根伢这石灰是怎么烧出来的？他一边干活一边向我娓娓道来，烧制石灰要经过采集石灰岩石料，按技术要求装窑，然后升火烧制而成。所生伢在一旁插嘴：装窑的技巧在于留有畅通的火道，否则就会影响石灰质量，造成僵石灰，到时撒下田后化不开，变成石头渣留在水田里硌伤脚。我仔细听着，听得似懂非懂。石灰窑附近，就是需要修理的柱歪蓬破的棚子。

我们先拆除摇摇欲坠的棚子，然后重新划线，深挖石柱坑，将石柱放进坑中，扶正石柱，向坑内填入大大小小不规则的石块并夯实，使石柱垂直不倒。我在老表的指挥下，来回奔跑忙得不亦乐乎，热得满头大汗。我给最后一根石柱填石，正当用手整理嵌入的石头时，不知谁碰到了石柱，我左手中指被石柱子和石块挤压了，顿时鲜血直流，钻心地疼痛，我一屁股坐地下。炳根伢惊慌失措地跑过来看着我的手，关心地问我：感觉怎样，是否需要上医院？我用右手指紧紧压住受伤中指的上半段，强忍着疼痛止血，轻轻地摇了摇头说：不用，我能忍住。老表们关切地安排我到一旁树荫处休息，他们则继续搭棚，上梁，扎棚，顶盖茅草。收工回家途中，老表们又一次关心地说：是否要叫赤脚医生小辛过来看看？我强忍着疼痛说：没关系，我自己会处理的。一个老表扶着我，慢慢地走回庙下集体户。

回到集体户，其他同学还没收工。我找出上海带来的急救包，忍着剧烈的伤痛清洗了伤口，发现伤得确实不轻，整个中指指甲与肉已差不多分离了。为了不让伤口发炎，我决定把指甲拔掉，这样伤口愈合可能快些。我咬着牙慢慢将已经分离的指甲用小刀剔开，然后用两片小木片夹住指甲，眼睛一闭，猛地一下子拔了下来，冷汗顺着脊背淌了下来。睁开眼睛看见压伤处白色的碎骨，我已经顾不上思考，也不害怕，匆匆将伤口再次清洗后，倒上了大半包消炎粉，接着夹上准备好的小木片，用绷带进行包扎。当天晚上，队长廖有财夫妇、炳根伢、赤脚医生小辛等老表们来看望，有的还带来吃的东西表示慰问，老表们用赞许的眼光称赞我：吃得苦。虽然疼痛难忍，但心里却是暖暖的。小辛要我在蚊帐顶上系一根绳子，睡觉时将左手吊在上面，伤痛慢慢地减轻，我渐渐地进入了梦乡。

一星期后我拆开绷带查看伤口，左手中指被压扁了，微微有点翘，但活动不受影响，我暗自庆幸自己处理得当，未造成更大的伤害。

在我下乡的岁月里，使我经历了一次意志的锻炼，并且留下了难以磨灭的深刻记忆。红土地让我学会了坚强！

六、开镰在即

七月是抢收抢种的农忙时节，俗称：双抢。生产队动员大家磨好镰刀准备割禾，这也是一年之中重要的季节。开镰前一天的下午，队里大张旗鼓地杀了一头猪，宰了一头报批淘汰的老黄牛。按人头每人分得两斤猪肉、一斤多牛肉。全队大人小孩，无不欢天喜地喜形于色，奔走相告，沉浸在一片喜庆欢乐的氛围中。我们知青也买酒摘菜准备借机打打牙祭，改善改善伙食。傍晚，大家早早地收工，三五成群地聚集在一起，杯盏灯影之间，你一言我一语，你一杯我一杯，喝着叙着不亦乐乎，晃动的煤油灯照耀着略带酒色、红润而稚嫩的脸。热闹非凡的畅怀豪饮，男女生个个喜上眉梢。

生产队的钟声突然响起，随即传来了廖有财队长的喊叫声：开会喽，大家都到庙下知青屋里开会喽！不多会儿，老表们三三两两，陆陆续续聚集到我们庙下集体户厅堂里，两只三角煤油灯高高挂起，男女老少济济一堂。队长有财伢清了清喉咙直入主题，传达了公社、大队关于开展双抢战斗的任务要求和具体布置，他说，上级要求奋战二十天，不栽八月禾。为了更好地完成这项艰巨的任务，生产队的劳动力进行分工。按照队里现有打稻桶，以及主次劳动力，以自愿结合为主，组织分配为辅，经过大家热烈讨论自由组合，最后分成五个战斗小组。我们知青也被分插到各个小组，我被分配到炳根伢的组里了。经过细致的分工，落实了人员和工具后，接着又下达了各组次日开镰的田、亩、块任务。队会嘈嘈杂杂地开了一个小时，人们都带着兴奋的余韵，准备投入到紧张而艰苦的双抢战斗中去。

次日凌晨，天色蒙蒙亮，"当－当－当"队里的钟声急促地响了起来。我们知青都手握镰刀，肩挑箩筐，跟随各自小组的带头老表，踏着田埂上沾满露水的青草，纷纷下田开镰割禾了。

双抢时节是对知青的艰苦锻炼和考验，从那天起才算是真正地开始。劳动是辛苦的，我们每个知青都将迎着困难，义无反顾地、坚定地向前走下去。

红土地杂记（下）

作　者：顾　坚（万载白良）

七、抗旱救灾

有一年抢收抢种双抢期间，太阳天天露着笑脸，水田严重缺水，割了稻却无法插秧。公社动员抗旱救灾后，生产队搬出了几架木制水车，摆开了抗旱救灾阵势。我第一次参加抗旱救灾，也是第一次看见这抗旱工具，那木家伙在两位老表手上乖乖地将渠沟里的水引到稻田里。我上去摇，手摇木拐不听使唤常常脱落，要不就与同伴动作不协调被迫停下，因此影响提水效率。我认真地学着并揣摩他们的动作，边摇边悄悄地琢磨，发现这摇动木拐必须使柔劲，不能用蛮劲，否则就适得其反。有了感悟又在老表手把手的传授之下，半天下来我竟学会了手摇抽水。老表们不停地夸我，鼓励我继续努力。

学会手摇水车后，我又学会了脚踏水车。我看着两老表坐在架子上，边踩水车边聊天谈笑好不自在，心里痒痒的跃跃欲试。可是，我坐上木高架，就不知如何是好了，脚不仅使不上劲而且不时被水车上的滚木打痛，不一会儿脚就痛得难以忍受。炳根伢让我下去休息一会，说你们城里读书人看看琢磨琢磨就会的。我在一旁仔细观察他们腿脚与腰的协调动作，一下一下有节奏有力量，踩一下是一下，水就这样被抽了上来。我暗自思忖，踩水车不同于骑自行车，不能擅自简单地用力，这里有一个与同伴合作与协调的问题，当同伴用力时，自己则应顺应就势，这样左右相互交替，协调一致才能劲往一处使，顺利地把水抽上来。我又上去大胆尝试，实际操作比理论难度大得多，我不气馁不退缩，边学习边琢磨，忍受着疼痛坚持着。哎，说来也怪，要么不会踩，一旦踩对了路也就慢慢顺当起来，渐渐地与同伴合拍了，效果立刻显现出来了。随着我与同伴的腿脚上下运动，沟渠里的水咕嘟、咕嘟地被抽了上来，随着一脉脉水流引入田间，像灌入我心田乐开了花。我下水车休息时，抚摸着被打痛的脚背和脚趾，心里却洋溢出一股浓浓的成就感。

这次抗旱抽水日以继夜一刻都不能停顿，我们战斗组的十个人与其他小组一样连续奋战，白天冒着火辣辣的太阳，晚上忍受着蚊子的叮咬和排除蛇虫的袭扰，还必须抓住轮换休息的时间打会儿瞌睡。我完全与老表们一样，不辞辛劳共同奋战。在抗旱这段日子里，炳根伢、所生伢他们不仅在劳动中关心指导帮助我，而且在生活上关怀体贴照顾我，和他们同吃同住同劳动，摸爬滚打在一起的这一段日子，使我感到老表的无比亲切！

炎热干燥的天气肆虐着，每天依然是晴空万里不见一点云彩，有时连一丝风都没有，蝉鸣声声"热了、热了"。我们日夜奋战抽上来的水，却只能维持稻田湿润和秧苗的存活，这样下去减产是难以避免的。大伙心里真是着急呀，竭力用体力与老天博弈相持着。一个星期过去了，天仍然是晴而炎热，我们依然日夜抽着水，都希望老天开恩下一场透雨解燃眉之急。这段时间每个人都关注着天气预报，祈盼着降雨的消息。

连续抗旱十天后，天气预报传来了台风降雨的消息，真是大快人心！随后的几天里，先后下了几场较大的雨，总算缓解了旱情，秧苗得救了。我和大伙一下子精神放松了，这么多天积累的困意急袭而来和衣倒在床上一下子就睡着了。

坚持了近半个月的抗旱救灾，在全队村民共同努力下，终于取得了胜利。人不努力抗旱，将呈现一片枯草萧条景象，从这个意义上说，人胜了天，胜利来自于拼搏。也给我留下了难以忘怀的记忆。

八、打摆子

下乡后，听先期到达的同学说，江西疟疾很猖獗，有隔天发作的和天天发作的两种，据说病死过人，老表对此也存有恐惧心理，他们称打摆子。为此，我们从上海自带或邮寄了一些治疗疟疾的药物以备不测。那一年双抢结束不久，我被病魔盯上得了打摆子。

那天午后，我与老表在一起耘禾，突然间感到头晕眼花，继而出现明显的寒战，全身发抖，面色苍白，口唇发绀，寒战持续约 10 分钟左右，接着体温迅速上升，面色潮红，皮肤干热，烦躁不安，转而又是全身大汗淋漓，顿时觉得浑身无力，有经验的老表判断我染上打摆子了。炳根伢等人张罗着让人陪我回去休息和叫赤脚医生。当小辛背着药箱赶到庙下时，我体温窜上 39.8 度。有知青搬来了棉被替我盖上，我仍然冷得簌簌发抖。小辛告诉我确实是染上打摆子了，但是大队里没有专治疟疾的特效药奎宁。我虽然高烧有些迷糊，但还是记得前不久家里给我寄来过两瓶药，我强忍着病痛，从箱子里翻找出来。小辛看后，嘱咐我遵照说明书按时服药，伯奎氯喹同时服用以提高疗效。他临走时还特别关照我要多喝水，防止高烧脱水。我吃了药后就昏昏沉沉地睡到吃晚饭的时候，知青同学们都围拢来关心问候，有人还专门替我煮了稀饭，但我一点胃口都没有。晚上生产队长廖有财和炳根伢、才才伢等老表纷纷来庙下探望，还带来了蔬菜和咸菜。我虽然头晕脑胀，但这样的氛围使我颇感温暖和欣慰。人们散去后，我发现有人放了满满的一茶缸冷开水在我的床头，我喝了些水慢慢地昏睡了。

第二天清晨我从迷迷糊糊中醒来，感觉上似乎好些，这时有饥饿感了。我呼呼噜噜就着简单的菜肴，两碗米饭下肚。整个上午感觉还是不错的，测量体温也还正常，不过还是浑身无力，我又吃了一碗饭就在床上躺着静养。下午三点钟以后，我的头又开始疼痛起来，体温不断升高，再次飙升到 39 度多，随即进入半昏迷状态，两床棉被盖在身上仍瑟瑟发抖，上下牙齿打着架。吃东西没有一点胃口，只能吃药喝点水，好不容易睡着，半夜不时惊醒，我多多地喝水以帮助降低体温，在晕晕乎乎中又过了一个难熬的夜晚。

第三天早上，情况又感觉好了许多，精神状态也有所好转。这可恶的病魔，每天下午它都如期而约地光顾我，折磨我捉弄我，在与这病魔搏斗的过程中，我始终咬紧牙关，不畏病痛坚持拼搏。每天早上抓紧吃一点，有菜没菜都坚持，实在不行就弄两小勺白砂糖下饭。经过近一周的抗争高烧退了，我终于战胜了疟疾病魔，渐渐地从病痛中走了出来，恢复了正常的生活状态。再经过几天的细心调养，人瘦了，但精神良好，体质完全恢复了。

值得一提的是，在与病魔搏斗最艰难的时候，我得到了知青同学和老表乡亲们无微不至的关怀和照顾，我内心真切地感受到——源于这红土地的炽热绵绵的深情厚谊。战友情，同志情，乡亲情，始终激励着我勇往直前！四十多年过去了，弹指一挥间，我们都已步入暮年，回想起来，却仍然难以释怀，往事仍历历在目。

九、笑送公粮

11 月的天气，秋高气爽万里无云，正是送公粮的大好季节。晚稻已收割上场，晒干进仓。队里正积极准备送公粮，努力完成上级下达的公粮上缴任务。我们知青也加入了送公粮的行列，把我们辛勤劳作的胜利果实，奉献给国家，心情无比激动。全村呈现出男女老少齐参加，轰轰烈烈交公粮的喜人景象。

那日一早，仓库里人头济济，大家争先恐后装着金灿灿的稻谷，大部分人用箩筐装好稻谷用扁担挑，也有人用独轮车送公粮。这独轮车是一个架子支着一个轮子，两边车把上系了一根背带，还有一个停车休息时专门用来支撑独轮车的木支架。车子看起来很简单，推起来可不是那么容易的事，没有经验很难把握住平衡。队里的几个老农都用上了独轮车，两个箩筐装满稻谷放在架子的两边，然后用装满稻谷的麻布袋压在箩筐上面，最后用麻绳捆扎紧。大家装载过磅，一切准备就绪，只等队长下令了。

看到独轮车我跃跃欲试，炳根伢欣然应允了，要我小心注意安全，并特意跟在我的身后。我背起背带推动独轮车沿着晒场慢慢向前行进，车轮发出"吱呀吱呀"刺耳的嘈杂声，我总觉得好沉，大约有三四百斤重难以把握平衡。晒场比较平坦，我勉强可以推着前行，再往前推遇到一条小小的沟，车轮微微地颠簸了一下，我感到车把两边摇摆起来，眼看就要倾倒，说时迟，那时快，炳根伢一个箭步上来帮我稳住了车把，并从车上拿下支撑架稳住了车。可我却惊出了一身冷汗，暗暗地感谢炳根伢，对他肃然起敬。炳根伢不仅没批评我，还鼓励我，笑着对我说：干得不错，多锻炼锻炼，就会好的。说话间，只见队长有财伢大喊一声：出发。全队人员向着公社粮站出发了。

大家有的挑担，有的推车，一个接着一个，沿着大路，向着粮站而去，一路上都是欢快的人流。我挑着百来斤左右的稻谷担子一路前行，三里多的路，中途休息了两次，不到半个小时就到了粮站。我们顺利地通过了粮站检验员的检验，过磅称后倒入大粮仓。接着炳根伢招呼大伙往回赶，争取上午再送一趟。回到桐山，大伙赶紧再装上稻谷，挑着担子推上车往粮站赶。看着这一路上来来往往赶着送公粮的场景，好不热闹。

午饭后，我和大伙又送了两次。返回时生产队会计告诉大家，上缴公粮任务完成啦。听了这个消息，每个人都乐呵呵地无比兴奋。

通过送公粮，我深深地体会到，红土地的社员们思想觉悟很高，他们想到的是国家，把国家的利益放在首位，把缴送公粮的任务，看作是每个人的职责。红土地的人民是那样的淳朴，那样的执着，这使我感慨万千，记忆深刻。

十、采油茶籽

秋天像一位高明的油画家，将山林一片苍绿妆得色彩斑斓，赤橙黄绿青蓝紫，层林尽染格外妖娆。我站在门前眺望远山迤逦的景色，犹如欣赏一幅名家的油画赏心悦目。

到采收油茶籽的季节了。生产队晚上召开动员大会，分配采摘指标和工分计算方法，社员们摩拳擦掌，我带着好奇心跃跃欲试。炳根伢帮我准备了挑子和背篓。

第二天清晨，我随老表沿着山脊踩着露水一路向上，不一会就到了山腰，大家各自散开寻找油茶树开始采摘。油茶树喜欢生长在山坡上，我带着背篓攀爬陡坡，学老表样在杂草丛中找到油茶树采摘。油茶树生长的地方往往荆棘丛生，有的就长在刺窝里，加上坡陡路不平，站立都很困难，更不用说还要寻找和采摘了。我攀上爬下使出浑身解数忙碌着，满头大汗灰头土脸，脸上手上被荆棘刮出一道道血痕，临近晌午我的一背篓还没装满。偷偷看看老表都快采满了一担。我仔细分析，他们为什么能采那么多呢？除了他们身手敏捷外，还有这油茶树有的挂满果子，有的却稀稀拉拉没结几个果。炳根伢他们就是专寻那些挂果满的油茶树采摘，所以就事半功倍啦！

中午，大伙吃着各自带来的干粮，喝着山涧里清澈的泉水，草草解决午饭。稍稍休息后，我们又投入到热火朝天的采摘中去了。将近傍晚，我累得浑身酸痛，看看那平平一筐油茶籽，过称还不满六十斤，核算下来却记不了几个工分，心想真有点得不偿失。炳根伢他们几乎每个人都摘得满满一担油茶籽，有的箩筐大，足足有两百斤，箩筐小点的也有一百几十斤。与他们的劳动成果相比，我感到羞愧暗自汗颜。

经过这次采油茶籽的经历，更使我深深地认识到：我们知青要在这红土地上生存，需要学习的东西多着呢，需要走的路还长着呢，我暗暗下着决心……

十一、土法榨油

收完油茶籽，生产队里就安排时间将芝麻、油菜籽、油茶籽一起榨成油分配给社员。

十月的一天，队长告诉大家：接大队通知安排我们生产队使用油榨房。于是队里就立即组织了十几个强劳力，去榨油。我出于好奇，也主动向有财伢请求参加了这项工作。因为榨油是需要日夜加班进行的，所有人员都要吃住在那儿。

油榨房坐落在大队部旁边，依着锦江边高高地树立着一个巨大的水车，清澈的锦江水顺着一个人工修筑的引水渠道，冲击着水车的每一片挡水板，推动巨大的水车缓缓地转动起来，并通过传动轴，带动碾压轮沿着圆形的料槽对各种原料进行加工碾压，旁边还顺带带动碾米堆子。看着这些，我不免联想到：自古以来，发明和使用这种古老木制机械装置的红土地的劳动人民，真的是智慧过人，技艺不凡啊！不禁肃然起敬。生长生活在这片红土地上的人们，世世代代，生生不息。在千百年漫长的历史长河中，用勤劳和智慧，创造出如此既复杂又简易，主要以木材制作的庞大机械，来满足人们的种种物质生活需求，真是不易啊。我这个初到农村的知识青年，真是大长见识啦！

油榨房里面的布局也非常精致合理，进门对面的位置，正对门口纵向坐落着一具体积颇大的油榨。所谓油榨，就是用一棵巨大的树身，经过木工师傅们精心设计、精细施工制作成而的。它外形已是一个巨大的长方体，长约为五米左右，高与宽都约为一米八左右，中间被开凿出一条宽约四十公分的长槽，前后对穿，树的两头是封闭的，外面加有多条巨大的铁箍。从长槽可探身进去，大树的中心被工匠师傅们掏空了，里面被雕琢成为一个直径约六十公分的巨大圆柱形空间，这就是油榨的心脏。大树的底下也被凿出一条十公分左右的长槽，下面张铺着一张巨大的铁皮，油榨下面被人工挖出一个大约一米宽两米长，五六十公分深的地坑，铁皮在地坑处有一漏口，榨出的油就是顺着铁皮漏口流向地坑，在地坑里对准漏口放置集油的容器，就这样榨出的油被收集起来。在油榨的正对面，大约距离六七米上方的屋梁上，悬挂下来一根很粗的麻绳，上面挂着一棵碗口粗的树（约有十几米长），树的根部朝向油榨（头上套上了厚实的铁帽），树梢向后与水车连接的碾料槽，这就是榨油用的大锤。

整个榨油过程为：碾料——把剥去外壳的油茶籽或其他原料放在碾料槽中碾碎，有的需先经过炒制；做饼——用铁箍和糯稻草将已碾碎的原料做成油饼，每个油饼用两个直径与油炸的内径相匹配的铁箍，用糯稻草一把扭紧后分散开放入铁箍中，再填入原料，然后用稻草包紧，初步压打成型；装饼——把做好的油饼依次横向装入油榨内，排列紧细整齐，然后，将与油榨内径一致的，十几公分厚的圆木块压住油饼。榨油准备——加填好适当的木块，楔入颇大的铁楔子，就可以榨油了；榨油——油榨边一个角落里堆放着许多与油榨槽口宽度类似，厚薄不一，大大小小的木块，这是用来榨油时填充用的。榨油时，由五六个人同时扶住大锤（即悬挂着的大树），共同用力推动砸向楔入油榨中的铁楔子，其中有一人是老大（专门掌握锤头准确无误地砸中铁楔子），使楔子挤压两边的木块，进而挤压油榨中油饼而榨出油来。每当在领头的掌锤人铿锵有力的高声吆喝声中，我们大伙齐声呼应着，用力击打一次铁楔子，被榨出的油，就哗哗地汇流到地坑中存油的容器中了。在榨油过程中，还需及时调整和填加一定的木块，加大挤压力度，加快出油速度，增加出油率。

榨油是一项很苦很累的活，队里考虑到大家的辛苦，专门为我们加餐犒劳大家，我们生活在辛苦紧张欢乐氛围中。大家在副队长才才伢的带领下，齐心协力，夜以继日地苦干着。

时间紧，任务重。但是，我们这十来个人在副队长和老师傅的带领下，克服困难，群策群力，合理安排，劳逸结合。终于在规定的时间里顺利地、保质保量地完成了生产队交给的榨油任务。当我们挑着榨出的油和行李铺盖，带着满脸的喜悦回到队里时，社员们都在庙下迎接我们，就像迎接胜利凯旋的战士似的。我们经历了艰辛，获得了收获，心情是异常的兴奋满足，还带着胜利者的快感！

　　这一年秋后，我从生产队分得茶籽油十二斤，菜籽油两斤，另加一斤多芝麻油。这些食油相对于当时城市计划供应食油量而言，是相当丰裕的啦。这年年底，我高高兴兴地将这份收获带给了远在上海的父母兄弟，让他们也能分享这份喜悦。因为，这其中也有我的一份付出啊！

十二、人生感悟

　　光阴荏苒，时光飞逝，转眼之间将近五十载。当年的小伙姑娘都已白发苍苍渐入暮年，可是半个世纪前的那段人生经历，那些艰苦磨砺的劳作生活，却时时萦绕我的脑际。每当听到那个时代的歌曲，遇到当年共同战斗过的兄弟姐妹，就会引起回忆引起共鸣，思绪就会在脑海里翻腾。当年红土地上的点点滴滴，如同放电影似的，一件件一幅幅一幕幕地显现在我的眼前：红土地，我热恋的第二故乡，曾经用火热的青春耕耘、用鲜血和汗水去奋斗的那片热土！

　　插队落户那段时光，我们经历了，我们承受了，我们也收获了。知青，是我们这一代人特有的称呼；知青的经历，是我们的一笔财富，我们为此感到自豪。这些经历为我们后来的人生道路奠定了坚实的基础。四十多年过去了，我无比地欣慰，我终于可以用我的实践无愧地说出：我没有玷污——知青这个特殊的称号！

　　白良老表的淳朴善良，给予我真切的关怀，给了我热情的帮助，教会我许多农耕技艺，他们使我感受到温暖，使我领悟到人生的真谛。老表为我所做的一切，我将永世不忘铭记在心。

　　红土地对我的教育，红土地给我的锻炼磨砺，红土地也使我留下了深切的人生感悟，红土地培育了我们坚韧不屈的性格，火红的年代造就了我们敢于担当的一代人。

2016 年 10 月 8 日

重返谭埠话今昔

作　者：诸水娟（万载谭埠）

金秋十月是个好时节，为了了却对第二故乡的思念，也为了答应辛云平（小名平平，原排江大队支部书记的儿子）的屡次邀请，今年11月1日晚七点，我乘上了上海南到宜春的K527次列车。

愉悦的心情伴随着轻软的卧铺，很快进入梦乡。一夜无虞，清晨醒来到宜春。

熟门熟路乘公交，先到温汤歇歇脚。我下榻在古井路上熟悉的小旅馆，在浴缸里泡泡富含硒元素的温泉热水。

此时，塞内维尔《秋日私语》的音乐声在手机里响了起来。

我一听由克莱斯曼演奏的钢琴旋律曲，就知道是抗美援朝的老干部排江大队老支书辛焕炎的三儿子平平又来电催我了。果然不出所料，他说立刻用小车来接我！

我知道他很忙，从排江到宜春路途遥远，所以，我善意地告诉他，过几天会去谭埠镇，到时候再联系，谭埠离排江不远，用小车来接，那还差不多。

去谭埠那天正好碰上下雨，好在公交车也方便，九点从宜春出发，将近十二点到谭埠镇。

平平早就在谭埠车站等我了。上了他的小车，还没有怎么观赏，在平稳的水泥路上一会儿就到他的新家。

新家距老家不远，背山而筑。两层小楼，外墙用亮丽的瓷砖贴面，考究又时尚。小楼里面的结构完全现代化，煤卫齐全，设施与大城市并无二致！

　　一进大门，老书记辛焕炎、丁老伴及一大家子人准备了好酒好菜，坐在圆台面等待我的来临。老书记夫妇俩贵庚将近九十，四男三女，四代同堂，重孙子、重孙女，就有八九个，真是人丁兴旺。

　　看到此场面，我受宠若惊，老书记夫妇俩米寿之年及一大家子为我接风洗尘，我的内心顿时揪紧，喉咙发涩，眼眶里的液体丰润起来！正在难堪之时，二十六岁的平平儿子辛建和五岁的孙女辛漫妮为我解了围，儿子腼腆地叫了一声："姨婆好！"孙女奶声奶气紧接着叫唤："太姨婆好！"这一叫，使我在尴尬难堪之际回到了现实，我的情感立马升华到云巅，看着可爱的宝宝，一股浓浓的暖流从心田迸发出来，心扉舒坦，肝胆暖融。

　　读者可能不了解这门亲情的由来，我在这儿交代一下：那是1978年的春夏之交，那天，我恰好路过大队支部书记辛焕炎家门口，只听得门内传出"哇，哇"的小儿啼哭声，原来是辛焕炎的最小女儿辛云芳出生降临人世了。按照当地规矩，谁第一个路过产婆娘家门，就要被刚出生的孩子认作干亲的，我稀里糊涂地就做起了干娘。要知道，我当时还是个黄毛姑娘，虽然觉得十分难为情，可是当看到嫩红透白、满头绒毛细黄的毛毛头女婴，打心里喜欢，一激灵，爱心喷涌，慈心焕发，一下子就按当地的习俗认下了这门亲。

　　回城后，时间过得飞快，一晃就是几十年。虽然与第二故乡的老表乡亲们有联系，一般都是书信往来，那时还很少使用电话。后来，知青们在万载县人民政府驻上海办事处张主任的带领组织下，在我们上山下乡三十周年和四十周年时集体回过第二故乡，从此我们与老表的联络才密切起来。我与干亲家也是这样，联系得到了加强。想起来，我还得感谢张主任为我们知青大伙搭起了这么一个平台。

　　这一次来老书记新家被当成贵客，好吃好喝好茶高规格招待后，平平将儿子辛建刚买来的新轿车拉着我，去看我梦寐以求的第二故乡，那是青春所托付、曾经豪情战斗过的山水之地……

　　光阴荏苒，物是人非。放眼望去，群山依旧。

　　平平一边慢慢开车，一边回忆讲解，俨然成了一个称职的讲解员。成年后见多识广的他，接替父亲大队书记的职务，不但农业上是一把手，而且搞起了多种经营，承包山林，植香樟、种百合，喂鸡鸭、养山羊。想象不到的是，我回城时还不到五岁、乖巧伶俐的平平，圆圆脑袋大眼睛，十分惹人喜爱。那时候，我们一帮女知青有事没事就喜欢抱着他出去玩，他小脑瓜子特别灵，总是盯着我，按着妹妹的关系口口声声叫我："干娘，干娘"如今，果然出挑得令人刮目相看。

看着眼前的左山右坡中间路，坐在小车副驾驶座上的我，随着小车在路上缓缓行驶，记忆中的旧路换新颜，砂土变水泥，不由得感慨万千。

农田布局却一点儿没变，还是老样子。窄田不过数十丈，宽处到头跑断腿。坡边房舍曾相识，依稀观看有印象，现实辨认又迷茫，刻骨铭心思旧忆，掏心掏肺探索忙。

水泥路绕着山坡走，大路朝天，奔驰方便。匆忙中寻思，忽觉不对！

印象中崎岖的山路怎不见？

原来谭埠到排江从老庵里经陡峭的山路到达？

怎么现在到排江村茵果村是前站？

想当年，第一天到白水公社插队的上海知青赶到排江已是深夜，还要爬四五十度的斜坡，连拖拉机也开不上去的土路，他们哭啊！闹啊！弄得稀里哗啦！都在排江不肯走……这条陡坡路怎么消失啦？

一连串的疑问问向导，平平都给出了圆满的解答。

一是山路还在，历史上为了砍柴变成光秃秃的山坡，现在已经得到了恢复，满山葱茏，只是没有必要再爬山路。

二是从老庵里到排江的山路由茵果直达，不需费神费力走山路，所以茵果变成了前站。虽然路途远了一点，现在交通发达，用电动车或汽车很方便，谁还会舍易求难？

三是排江去白水的高坡路已铲平更新，沿着白水河筑起了一条蜿蜒的公路。白水河的水退去了不少，不像四十多年前那么汹涌。虽然路途有点绕，可是天堑变通途！

所以，现代乡镇基础设施的夯实，对发展经济起到了不可估量的作用。乡村的道路已不是走捷径爬山路，呈现出来的是四通八达，条条道路通罗马了。

一下午，平平驾驶轿车，载着我观看当年曾经生活过、养育过我们知青的这片纯朴土地。

随着车轱辘不停地转动，参观的地域和范围不断扩大。上白水镇，下赤兴乡，赴花炮厂，游茶树坡。

白水乡那边有他承包的山地，只有那边的山土才适合载种万载的贡品百合，他并邀请我明年一定不要误了看那乳白粉红的百合花。

赤兴乡与排江交界处，也有他承包的土地。他聘请外地的园林绿化专业技术人员，用低价买来的小樟树苗进行培育，虽然仅有几十棵樟树，但是，我顺着他手指的指点，看到樟树葱茏、华冠葳蕤，那种水木清华，不亚于园林景观。再细看，树干已有咖啡瓶子那般粗，再过一段时间，这种品相完美的树木，肯定能够卖个好价钱。

参观年产三千万的花炮厂，使我耳目一新。原来的花炮都是手工制作，现在采用智能机械设备，杜绝人与产品零距离接触，危险因素降到零。花炮厂看样子也有他的股份，只是他没有明说而已……

接着，又带我去看茶树坡。深秋时节，嫩黄、素白的茶花开得满山满坡，恰如一树梨花压海棠。由于种种原因的忙乎，这样的茶叶和茶籽他都不去采摘，任其自生自灭。山里的毛竹以前还可以烧烧火，现在新房烧瓶装煤气，满山毛竹枯死何其多。如今生活过得太好，吃的东西忒多，不要说食品，就是水果，琳琅满目，品种繁多。蔬菜更是如此，种植的长脚青菜、芋艿吃不完，任其烂在田间……

回来的路上，经过一小池塘，水面约有一亩多，我凭着感觉，好像是当年小孩子落水的那个池塘，问询平平，果然得到了证实，小孩确是沈民强、应国胜等人下池塘捞起来的。遗憾的是；当时小孩已没有了生命体征。

想到此事，我觉得很抑郁，心头像塞了一块铅一样沉重。如果该孩子还在的话，比平平要大好几岁。天意如此，又有什么办法呢。

我忽然想起了谢庆池来，问起在大队路边那个小店里做会计的。平平没搭腔，只是开着车兜兜转转，在一条小路的拐角处把车停下来，只见路转角处有一间突兀的单层小屋，小屋门外站着一个上了年纪的老年人，穿着有点臃肿，脸色灰中带黄。他看到轿车停在路边以为发生了什么事？我还没回过神来，平平轻轻对我说，那人就是谢会计。我怎么也想象不出谢会计会变得如此模样？他倒一眼认出了我。我大步走近他，他激动地喊了一声："诸水娟（gan）"；

我条件反射地应了一句："我是诸水娟。"却不知该如何是好。

他把我拉进了小卖部，整个屋子里堆满了用塑料罐装的饮料和玻璃纸包裹的小食品，连坐的地方也没有，只能站着说话。

见到谢会计这等模样，我说话带着哽咽声，心里非常难过，更难受的是，他还要尽地主之谊，硬要把塑料小罐的橘子汁瓶盖拧开。平平和我使劲地把他制止住，这一刻，我流泪了……

这就是自诩心比天高，命比纸薄的谢会计。

他说，前两年生病，差一点就死过去。既然活着，静不下心来，总要弄点事情做做，开个小店，也好接触接触人。

其实，他的心被知青们带走了，他的灵魂已经不属于自己的了，尤其是对于风华正茂的男知青们。

当年，知青们青涩懵懂，年长十来岁的谢庆池，社会阅历、知识结构、人格魅力都有优势，所以，颇得知青们的青睐，知青们有空没空，也都会在谢会计的小卖部找他聊聊天，嘎嘎山湖。谢会计心里清楚，知青们来自国际大都市，以后总要回归故里。谢会计觉得，知青们生气勃勃，头脑又灵活，很适合他的胃口，所以英雄惺惺相惜。他猜测得一点没错，果然 1979 年前后，知青们终于一个个离他而去。

我见他虽然恍惚，但是对于我们队里 14 个男女知青的名字，对于已过去四十多年光阴岁月，仍然记得清清楚楚。说起当年的事情，他专注的眼神变得神采奕奕，与刚才的神态判若两人，完全云泥之别！我感觉到，他好像还完全停留在当年的那个时代。

对于排江一条街路，我原本就非常熟悉。几间瓦房，数幢小楼，闭着眼睛也能数摸。可是，现在看上去，旧貌换新颜，虽然旧屋拆得不多，但是，新搭建的建筑不少，与原来想象中的大相径庭，好多地方不敢相认。

街市热闹了许多，有超市，有摊贩，有百货店，有五金维修部，更扎眼的是一个棺材铺。铺内停放着两具棺材，一黑一白并排放在店堂。乍一看，还以为是来到了电影拍摄现场，脑子一时半会转不过弯来。棺材铺老板也罢，超市经理也好，百货小店掌柜或摊主，这些四五十岁年纪的人，阅历丰富，只要见到我，无须解释，就认出我是上海知青，眼光独到，无法否认，一看一个准。

与他们交谈，真是如数家珍。虽然我们回沪那年，他们都还小。但是，他们从依稀记忆和父辈的口中，把知青的这一段历史了解得一清二楚，谁只要说起知青双胞胎姐妹，他们就会叫出诸水娟、诸水花来。对当过老师的许雅珍来说，更是家喻户晓。救落水儿童的几个男知青，也能说出个一二。老辈人对于沈民强、高克敏、应国胜、王天龙那是随便叫叫的。

老表们那份感情，那份真挚，那份默念，那份热切，就像包裹在竹壳热水瓶里面的瓶胆，虽然表面平淡，可内里却是滚烫的……

感慨之情还没有理出个头绪，一忽儿就来到第一次我们知青住过的老房子，洗衣的沟渠还在，屋后的山泉依然流淌，泉水清澈，原先的房子已经陈旧，墙壁开裂，簸隙隐现。

平平介绍，那是老乡钟平江新造的房子。钟平江小我们知青四五岁。那时，他不爱说话，整天撅着屁股跟在我们身边，俨然是个小跟班，人小鬼大，机灵可爱。现在的他，小老头一个，满头白发，连胡须也像染上霜。我们走过去，他热情邀我到家里坐坐。新家好气派。入座以后，平江端上新茗，撩开了话匣子。话的内容以叙旧为主，同时也谈到了新的内容。说起了栽种水稻格局的变化。原来种双季稻的，现在改种单季稻，亩产达到一千二百斤。稻田收割留下的稻茬，不用翻耕，直接用农机打烂在农田里。插秧无法用机械化，还是用手工。不过，现在插秧比以前快得多，人均一天一亩多。农忙时，出钱请外人帮忙。总之，现在种田，确实比以前轻松得多……

说起造楼，钟平江可内行了。譬如他讲造一栋楼，二三十万元，不包装修，厨卫厅堂样样齐全，装潢看各人喜好，反正是头头是道，十分懂行。

像平平这些中年人，他们讲话都很坦率正直，对于知青的历史和现状，他们有他们的见解，当然其中也综合了当地绝大部分老表的看法。

时过境迁，一些东西可以不避讳，大家可以推心置腹交流。看法不重要，重要的是通过交流和时间的沉淀，老表与知青的感情越发贴紧。

行文至此，套用辛弃疾《贺新郎》的那句词："我看青山多妩媚，料青山看我应如是……"的句式，"我看老表多淳朴，料老表看我应如是。"

2016 年 11 月 12 日

双胞胎姐妹俩

作　者：诸水娟（万载谭埠）

人的精神面貌往往由生活环境所决定。当然，也要看你如何用正确的信念去面对人生，如果意志坚定，怎么样的困惑和迷茫都可以克服。

我和双胞胎妹妹诸水花刚到江西插队落户时，并不像一般的知青那样手足无措，对于农村的原始落后的一切并没有如想象中那样恐惧。

我的父母都是劳动人民出身，父亲是市劳动模范，母亲也是一个先进工作者。他们朴实无华的本质和专心致志、任劳任怨的工作态度，深深地影响着我们双胞胎姐妹俩，同时也造就了我们没有像城市其他的乖乖女那样娇嫩！

从小时候起我们双胞胎姐妹俩就挑起了家务重担，买、汰、烧样样学着干。在这样的环境熏陶下，即使碰到再大的困难，也不会退缩……

插队下乡后，我们俩都是身体力行，知难而上，不玩虚的，扎实工作，勤勤恳恳。老表们都看在眼里，服在心中。

每当过年过节，知青们都忙着回家，我们采取的是逆向思维，考虑到两人的盘缠会给家庭带来很大的负担，所以，能不回上海的尽量咬紧牙关留在农村。我们俩所做的农村活计要比一般的知青多。老天不欺人，所有的付出都有回报。过了没多久，我就成为排江生产队发展的第一批知青团员。我成了红花，而我的妹子诸水花成为我的绿叶，她始终帮衬我，使我前进有了不懈的动力……

　　1973 年 3 月，我第一次参加共青团万载县第八次代表大会，以后又代表谭埠连续参加多次类似的会议。而后我陆续担任排江大队妇女干部、大队团支部副书记、谭埠公社团委委员，多次参加万载县各种会议。

　　会议过后回到大队，我按上级的要求，会把团员们组织起来，当即布置县委下达的各项具体任务，譬如送公粮、春耕、除草、插秧、施肥等农活，要求共青团员们落到实处。作为团干部的我，真正发挥了承上启下的作用……

　　从生产队到公社开会，要走很长的路，耗时约三小时。有时到县里开会，时间更久，起码得两天，基本上都在县里住宿。开会期间，干部们都是自带粮食。我也不例外，会议期间的伙食，都是自掏口粮，携带稻米稻谷，以解决伙食问题。

　　当时农村公社还有一个有趣的现象，稻谷和稻米可以作为商品交换，尤其是粮食制品可以以物易物。这是农村经济的一大特点，它可以灵活起到调剂补缺的作用。所以，不管老表或知青，只要用稻米就可以到小卖部换上干点。尤其去开会的路上，可以解决赶不上趟的午饭，弄点干粮点点饥。这在当时确实是个了不起的创意。从小处来说，它对知青和乡亲的生活和安居乐业起了很大的作用。从大处来讲，就如毛泽东主席所说的；手中有粮，心中不慌。

　　当时是计划经济年代，城市和农村都实行粮食配给制度。在农村各种形式的经济分配都试行过，这种商品交换方法在当时农村确实有用，广大知青都领教和感受过，它对解决当时农村农民的生活起到了举足轻重的作用。

　　那时候的农村干部包括被提拔的知青干部，都是风清气正、廉洁奉公、身体力行、两袖清风。而且农村的知青和老表都很淳朴，组织纪律也不差，对上级领导的指示也能吃透精神，配合融洽和谐，老表和知青们的接触很是频繁，可以说打成一片，久而久之关系像亲人，这份感情确实无法用语言来表达。所以，我们双胞胎姐妹俩虽然回到上海，可是红土地上的一山一水一草一木永远镌刻在我们的脑海中，溶解在我们的血液里，魂牵梦绕，难以忘怀……

2016 年 12 月 31 日

红土育艺术

作　者：孙徐英（高安相城）

我从小在外婆家长大。记得小时侯，每到周末，舅舅的一些音乐学院的朋友，拿着各种乐器来找舅舅一起吹拉弹唱，按现在说法就是文艺沙龙，像个小小的音乐会。平时舅舅有空就弹钢琴，还抽时间给别人家的孩子辅导钢琴。我好羡慕好崇拜舅舅，立志长大了也要当个钢琴老师。家里有架小扬琴我们叫它蝴蝶琴，我喜欢敲着玩。8 岁起我开始向舅舅学习钢琴。

1970 年 4 月 11 日，我随大家从上海到江西省高安县相城公社相城大队欧坑村插队。在农村我学会了很多农活，起早摸黑的劳作锻炼了我的意志。

我们知青 5 女 3 男被分配住在生产队腾出来的大仓库里，两边是我们八位男女生住的宿舍，中间一个大大的厅堂，靠里有一个又高又大曾经作粮仓的木箱，它正面离地一米有个门洞敞开着。老鼠特别多，我们又想不出什么办法对付它们，只能听之任之。欧坑村离杨柳坪镇仅二三里地，又靠马路边，每次赶集其他队的知青会进来喝口水歇歇脚，一来二往大家就成了朋友，官塘大队的蒋文渔就是这样认识的。他年龄比我们大好多，阅历比我们丰富，再加上他二胡、口琴、小提琴玩得都很棒，大家很崇拜他。考虑到农村业余生活枯燥，插队第二年我从上海探亲回来时，妈妈一定要我将蝴蝶琴带上，正好同宿舍的林健衡带来了一把小提琴，蒋文渔会吹口琴、拉小提琴和二胡，只要他一来我们就叮叮咚咚敲起来，拉起来，吹起来，他时不时地为我们指点这指点那好不热闹。音乐带给我们快乐，丰富我们业余生活，这段日子确实很舒心。厅堂是老鼠的天堂，天天吵啊，闹啊，再加上我们知青班养的几只鸡飞进飞出吵得要命。可也怪，一到我们交响乐奏起，它们就安静不出声了，是不是它们也有乐感分享我们的快乐？我们自发的音乐会还引来老表的围观凑热闹，不久十里八乡地传开了，传到公社，再后来我们三人全被调到公社宣传队，我们的人生有了新的转折。

宣传队里，我除了弹扬琴还要演话剧、当主持人。为了多学才艺，我主动跟下放到公社的县剧团老师学采茶戏。这段日子让我学到不少东西。宣传队一般上午排练或练琴，下午乘拖拉机到各大队、煤矿、部队和学校演出，直到我患了甲肝回上海治病养病。我妈考虑到我以后不能干重活，钢琴在农村不实用，还是扬琴方便携带，为我买了一架正规的扬琴，舅舅负责帮我请专业老师，从此我开始了真正意义上的学琴生涯。想到妈妈用这么多钱为我买琴，又加上老师一周两次的上课，我感到压力和责任。大热天爸妈在旁帮我打扇子，大冷天冲上热水袋包好毛巾放在我大腿上。为了不辜负父母，我几乎是日以继夜废寝忘食地练琴。有了那段苦练的底气，1974 年我在农村得以考入江西省文艺学校。在学校里有一天中午，两个同学在校园内抓到几只蟋蟀，装在小竹管里带进了排练厅。老师正指导我们排练时，ju-ju，一只蟋蟀冷不丁地叫起来，另外几个蟋蟀也附和着叫。大家都兴奋开了，排练厅一下闹哄哄的，只见那两位同学脸涨得通红，吓得直哆嗦。老师一愣，而后拿着指挥棒笑着大声说：大家安静安静，有哪位同学愿意过来和我一起即兴伴奏吗？大家还没回过神来，班长一个健步靠近老师说：老师，我愿意试试，厅内一下安静下来，连蟋蟀也不叫了。只见老师和班长耳语几句后，俩人各自拿起了小提琴你一个音，我一个音；你二个音，我二个音；一直叠加，由慢到快，由轻到响，逐句逐句拉开了。我们感受到了蟋蟀争斗的场景：ju—ju；ju，ju—ju，ju；ju，ju，ju—ju，ju，ju……太有趣，太生动了！当一曲结束时，同学们不约而同地鼓起了掌。老师第一次用发散性的音乐思维来主导音乐的实践，用音乐的词汇来描述现实生活的场景，教导我们学以致用，用手上的乐器唱出我们心中的歌。这节排练课的启蒙教育对我以后的教学方式方法起到举一反三的作用。在艺校里，我跟着中央音乐学院下放到江西的扬琴老师进一步学习，得益匪浅。艺校毕业后，我被分配进江西省歌舞团工作。

由于工作需要，1978年歌舞团派我到上海音乐学院学习竖琴、古筝。一年后，我又回江西省歌舞团担任演奏员。以后，我参加过江西省大型歌剧、舞剧的演出，参加全国性的调演，参加接待中央领导及外宾的演出，更多的是下到红土地的基层、农村、部队演出，走过了大半个中国，更走遍了江西省的每个县城。

1999年，作为人才引进，我被调到上海市虹口区青少年活动中心担任民乐专职老师，这下可圆了我儿时要当老师的梦想啦！从剧团到学校，从演员到教师，从舞台到讲台……我把多年的艺术积累用于教学实践，努力传承中国民族文化。我坚信，培育学生犹如红土地上的劳作，有耕耘有播撒有汗水才会有收获。在教学实践中我与学生交朋友，在提高学生演奏水平的同时，热情鼓励学生们参加区、市级，乃至全国性的演出和比赛，学生们分别获得金、银、铜奖、优秀奖及各类等第的奖励。我努力使学生从艺术学习中领略到快乐与满足，让他们感受到学习的乐趣与生活的美好。我自己则经过努力，成了国家三级演奏员，上海音乐家协会会员，上海古筝协会会员，上海古筝考级评审教师，先后获得全国和上海市级优秀园丁奖，成为优秀古筝教育工作者，古筝专业优秀指导老师。

现在我已退休，还兼任虹口区业余大学的古筝老师。我有年龄不等的学生近200个，这证明社会还需要我，证明我的艺术价值！我坚信红土地的精神会激励我，鼓舞我继续努力为社会服务。

2016年9月23日

第一次遭遇龙卷风

作　者：茆干芳（高安石脑）

　　知青岁月里有过诸多的第一次：第一次半夜三更到田里拔秧；第一次顶风冒雨在田里撒牛粪；第一次赤脚挑担到粮站送花生；第一次烈日炎炎在花生地里锄杂草……但是第一次遭遇闻所未闻、见所未见的龙卷风灾难，至今仍然历历在目，记忆犹新。

　　插队第二年初夏的一天中午，我们三位女生和往常一样想休息片刻，等待下午出工。突然间天色暗了下来，不一会啪嗒、啪嗒的雨滴，拍打着屋顶，风一阵紧似一阵，我们听着呼呼的风声和滴滴嗒嗒的雨声，心想下午不会出工了。三人正说着，刹时间，电闪雷鸣，狂风卷着密布的乌云，暴雨顷刻间铺天盖地席卷而来。一声炸雷把我们吓得立刻跳下床，三人抱成一团，惊恐的眼神相互对视着不知所措。只听得轰隆、轰隆隆……声声巨响，震耳欲聋。此时是中午，可是窗外却是一片昏暗，一股强烈的螺旋状狂风柱，迅猛横扫过来，瞬间地上的树叶、垃圾都飞了起来，在空中狂奔着、飞舞着，门前的那棵大树也被狂风刮倒了，房顶屋面上的瓦片接连被掀掉，唰，唰，唰像飞碟似的从我们头顶上一片接一片地飞了过去，屋顶被砸出一个大窟窿，瓦片纷纷掉落在蚊帐上。哗啦，哗啦啦……屋内下雨了。此时屋里屋外漆黑一片，真可谓天昏地暗。哇！三人不约而同地尖叫起来，双手紧抱着头，慌忙躲在桌子底下，胆战心惊，不敢出声。

　　听着户外哗哗的暴雨声、可怕的雷鸣声和尖啸的狂风声组成的风雨交响曲；看着瓢泼大雨哗啦啦地狂泻在屋里，雨水淋湿了蚊帐、棉被，房间开始进水了。我们禁不住流泪了，我们想家了，我们想妈妈了……此时此刻幻想有架直升机来接我们回上海该多好啊！第一次见此情景，我们忐忑不安，怎么办？怎么办……真不知道该如何应对。冷静下来，三人商量后，达成一致意见：屋内不宜久留，假如屋顶再次被掀翻导致房屋倒塌就难以脱身，后果不堪设想，于是我们一起向门外冲了出去。

一出门，猛虎般的龙卷风席卷着大地，扑面而来，吹得人站不住脚也喘不过气来，狂风凉飕飕的，我打了个寒颤。往哪里去？拖拉机！不知谁大叫一声，三人顿时明白，手挽手顶风冒雨，光着脚在泥泞路上一步一滑艰难地朝前走，好不容易走到附近长期停放的一台报废的拖拉机旁。一位同学一脚刚踏上，只听到从山坡下来往晒谷场附近逃命的两位男知青扯着嗓门焦急地向我们吼："不能上！会遭雷击的……"我们吓得连忙收住脚步，转身紧跟在他们身后，不停地问他们：你们去哪儿？这时老天爷好像在眷顾我们，风声渐渐在减弱，雨也小了。

不知道？哦！往晒……晒谷场，食堂。他们语无伦次地回答。

有危险吗？我们疑惑。但还是跟随着他们，在他们身后感觉似乎有种安全感。

"你们衣服全湿透了。"他们非常关心地回过头来对我们说，别跟我们在雨里跑，会着凉生病的，快进屋躲一躲。

躲！往哪儿躲啊？……哪儿又……又安全呢？我们的身体在颤抖。

我们正徘徊在十字路口，天又暗下来了，龙卷风又来了，越来越大，飞快地向我们这边移来，它的咆哮声夹杂着闪电雷鸣和呼呼的狂风声，直刮得昏天黑地。我第一次感觉可怕极了！就在我们失魂落魄、束手无策、无可奈何之时，隐隐约约听到一个熟悉的声音在大声喊叫上海妹子，快！快进来，快来……躲一躲！顺着喊声望去，一扇大门半掩着，仓库保管员胡白老表正向我们招手，我们喜出望外，不假思索，手牵着手迫不及待地朝仓库飞奔过去。

进了仓库，我们拉着胡白老表的双手激动得说不出话，一股暖流涌上心头，雨水泪水交融在一起。胡白老表憨厚淳朴，热情真诚，乐于助人，平日里待我们知青照顾有加。他边递上干毛巾边安慰我们：别害怕，有我在，你们不会有危险，我会保护你们的……

听着感人肺腑的亲切话语，我们有了安全感。三人相互擦去脸上的汗水与泪水，就地而坐，心情慢慢平静下来。他接着说：龙卷风来时，千万不能在户外跑，它风力强风速快，足以把任何东西卷上天空。他的一番话勾起大家对两位男生的担忧，异口同声地说：不知他们在哪儿？但愿能找到安全躲避之处。……我们难过地告诉他我们住的房子屋顶已被掀掉了，这里会吗？哦！这是仓库，可能房屋结构更牢固吧！我心里这么想着，但还是担心，抬头瞧了瞧屋顶。胡白老表悄悄地低声说：不说话，你们把身子紧贴门柱，万一发生意外，我开门，你们拿着雨披就往外跑，别管我。说着递给我们一人一件雨披，大家默默静坐着。只见他双手合拢，闭着眼睛，嘴里不停地嘀咕，像在向上帝祈祷，保佑我们平安。我们也学着他的样子，求上帝保佑大家平安无事。

是啊！在那天昏地暗、狂风骤雨、强暴雷电的恶劣天气里，谁也不知道下一刻会发生什么？那一刻是您——胡白老表救了我们，我们由衷地感谢您！那一刻，是您带给我们安慰；那一刻，是您带给我们温暖；那一刻，是您带给我们力量。几十年过去了，那感人情景时常浮现在我眼前；那亲切话语时常回响在我耳边。

龙卷风过后，暴风雨停息。一场龙卷风造成场里很大损失，庄稼毁坏，树木刮倒，房屋倒塌，屋顶被掀不计其数，但是场里领导和老乡们仍在生活上无微不至地照顾我们知青。第一时间安置我们去分场——袁家村，及时帮我们修补好屋顶，很快让我们回到总场。

天灾无情人有情！遇上自然灾害，我们想回上海，想念亲人，但是看到灾后的农场更需要我们，知青们相互宽慰，相互鼓励，相互帮助，很快调整好心态，克服困难，坚守岗位，积极投入夏季双抢战斗。

第一次亲身经历的这场龙卷风使我们刻骨铭心，在遭遇中我们担惊受怕；在遭遇中我们艰难痛苦，在遭遇中我们受到保护、得到关爱；在遭遇中我们历练成长。

2016 年 11 月 13 日

爱 的 暖 流

作　者：潘丽娟（高安蓝坊）

　　1970 年 4 月 11 日，我们响应"知识青年到农村去"的号召来到了江西省高安县兰坊公社林场，接受贫下中农的再教育。

　　公社林场的条件是比较艰苦的，但与其他地方插队的同学相比，我们已经感到非常幸运了。一日三餐定时供应，每天收工回家就能在食堂吃到热腾腾的饭菜。每半个月还能放假休息一天。当时，林场的职工对我们知青还是很关照的，林场职工放假回家，回来时常会带点霉豆腐等农家佳肴，与我们一起品尝，稍稍改善一下生活，逢年过节回来时还会带些自家做的红薯干、冻米糖等年货和大家一起共享，待我们就像自家亲人一般，让年纪尚小身在异乡的我们倍感温暖。

　　1976 年，插队生涯的第 6 个年头，当时伙伴们都相继离开了林场，有的上调去工厂了，有的去上大学，有的病退回了上海，留在林场的同学已经不多了。9 月的一天，我听说石岗大队晚上放电影，我们非常开心。当时林场的业余文化生活还是比较枯燥，平时也没有什么娱乐活动，能看上一场电影已是很奢华了。那天我和陈永红、郑士俊和当地小孩罗银根等几人相约兴致勃勃地去石岗看电影。九月的夏夜，山区仍被高温笼罩着，那天特别闷热，到石岗还有段路要趟水，我是穿着拖鞋去的。看完电影我们还沉浸在惊险的电影故事情节中，回家的路上大伙你一言我一语兴奋地谈论着电影中的情节。离林场不远了，山路两边的草丛越发茂密，大伙正聊得起劲时，我突然觉得脚像被针扎了一下，顿感疼痛，我立即大声喊道我好像被蛇咬了！走在我前面的几个以为我在开玩笑没在意，此时，紧跟在我后面的人立即用手电筒照了一下，果真见到一条筷子长的小蛇！罗银根是当地人，有经验，见那小蛇的模样，马上说是毒蛇。我一下懵了，愣在那儿，不敢再走动。听说要用绳子扎紧不让毒液在血液中循环，但是身边也没有绳子。这时，陈永红马上把我背起快步直往林场奔走。回到林场后，大家知道我被毒蛇咬了，都很紧张。我的屋子里挤满了人。徐钦民用塑料桶打来了半桶水，把缝衣针放在煤油灯火上烧了一下，然后在我的伤口上扎了一阵，再试图用手把毒血挤出来，见流出的毒血不多，他冒着中毒的危险，用嘴去吸出伤口的毒血，吸完后，金美红拿出蛇药敷在伤口上。蛇虽不大，毒性还是挺强的，第二天脚肿得厉害，并出现了神经性中毒症状，老农程兆芳看了我的脚，马上到山上寻找采摘了些草药，洗干净捣碎后敷在我的脚上，天天如此，足足治疗了约半个月。在大家的关心和精心照顾下，我的脚伤终于慢慢好了。

患难之中见真情，程兆芳，徐钦民、金美红等帮助过我的林场职工、知青朋友和乡亲，我还一直记着他们的音容笑貌，插队8年，他们的关心和爱护，令我终生难忘。人的一生有几个8年呀！这段插队经历，是我人生中不可磨灭的宝贵经历，是我成长道路上难得的一段旅程。这么多年来，这股爱的暖流，时时在我心中萦绕。

2016 年 12 月 26 日

我的梦，我的路

供稿、叙述：唐梅群（高安华林）

执　笔：吴维琪（高安新街）

1965 年，我还在上海市江南新村小学读书，怀着对父亲崇敬的心情写了一篇作文《我的爸爸》，被刊登在当时的《中国少年报》上。那年我才十二岁。一文激起千层浪，意想不到它在全国中小学生中引起了强烈反响，祖国的东西南北寄来的信件如雪片似的飘来，把我紧紧地包裹着。懵懵懂懂的我面对几麻袋的信件异常兴奋，却又不知所措。班主任老师动员全班同学帮着收信、拆信、回信，大家忙得不亦乐乎。还有一些外地学生慕名而来要求和我会面，又是老师和父母帮助一一接待。作文的发表，因父亲的英名，我成了名噪一时的幸运儿——红色少年。我爸爸唐应斌是上海江南造船厂一名受党和国家培养教育多年，从工人成长起来的工程师，时任造船厂焊接试验室主任。由于成功焊接我国第一台万吨水压机的四根巨大立柱，刷新了我国焊接超大型钢件的记录，被授予全国劳动模范的光荣称号，与当年一批劳模一起受到毛主席、周总理等党和国家领导人的亲切接见，在鲜花与掌声中，父亲曾一度成为家喻户晓的人物。受父亲的影响，我从小要求上进，梦想着通过自己的努力，有朝一日也要上北京见毛主席。

1969 年初，轰轰烈烈的上山下乡运动开始了，作为 69 届初中毕业生，尽管家中哥哥姐姐都已经去了外地工作，但是我依然面临到农村接受再教育。那时父亲正在外从事军工生产长期不在家，家里全由母亲操持。当时我的首选是黑龙江省呼玛县，理由是祖国边疆路途遥远，冰天雪地条件艰苦，是最能锻炼人的地方，我意气风发、热血沸腾、摩拳擦掌。岂料，母亲极力反对，小女儿去那么远那么冷的地方她实在舍不得啊。不得已，我只能选择离家近，吃米饭，气候也与上海相似的江西省高安县，母亲这才勉强同意。正在隔离审查的父亲，请假一天，回家为我包扎行李。1970 年 4 月 11 日离沪赴江西插队，我生怕母亲悲悲戚戚，也为了证明自己内心的强大，我没让母亲送行，只身一人前往火车站，融入了上山下乡知青队伍中。一路辗转，于第二天晚上终于到达我的第二故乡——华林垦殖场。我们五女六男被分配到离场部有 10 里山路的大队农科所。山路崎岖，穷乡僻壤，与世隔绝，恶劣环境出乎我的预料，但我暗暗下定决心一定要以父亲为榜样，在这片红土地上干出一番成绩，争取上北京见毛主席。

农科所是大队为了便于教育、管理知青而设置的，带队干部是一位浙江大学毕业的应老师，还有部分老农一共二十几人。我们知青住房是两人一间，一日三餐有专职炊事员做，生活没有后顾之忧。时值四月，春寒料峭，最严峻的考验是过劳动关。对我而言，确切地说是过蚂蟥关。凌晨四点，大家还睡眼朦胧时就出早工了，上穿棉袄赤着双脚，踏进寒气逼人的秧田里，冷啊，刺骨的冷！然而谁也没有吭声。在秧田里，老表教我们扯秧、扎秧、挑秧和抛秧，大家虚心好学，没多久一个个仿佛也都成了老农。老表们情不自禁地伸出大拇指啧啧称赞，我们知青也为自己的进步感到骄傲。每当夜幕降临，我们带着一身疲惫围坐在小桌边，在昏暗的煤油灯下，读书看报写心得，按照带队干部的要求认真完成每日的必修课。

记得有一次，我们几位女知青坐在田埂上小憩，说笑时我忽然感到浸在水田里的小腿肚有些异样感觉，用手一摸：血！脑海骤时掠过两字：蚂蟥。我顿时浑身颤抖，失魂落魄，忍不住号啕大哭，竟然在田埂上打滚，最后瘫软倒地。女知青郑林把我一步一步背回宿舍。清醒后，我为自己因惊吓导致行为失态深感羞愧，当晚在日记中做了自我检查。什么苦我都能吃，什么累我都能受，唯独蚂蟥叮咬这个关我过不去，蚂蟥成了我的一块心病。每次入水田，我总是惶惶不安，小腿肚子一感觉异样，便会发出尖叫，时而还会跳上田埂，无法控制情绪，更无法安心劳作。就这样好不容易熬过了春耕。

进入双抢季节，我下决心要好好表现，弥补春耕时留下的遗憾。烈日下割禾，挥汗如雨，我和女知青许玉萍、郑林、沈羡宏你追我赶，与老表齐头并进；挑禾时不甘示弱，担子的重量竟超过自己的体重，老表称赞我们个个都是"铁姑娘"。为了培养自己吃苦耐劳的精神，也为了能早日实现上北京见毛主席的梦想，我身为一班之长，带头赤脚出工，徒步行走在满是碎石的山路上，肩上压着沉甸甸的担子，咬紧牙关一步一步往前挪。晚上躺在床上，满脚底的血泡钻心的疼，泪水悄悄地淌过脸庞……信念、梦想，支撑着我、激励着我，在这片深情的红土地上战斗着。

由于我表现出色，大队党总支重点培养我，让我参加活学活用毛泽东思想讲师团，到各个生产队作巡回宣讲。后来我进了场部文艺宣传队，活跃在山寨的田间地头，还参加了县里的汇演。1971 年 5 月，我光荣地加入了中国共产党，成为华林知青中第一位党员。那年，传来了高安相城公社女知青张金凤上北京受到毛主席接见的消息，我当时一个意念：要向张金凤学习，争取上北京见毛主席！不久，华林垦殖场党组织任我林场党总支副书记。

1971 年底，高安商业局招工，一纸招工表格放在我的办公桌上，我明确表态不离开林场，还需要在农村继续锻炼，也难舍一起来的知青朋友，更重要的是还没上北京呢。场部领导也希望我留下，但无奈于县商业局态度坚决。最终，一纸招工录取通知函带走了依依不舍的我，也破碎了我少年乃至青年时代上北京见毛主席这个美丽的梦。

现在，每每想起青春时走过的岁月，我依然激情燃烧，那是一段令人难以忘却的时光。

2016 年 12 月 1 日

学 会 坚 强

作　者：许秀娣（高安蓝坊）

1970年4月11日，17岁的我随着知识青年到农村去的热潮，怀揣着一颗红心踏上了上山下乡的光荣历程，来到了高安县蓝坊公社林场，开始了插队生活。

回忆在红土地的那段日子，就像天上的繁星在脑海中闪烁。初到时，最棘手的是先要闯过劳动关。没有农业知识的我，最起码的农活都无从着手。一开始就碰上耘禾，当我到了田边，老乡们一个个很自然地下了水田，我却站着不敢下去，在老乡们不厌其烦的耐心劝说下我终于下了水田。老乡们耐心地教我如何耘禾，当我正干着，忽然感觉小腿上有点痒痒疼疼的。啊！黑乎乎的两条蚂蟥叮在腿上，我顿时紧张得哇哇直叫，还噼里啪啦不停地拍打两旁的老乡，在老乡帮助下拍下了蚂蟥。见腿上鲜血直流，我吓得赶快退回到田埂上，直打哆嗦，太可怕了，迟迟不敢再下田了。待冷静下来后，思前想后也没退路呀，只能硬着头皮重新回到秧田中。经过自己不断努力，慢慢能应对蚂蟥的叮咬，也不慌张，有了对策，之后碰到蚂蟥叮咬，我就从容地拍打，直至蚂蟥自己掉下来。在农村的日子里，一些农活从不懂到懂，从不会到会，慢慢适应。后来慢慢学会了拔秧、插秧、耘禾、割禾、种花生等，总算闯过了劳动关。

记得插队的第一年，由于水土不服，浑身不舒服，脚红肿溃烂，鞋也无法穿，脚根本下不了田。而林场育苗基地又相当远，同学们出工，一去就是一整天。由于脚的问题，我不能下地干活，就留下我一个人，年轻气盛的我感到非常的孤独，尤其是傍晚时分，屋后的山上时常传来那种奇怪的鸟兽的叫声，非常可怕，心里更感到凄凉无比，翘首盼望同学们快快收工回家，那段日子真是难熬。后经老乡介绍，在潘丽娟、华小妹的陪同下找了祖传郎中治疗，老乡又帮忙采来草药敷在我的烂脚上。经过一段时间的治疗和休息，总算痊愈了，但一道道疤痕至今在我的脚上留下了擦拭不去的印记。在那些日子里，特别在脚痛的日子里。我没有被吓倒，我知道，父母不在身边，一切都得靠自己。我暗暗地告诫自己，我要独立应对这些事，克服孤独和寂寞因素，学会坚持、学会坚强。

还有一次上山采油茶果，要求必须将采好的果子挑回林场住地，这下可苦坏了我们。我们挑着担子走在崎岖的小道上，左边是很深的水库，看着就毛骨悚然，右边是山，我们无从选择，必须小心地挑着担子慢慢前行。谁知担子越挑越沉，又无法停下来歇歇，一不小心就要滚下水库，着实害怕极了。而那时的我又不会换肩，简直是累得不行，待走出水库的那一刻，我一下瘫倒在地，好久爬不起来，肩膀皮也磨破了，疼了好多天。自那以后，我下决心，并经过一次次磨炼，终于学会了双肩挑担，又一次闯过了挑担关。

如今我已退休，安享幸福的晚年生活。但是红土地给我留下的点点滴滴的记忆是无法磨灭的。虽然生活在上海，但对这片红土地的依恋依然是那样地执着，红土地培育了我、红土地锻炼了我、红土地使我有所提高，我也从中学会生活、学会了坚强。

2016 年 12 月 26 日

红土地给了我成长的养分

作　者：陈玉蓉（高安相城）

认识我的人都知道，我是 1 米 66 的高个子，结实的身体，一双灵巧的手能做出许多可口的美食。现在，已经是 60 多岁的我依然有着一把力气，身体倍健康。

可是，你知道吗？我 16 岁时是个瘦弱矮小的黄毛丫头，身高只有 1 米 48，那时，爸妈都以为我长不高了，可插队使我变化大了！

1970 年，我离开上海到江西高安插队，我成长的故事也就随着插队拉开了帷幕。

我从小就被父母娇惯溺爱，特别的不爱进食，照今天的讲法叫"厌食"。即便在自然灾害时期，我也从未有过饥饿感，一家人吃得津津有味，而我总是含一口饭，半天才咽下，因此我的身材不矮小，反倒奇怪了。记得那时，刚满 16 岁的我，被学校分配到江西高安相城公社会上七队插队，看着即将离家去农村的小女儿，母亲急坏了："看你这样子到了农村怎么办？"

初到农村，正值春耕季节，稍休整数日，便跟着大家一起下地干活了。由于我个头小，体力差，各种农活对于我更显得特别的辛苦。但是，越是艰苦的环境，越能锻炼人的意志。我天天和老表们一样，早出晚归，披星戴月，咬着牙坚持干着各种农活，在农村这块广阔天地里锻炼成长，一点也不比别人落后。随着劳动量的日渐加大，我的饭量也在不知不觉中加大，嘿！我能吃了，从原来每餐半小碗，到后来的每顿一大碗，连最难吃的、带有涩味的牛皮菜也吃得津津有味。我至今还记得那年农闲时，我到华阳大队去修堤坝，中午吃过了每人分得的一份饭后，仍觉肚子没饱，就和其他知青一块到镇上饭馆，又一口气吃了四个馒头。后来我把这件事情告诉爸妈，他们都觉得是在听天方夜谭，他们怎么也想象不出，那时的我能吃下这么多东西。

我能吃了，我长高了，我的个头在不知不觉中由 1 米 48 长到 1 米 66。我强壮了，由原来只挑上一点草皮，肩膀就痛得走起路来跌跌撞撞，到后来可以挑上百来斤。记得几年后回家探亲，大哥到火车站接我，见我挑着满满两只旅行袋，心疼我，硬要帮我挑。别看他长着 1 米 82 的个头，扁担放在肩上，满脸涨得通红，连站也站不起来。而我接过扁担，大步流星地穿梭在人群中。

在农村，我不但饭量大增，我还学会了做事。插队前，我只是个瘦弱的孩子，当时 16 岁的我要是放到现在，还是在父母亲呵护照顾下的年纪。刚到生产队，生产队洪道柏夫妇看我实在矮小瘦弱，便让我和他们家的结了娃娃亲的女孩一块住，给了我很大的帮助和照顾。女主人烹调食物时，我常帮她烧火，看她如何烹煮食物，制作各种当地的土特产。久而久之，我学会了许多烹制食物的手艺——做豆腐，做冻米糖，酿甜酒，腌酸菜，霉豆腐，腌南瓜干，做豆豉等。调到八队后，有一年，生产队分了黄豆，我和蔡梅英提议，我们自己做豆腐吃吧。于是，我们俩向老表要了石膏，借了做豆腐的工具，按照做豆腐的工艺，做出了一锅比我想象中还要好的又香又嫩的水豆腐。直到现在，我每年都会做一些插队时学会制作的食物，送给我的同学和朋友，大家品尝后，都交口称赞。

几年的知青经历，让我学会了很多，也让我得到了更多。知青生活改变了我的人生，使我更坚强勇敢，乐观勤劳。父母亲养育了我，红土地给了我成长所需的养分和环境。在那里有泪水，也有欢笑；有物质条件的艰苦，也有精神上的充实和满足。那里记录了我的收获，记载了我的青春和成长，回城后我至今都会时常想起那里的人，那里的事，那里的蓝天和蓝天下的那片红色的土地……

2016 年 7 月 8 日

安 全 第 一

作　者：高玉林（万载潭埠）

我虽然是初中 69 届的，个子不魁梧，家庭条件还可以，更是奶奶唯一的孙子，但是，我性格刚毅不服输……1970 年上山下乡后，修井冈山铁路、兴修水利等我都积极参加。每逢农闲时节县里都会号召各公社（镇）组织劳力参加水库建设，当时称为"大会战"。1972 年冬天，"大会战"如期来临，工地上顿时人声鼎沸又热闹了起来。我当时就在工地常备连当民工。

记得那是个寻常的夜晚，晚饭后，洗漱完毕，我和常备连的其他民工纷纷上床睡觉，刚刚躺下不久，突然工地广播传来凄厉的紧急集合号声，随后工地指挥部的负责人大声呼唤：株潭工地发生塌方，要求常备连和医务室立即赶到现场抢救被埋人员。

一阵忙乱之后我们八十多人，拿着锄头、铁锹之类工具，在微弱的月光下跌跌撞撞地奔向二里外的事故现场。

赶到现场，眼前的景象使人震惊，一堆俩人多高的土山呈现在探照灯的灯光下，上面撒落了无数的树枝、草根和大大小小的石块，边上有几个人拿着锄头、竹耙在挖土，周边还有不少人拿着手电、火把在杂乱地一边奔跑着，一边嘶喊着。

原来，株潭营在取土时用了挖"神仙土"的作业方法。所谓"神仙土"就是先把山体下边挖空，然后利用重力作用让上边的山体自然塌落。这种危险的作业方法工地上是明令禁止的，但是各地民工营为了加快取土速度经常会采用这种取巧省力的方法，特别是晚上加班，安全员容易疏忽的时候。不过这次他们在下边挖得太狠了，导致上面一千多方土承受不了重力，一下子就垮塌下来，直接就砸到了下面施工人员的身上。当时预计有几个人埋在里面。

在连长、指导员的指挥下，我们80多人呈一个扇面，利用各种工具挖、抛土，很快就挖到近中范围，这时指挥部要求我们不能再用锄头和镐，改用小工具和竹簸箕等，因为接下来随时随地会碰到被埋人员。

这一夜，我们一共从土里挖出几具遗体，放到担架上，把手脚和身体拉直了，然后挖出口腔和鼻腔中的泥土，盖上白布抬到指挥部边上的水泥棚中，还特地为他们接装了一盏15瓦灯泡。最后还留下我和另一个老乡为死者守灵。在昏暗的灯光下，遗体像熟睡了一般，我为他们披星戴月加班不安全生产感到敬佩和惋惜……我带着疲惫的身子靠着水泥堆迷迷糊糊睡着了……

第二天，工地指挥部特地停工半天，为死者举行了一个隆重的追悼会。

追悼会结束，指挥部要求各营回去集中学习讨论，要从这次事故中吸取教训，认真做好安全措施，落实责任。最后指挥长语重心长地说：生命换来的教训，大家切莫掉以轻心啊！是的，用生命换来的教训，"安全第一，警钟长鸣"，我刻骨铭心！回上海后我在课堂上要求学生记住"安全第一，警钟长鸣"！在我负责的工地上，我恳切地要求民工"安全第一"！

我成了造泥砖房的能工巧匠

口　述：应国胜（万载潭埠）

执　笔：谭凤美（高安八景）

　　在繁华的大城市，大家见惯鳞次栉比的高楼大厦，见惯富丽堂皇的精致别墅，可是，你们见过平实古朴的泥砖房是怎样建造的吗？告诉大家，下乡时我可曾是十里八乡闻名的造泥砖房的能工巧匠噢！

　　我是1970年4月9日随着上山下乡的热潮与一批上海知青来到江西万载潭埠公社排江大队插队落户的。当大队干部领我们到住处时，我们个个惊诧：这泥砖房能住人吗？而且，这房子外观是泥坯子，里面也是泥坯子，一点儿也不美观。住着，住着，我们才悟出这泥砖房的优点了，由于墙体厚实，（每块土砖长三十多厘米，宽二十多厘米，高也有二十多厘米）冬天，凛冽的寒风刮不进去，夏天，酷热的太阳晒不进去，真可谓冬暖夏凉了。我们戏谑地称之：大自然赐予的空调房。70年代时，这里地处贫困山区，泥砖造房子最经济实惠了，家家户户都会做泥砖。做泥砖可是个力气活，先要取本地土和水搅拌均匀，将切碎的稻草撒在土中，经牛踩踏，再将土在木板上揉，对准木模子夯下，用脚踩踏，使泥土在木模中每个角都非常充实，脚踏使木模中的泥土更结实，这块土砖很重，得两个人抬着放到专门晾晒土砖的地方；再脱模，就是将木模取出，晾干后，还要翻过来，将反面再晾晒几天，这样泥砖才成。平日里放眼四望，各个村庄都是泥砖房子。

　　初来乍到，大队还为我们十四位知青派来带队干部及烧饭的人。到1975年底，我们知青上调的、读书的，走了一些人，只剩下不足十人了。这样上面领导又把我们剩下的知青两人一组分在排江大队的几个生产队里。我和沈民强就被分到排江大队的石下村这个生产队了。到生产队的第一天,生产队里像是故意考验我们知青一样,让我们去牛棚挖挑牛粪,并用手抓牛粪一把一把放在禾兜下面。我们不怕脏,不怕累,跟老表一样地干着农活。这也令村民们对我们刮目相看了。

70年代的农村是很贫困的,我们辛辛苦苦干一年也只是挣下点口粮钱。而一年中我们的定粮六百多斤谷子折合四百多斤米,还不够我们吃上一年的(由于当时肚子里没油水,干的又是重体力活,我一岁能吃三大碗饭呢)。我的房东叫欧阳月生,他是这儿远近闻名的造泥砖房能手。他见我白天不辞辛劳地干农活,收工回家还要辛苦地挑水、烧饭、种菜、洗衣服,颇为同情。一天他悄悄地对我说:"小应啊,我看你是个吃苦耐劳的好后生,农闲时,和我去造房子,当当助手如何?这样不仅三餐饭有人烧给你吃,还可以挣下点零花钱。"当时,我们每天干农活也只有三四毛钱,而跟师傅做小工,不仅有三顿好酒好饭吃,还有点心、一包香烟、每天挣五毛钱,换洗衣服还有人帮你洗。第二年小工每天可以挣一元,而第三年成为师傅了,每天可以挣一元六角了。虽然农忙干农活,农闲还要干这苦活,可我经历了这几年的磨砺,早已不怕苦和累了,我略加思索就欣然同意了。俗话说:荒年饿不死手艺人。师傅带我出外造房子时,还征询了大队书记,大队书记同意了,但千叮咛万嘱咐一定要确保我这个上海知青的生命安全,师傅也一口应允了。

每当双抢或春插农忙季节一过,我们就会被附近的四邻八乡邀请去造房子。每天晨曦刚露,我就背着工具和欧阳师傅赶路去主人家造房子了,有时来回要赶六十来里的路!造房子首先要在主人家选好的风水地皮上挖地基。挖地基时,我边仔细观察边协助师傅,只见欧阳师傅先把房子大小牵好线,然后打桩,再撒石灰线定出各间房子的大小。师傅手法娴熟,一把把的石灰撒在地上,不仅匀称而且笔直。我们用两齿镐头照石灰线挖地基,用铁锹铲土,因为是平房地基一般挖一尺多深,比两块土砖宽些即可了。师傅砌墙时,我当下手,师傅不停地用泥刀匀称地刮粘土泥浆在砖面上,又砌到墙上,我也一刻不停地双手递砖给师傅。因为这泥砖体积大,每块有三十多斤重,低处双手抱着递过去,稍高处我用双手抛给师傅,最高处是装在土箕里人在上面吊拉上去。时间长了不但双臂酸痛,而且浑身像散了骨架。几天过去，我酸痛更加厉害了，我打起了退堂鼓。师傅闻悉，边开导边劝慰我："小应啊，开弓没有回头箭，你坚持着，挺过半个月酸痛就过去了！"就这样熬过半个月，身体的酸痛慢慢减轻，干起活来也得心应手了。我这样当小工跟着师傅干了半年左右，师傅就让我砌墙了。开始时，每个房子四个关键处既四个九十度角落由师傅砌好，我只砌墙体的中间部分。砌着砌着，我用泥刀刮在土砖上的泥也很匀称了，砌在墙上的泥砖也很平整了。我砌墙水平提高了，师傅告诉我砌四个角的诀窍：每层交叉处接缝错开，四个角呈九十度，角尺量要不差分毫。师傅还大胆地让我单独实际操作。最难的要数砌山墙了，它属于屋顶部分。在师傅的指导下，我边操作边悟其中的道理，经过一段时间的实践，也能独当一面砌山墙了。

名师出高徒，欧阳师傅是这一带造房子的行家能手，带出的徒弟也是高手了。在欧阳师傅的耐心传帮教中，一年以后，我就达到满师和出类拔萃的水平了。我不用拉线，凭目测及手上功夫就能把墙砌得平平整整，每每师傅用角尺量，总是称赞我分毫不差。最难的是我能用泥砖把墙壁砌得里外一样平整。一传十，十传百，没过多久，这十里八乡的就知道有个上海知青造房子是顶呱呱的了。大队里的小学那八间房子是欧阳师傅和我造的；本乡的村民很多房子是我们造的；附近乡的很多房子也是我们造的，最远的一次我和师傅到离家三十多里路的白水公社造房子。每每完工，都得到主人家好评。我在不断的实践中成了造泥砖房子的能工巧匠了。

后来由于落实上海知青政策的缘故，我回到了上海。插队落户30年后，我们大队知青又返回第二故乡万载潭埠公社，我特意停车去看望欧阳师傅。我拿出上海带的精美饼干和两百元钱给师傅，师傅热泪盈眶地说：你真有情义，这么多年了，还记得师傅。

我想，是师傅在我当年最困难时期，帮助我成为一名砌墙的手艺人；是师傅的耐心指导和传帮带，使我成了当地的一名建房的能工巧匠，这些，我怎能忘怀？每每与晚辈们说起这段生活经历，并不觉得那么的苦涩，还总有些自豪感。是的，我与我们的知青一样，虽然离开了这片红土地，但是，红土地的生活经历是刻骨铭心的，红土地的历练是艰辛的，收获也是丰硕的。

2016 年 12 月 4 日

难忘登山遇险那一幕

作　者：沈民强（万载潭埠）

激情燃烧的岁月，青春无畏的时段，是我们到万载县潭埠公社插队两年后才体现的。国家给知青两年的安家费补助结束了，带队干部走了，刚到农村时那种战天斗地的革命激情在慢慢地消退。我从激情到焦虑最后变成了无奈，生活上的艰辛使我们很快到了贫困的边缘，腹中油水渐少，袋中钱币寥寥无几。一天晚上，我们男同学在跳跃着火苗的煤油灯下商议搞点副业，挣点小钱来改善改善生活。大伙商定，上山砍伐木头，做成花炮箱换些钱来贴补我们的生活费，毕竟改善生活是要靠钱的。

第二天一大早，我们几个男生带着砍伐工具，沿着山道爬上崎岖的山坡。哦，初夏的山色真美，满目都是郁郁葱葱的树木夹杂着各色无名野花，蜿蜒的小路缓缓伸向远方。我们一行人静静地走在山间小路上，听到声声的杜鹃鸣叫，不由地让我想起了南宋诗人翁卷的《乡村四月》：绿遍山原白满川，子规声里雨如烟。乡村四月闲人少，才了蚕桑又插田。四月的山区林间的恬静一样美如仙境。

走着走着，我们终于来到大山的脚下，远远望去一条小路直通山顶。太好了！有近路可直接上山顶，不必绕行盘山小道，这可节省我们不少体力和时间，我们没做什么考虑就选择这条直通山顶的直路，没有一个人提出异议，大伙就这样照直登山了。起先大家不觉得什么，慢慢地越爬越高，山势也越来越陡峭，而且发现山石也逐渐变得越来越松动，有时一脚踩下去，竟有山石滚落，好一会才听到石头落地的回声，可怕极了！我们陷入了上下两难的困境，山顶已近在咫尺，但我们却不能动弹，还不能回头，一旦重心不稳，肯定会随着松石滚落山涧，更可怕的是我们一个接着一个，引起多米诺骨牌效应就惨啦。这时我们才意识到，我们进入了险境绝地。原来这条直道是多少年来老表从山顶滑放原木形成的。原木从山顶滑下冲击一切障碍物，长期的冲击形成一条红土裸露的直道，加上雨水的冲刷，水土流失使直道两旁的山石结构松垮，越接近山顶土石结构越松。真是：不识险道真面目，只缘咱是外乡人。后退肯定不行，怎么办？幸亏我们还算镇定，大家站稳脚后各抒己见，最后达成一致意见，既然进退无路只有向左右求生路。由最后一位同学率先开始行动。只见他弓着腰缓慢地向旁边的灌木丛爬行，一只脚踩稳后再伸一只手抓紧灌木，双手双脚交替并用，慢慢移动身体……就这样一点一点地挪动。随后大家像他一样，分别向左右移位，相互鼓励互相提醒，小心翼翼地挪动，终于全部安全撤离了危险区域，而后借助灌木一步步向上爬，直到爬上峰顶后，大家面面相觑，吐出一口长长的气。我们站在山顶向下眺望，排江像一条小溪，翻滚的水花似朵朵小白花，群山就在脚下，白云就在身边飘过。干活！不知谁喊了一声，大家无暇继续欣赏美景，赶紧拿着伐木工具干了起来，最后我们砍伐的原木就从这条直道滑下山……

现在回想当时的我们是那么的年轻，那么的生龙活虎，那么的坚强勇敢，那么的胆大心细，那么的无所畏惧。这件事虽然已过去四十多年了，但登山遇险的一幕却让我终生难忘！

2016 年 7 月 5 日

浙塘村插队生活的点滴回忆

口　述：王静娟（高安相城）
执　笔：顾美云（高安蓝坊）

1970年4月11日，不满十七岁的我跟随姐姐一起来到江西省高安县相城公社新华大队浙塘村插队落户。队里安排我们6位知青住在村民的房子里。

那是一栋典型的江西民居，正中间有一个长方形的天井，天井两边各有一个大厅，每个大厅有两间面对面的厢房。我们三个女生住在一个厅的一侧厢房，男生则住在另一个厅的一侧厢房，另外两间是老表住宿。我们这栋房紧挨着一个约两层楼高的红土小山坡。

下乡第一年，我们知青就积极参加队里的各项劳动。我虽然长得比较瘦小，但也每天和大家一起出工，从不掉队。早上天蒙蒙亮就起床开早工，早工回来后，我们大家一起担水洗菜烧饭，解决了一天的吃饭问题后，再继续上午和下午的农活，直到夕阳西下才同老表们一起收工。

记得那年春耕前，生产队要把猪栏里的粪挑到稻田里当基肥，男劳力已把一担担肥料堆到了田里，接着妇女们要用手一把一把将猪粪像天女散花般均匀的分撒到田里。刚开始我看着猪粪无从下手，可看着其他老表从从容容撒得欢快，我便硬着头皮弯腰抓起一大把由猪粪沤烂的稻草，心里默念着：没有大粪臭，哪来稻谷香。就这样把它撒开到田里，一把接一把，直到把生产队猪栏里的肥料全部撒光。

春插是农忙时节，也是我们与蚂蟥叮咬作较量之时。春寒料峭时，我们赤脚泡在冰凉的水田里插秧，在田里蛰伏了一整个冬天的饥饿的蚂蟥们，得到了送到嘴边的美食，肆无忌惮地伸出贪婪的利嘴吮吸我们新鲜的血液。一次，我正在插秧，突然感觉小腿像针扎一样疼痛，一看，有一条黑乎乎的蚂蟥正爬在我的腿上，我吓得尖叫起来，并用手去拉掉蚂蟥，可费了好大的劲，才把蚂蟥拉下来了。顿时，鲜血顺着我的小腿慢慢往下淌。这时，一起插秧的乡亲闻讯朝我走来，安慰我，并告诉我：下次碰到这样的情况，不要去拉，使劲拍打，蚂蟥就会松口掉下来。经历了多次蚂蟥叮咬，我也就习以为常了，每回碰到就坦然处置，不再惊慌失措了。

双抢是农村最繁忙最紧张的日子。记得刚开始割稻时，为了不被拉下掉队，我挥舞着镰刀，腰也不伸一伸，使尽全身力气，拼命往前赶。到了晚上，我胸口特别疼，翻来覆去睡不着。想想自己从来也没有心脏病呀，平时胸部也没有不适呀，再一想，可能是割稻太用力的缘故吧。于是，我也没跟姐姐说，第二天照常出工。

让我回想起来最感到后怕的要算夜半惊蛇了。那是1971年夏秋之交的一个晚上，我穿着长袖衬衫睡得正香呢，突然听到蚊帐顶上窸窸窣窣的声音。因为怕灰我们都在蚊帐顶上盖了一层白色的塑料薄膜。听到声响，我就醒了，睁开眼睛一看，吓得我连忙从床上跳下来，连连大声惊呼：蛇！蛇！有蛇！一条蛇！我们房间三个女生的床是一字儿排开的，我姐姐她们听到后也赶紧起床了，见我惊魂失魄赶紧拉住我的手问：蛇呢？蛇在哪？我指指我的蚊帐顶，只见一条一米多长拇指粗的花蛇正扭动着身躯，昂着头口吐红信子像要扑向我们。吓得我们三人跌跌撞撞奔到对面老表房间门外，使劲敲门同时喊叫他的名字。老表被叫醒，开门一出来，我们便忙不迭地指着我们的房间说：蛇！蛇！他镇定地问：蛇在哪？我们异口同声地说：在我们的蚊帐顶上！他是一位经验丰富的老农，一面安慰我们说：妹子，莫怕！你们躲到我房间去，我来打蛇。在另一个厅厢房住的三个男生听到声响也从床上爬起来了，他们胆子比我们大，一个个拿了锄头过来帮忙打蛇。我们三个女生则躲在老表房间偷窥，直到他们四个人把蛇打死才敢出来。只见那条斑纹美丽的花蛇可怜巴巴地躺在地上一动不动。蛇啊蛇！你在自己的地盘活动不是挺好吗？干嘛爬到我的床顶来？可能因为我们的房子紧挨着蛇的家，它不小心走错了路，才爬到了我的蚊帐顶上。唉！两个多小时后，我们才惊魂未定地上床休息，因为明天还要出早工呢。

这只是我在浙塘村插队生活的点滴回忆。我们插队在农村,经历了很多的事,现在回想起来,是当年那苦涩生活磨练了我们,变得能吃苦耐劳;在乡间,我们也得到老表们的帮助,我们没有忘记;是生活教会我们要懂得感恩,感恩生活、感恩村民和同学、感恩经历的各种磨练。

2016 年 12 月 3 日

难忘的红土地

作　者：张汝娟（高安相城）

1970 年 4 月 12 日，是我终生难忘的日子，我与妹妹来到了江西省高安县相城公社新华大队第四生产队插队落户。

我们刚到农村，一片茫然，什么都不会。肩不能挑，手不能提，秧苗和韭菜也分不清。农业劳动更是一无所知。生产队的乡亲们对我们从生活上、劳动上给予全方位的关心、照顾。刚去时我们不会砍柴，生产队委讨论决定：队里的麦秆，稻秆，棉花秆都给我们知识青年当柴烧。我们不会种菜，经常没菜吃，隔壁的田妈妈隔三岔五地送来韭菜和田螺肉，几乎家家都送过鸡蛋青菜给我们吃。特别令我难以忘记的是插队第一年的那个中秋节，我们的邻居老胡拿出了他自己做的米酒，又是杀鸡，又是杀鱼，又是烧肉，满满一桌菜专请我们享用。他对我们说：你们为了响应号召，离开父母，从大老远的上海来到农村真不容易，你们就把我这里当作自己的家，以后在生活上有什么困难就来找我。一番话使我们心里很温暖很感动，至今都难以忘怀。

乡亲们不但在生活上帮助我们，在生产劳动中也指导我们，还时常问寒问暖，无比关心我们。我暗暗下决心：我一定要在这片红土地上好好干！虚心向乡亲们学习，融入到这生产队集体大家庭中去！村民们拔秧，我跟着学，看着一把一把扎得整齐的秧苗，心里万分高兴。春插中我学会了插秧，拿着秧苗，分株插下，一行要插 6 株苗，有时一口气还能将一把秧苗插完，再伸一下腰。一天中要弯腰插秧八九个小时，晚上躺在床上腰酸背痛，那个滋味，只有下过乡、当过农民，插过秧的人才能体味其中的辛苦。双抢季节更是考验我们的时候。种下的早稻要抢收，要翻地犁田，再抢种晚稻。双抢季节，正好是七八月间，天气异常的燥热，我们要顶着烈日，冒着三十多度的高温，在田里割稻、打稻、拔秧、插秧，做着各种农活，虽然我累得满头大汗筋疲力尽，但是，通过劳动却慢慢地与当地乡亲们打成一片了，我们交流劳动技能，生活习惯，风土人情……收工后村里的妹子还会到我们住处聊天。我们经过了几年的艰苦锻炼，在乡亲们的帮助和指导下，在这片红土地上，我们渐渐地学会了各种农活，在生活上也能完全自理了。

劳动虽然是辛苦的，但是看到自己的劳动果实，心里还是充满了成就感，非常欣慰。这么多年过去了，每当回忆起自己的青春岁月和在生产队的一幕幕生活、劳动画面，我心中总是充满了感激。我要感谢这片红土地，感谢乡亲们！是你们铸就了我吃苦耐劳的精神！为我以后的工作和学习打下了良好基础，在这片红土地上我学到了待人接物助人为乐等很多很多，有很多是书本上根本无法学到的东西。乡亲们勤劳、朴实、善良、真诚的品格，让我一辈子铭刻在心！我要再次感谢这片养育了我的红土地！

2016 年 12 月 27 日

乡村女教师

1970年4月我们怀着依依不舍的心情，离开了生活17年的大上海，离别了生我养我的母亲来到了江西万载县大桥公社泉塘大队插队落户。

在田里劳作了三年后，大队决定让我到小学担任代课老师。学生是本大队的孩子，还有一些离学校较远的山区孩子，这些学生家里都比较贫困。学校破旧不堪，五六间教室，一块略为平整的土地就算是学校的操场了。体育课就在这个操场或教室里上，让孩子们玩玩皮球或玩捉迷藏的游戏。由于一二年级的学生少，这两个年级就在同一个教室里上课，我先安排二年级的学生看书写字，然后给一年级学生上课和布置作业，接着给二年级上课。当时乡村学校类似这种复式班教学的情况很普遍。

记得第一天上课，学生们好奇地看着我这个新老师，叽叽喳喳问个不停，老师你是哪里来的？老师你叫什么名字？还有一个新来的一年级学生远远站在那里看着我，我说：小同学你过来，叫什么名字啊？看到我叫她，她赶紧走过来有些腼腆地说：我叫燕子，今年八岁。说话间，一双美丽的大眼睛忽闪忽闪着。一个一个学生相识后，就开始讲授我第一天的课程。刚开始，我一个人要带一、二两个年级的学生，备两个年级的课，我不知道怎样安排两个年级学生的课程，不知道如何备课，一个教室两个年级真让我不知所措。我虚心向老教师请教，请老教师做示范教学，我才慢慢地习惯了这种复式班教学模式。我很珍惜第一次当老师，认真地准备每节课，认真地写好备课笔记。虽说只是初小教育，但万事开头难，学生的启蒙教育很重要。尤其是一年级的拼音字母，说惯方言的学生硬是咬不准音。我有时还要代三年级的数学课，甚至连唱歌、体育课有时也得我一个人完成，没办法只能硬着头皮赶鸭子上架了。

在学校的那段日子，我与学生和家长的关系非常融洽，家长反映上海老师教的普通话好，也很耐心，学生也很喜欢听我上课，其实我知道自己几斤几两，我相信只要自己努力了，每个问题都认真对付，没有克服不了的困难。我最喜欢的就是和学生一起上体育课。体育课什么教材和器材都没有，就一块小空地，我们玩老鹰捉小鸡的游戏。我当老母鸡，再选个子大一点的学生当老鹰，小鸡每次都会让老鹰抓去。小鸡快过来！老师我来了！她赶快站在我身后，可惜她太小了抓不住我衣服，她一下倒地，后面倒下一大片，逗得大家笑成一团。跳皮筋、踢毽子等那些在上海儿时的游戏，我引入江西的农村学校，和学生一起玩耍自己好像也回到了童年。

乡村的教师生活，使我深深感受到农村与城市的巨大反差，受过正规师范教育的教师奇缺，民办教师文化水平低下，山区农村条件艰苦，待遇又差，难以留住好老师；学校的校舍、教学设备、体育器材和图书资料等基本硬件条件极其简陋，学生的学习条件落后，更无法和大上海比。每天看到这些渴望知识、热爱学习、淳朴可爱的学生，我觉得自己责任重大。尽管我只是个知青，文化程度也不高，但我竭尽所能，钻研教材写教案，认真备课到深夜；白天上课，耐心讲解，热情辅导，经过我的不懈努力，使每一个学生跟上进度，快乐地学习，在学习中逐步成长。

乡村教师生活，让我在学生的欢声笑语声中度过了最孤独的日子。在与学生交流中我减轻了思念家乡的苦恼，年轻的我同样在这片红土地上，顽强拼搏逐步成长。

几十年过去了，每当回想起那段乡村的教师生活，我仍然感到自豪。因为那几年我用自己火红的青春，为红土地上那些朴实孩子们的启蒙教育尽了心，出过力。

2016 年 12 月 30 日

调皮鬼的蜕变

作　者：黄少川（万载岭东）

　　1970年4月9日，刚满17岁的我随着上海虎丘中学69届同学们，告别亲人赴江西省万载县岭东公社上山下乡。初到农村，一个全新的环境展现在我眼前，闭塞的交通，落后的文化，甚至没有电！这种环境怎么生存？如何与语言不甚通顺的父老乡亲交流？如何过劳动生产关？一个毛孩子将自己面对生存的点点滴滴。

　　初到生产队，公社要求生产队为我们上海知青每人安排一个师傅，在政治思想、劳动技能等方面带教我们。我的师傅是我们的生产队长，一个严肃但和蔼的老农，我在师傅的帮助下，较快地掌握了一般的劳动技能。记得刚到农村时，我喜欢与队里的年青人和孩子们在一起，经常巧妙地回答他们提出的各种各样奇怪的问题，我成了远近闻名的"调皮鬼"。那时，正值春播插秧季节，我们知青被安排向生产队的妇女们学插秧，由于自己从小有喜欢手工制作的爱好，很快就掌握了插秧的技能，并成了队里插春秧的一号"种子"，以至于我在田里干活，走过路过的当地老乡都会停下脚步，看看谁把秧插得如此之快，可能他们不知道的还有质量是如此之好！

　　随着时间的推移，我和老表打的交道越多，就越能感受到老表的纯朴和善良。1972年，首次在知青中招收工农兵大学生，本着自愿报名，群众推荐，领导批准，学校复审的原则，我报了名。群众推荐大会在生产队部召开，超长的会议时间，推荐材料写了几张报告纸——推荐我！事后更让我惊讶的是，推荐人的签名、盖章和鲜红的指印布满一整张报告纸！由于自己当时不允许在场，而我们知青点的带队干部（一个下放的退伍军人干部，当时的记录员）告诉我推荐大会的情况，"你的点滴进步和好人好事被深深记在老乡们的脑子里，都成了推荐的实际内容和素材"。得知此情况，我无限的感慨油然而生，农民的朴素特质，让我一辈子都不会忘记！我将永远记得父老乡亲们的情义和恩情。

2000 年春节，在新千年到来之际，我们岭东知青在万载县政府驻沪办张肇康主任的带领下，时隔下放三十周年再次探访我们的第二故乡——万载，当时的县委书记李炳生等县委政府四套班子的主要领导，放弃节日休息，热情接待了我们一行，并对岭东乡脱贫致富提了一些期望……我终于可以用实际行动报答第二故乡的父老乡亲了！回上海后，在章兴达同学的倡议和带动下，我辞去在机关单位的工作和同学们一起，集资一百万元组建了《上海万林食品有限公司》，我任总经理。为万载的有机食品和土特产品在上海推广，尽了我们全体知青的一份力量和义务。现在的岭东乡已经脱贫，正昂首走在致富的宽广道路上，我由衷地感到欣慰，因为我曾经的付出，让我蜕变了，已不再是当年"调皮鬼"。

护鱼·品鱼

作　者：邓顺龙（万载大桥）

　　1970年春天，我们上海六十七中学一行七人去江西万载插队，分配在生产大队水库，日常管着蓄水放水灌溉良田、下河拔草投食喂鱼的事情。闲时种水田三五亩，秋日收稻谷两三千，来年果腹不用愁。

　　每年冬天枯水期，即生产大队捕鱼季。偌大的水库貌似西子湖水面，顷刻间缩成泳池大小。春天放养的几千尾鱼苗，现已长成五六斤的大鱼，挨挨挤挤蜷缩在"泳池"内，不时有鱼儿跃出水面，弄得水面噼啪作响。

　　大队书记亲临现场指挥捕鱼"战役"。我等知青六七人也勇敢地投入到这轰轰烈烈的捕鱼行动中。捕鱼现场聚集了两三百看热闹的老乡，人声鼎沸，场面混乱。我们知青的任务是维持秩序。书记深得我国著名军事家孙子真传，擅长排兵布阵：距"泳池"数十米处用石灰画一白线，沿"泳池"呈矩形。四角各派知青一人站岗，余三两人藏树丛后作迂回策应。我们站岗的每人发一竹竿当武器。我紧握竹竿严肃地站在两白线形成的角上，似乎又回到了冷兵器时代，像张飞手持丈八蛇矛，立当阳桥上哇呀呀一声吼，喝退曹军数十万，似民族英雄岳飞手握沥泉神枪单挑小梁王。那围观的人群见我们个个威风凛凛，便齐刷刷退于白线后面，令欲染指鱼儿的偷腥者躲于人群后面不敢造次。现场秩序井然，捕鱼顺利进行，集体财产未受半点损失。

　　捕鱼的两三天里，参与捕鱼人员的伙食就是鱼。捕获的鱼有青鱼、草鱼、花鲢（当地人叫富鱼，上海人叫胖头鱼）。因青鱼、草鱼价格稍贵，拿出来出售为更多地让大队积累财富，烧给大家吃的主要是花鲢。人多鱼多，平时烧饭的锅太小，就用烧猪食的大锅，洗刷干净。那鱼不斩头，不去尾，不刮鳞，只剁成两寸见方的鱼块。清水就盐一煮几大锅，那可是最纯的水煮鱼啊！盛鱼的器皿乃脸盆，每桌两大盆。说是脸盆其实也用来洗脚。那巴掌大的鱼块两脸盆，吃起来那才叫大快朵颐呢！我最爱吃花鲢的鱼脑：晶莹剔透，肥而不腻，像无色的果冻，吸入口中，径直顺喉咙滑下。人说吃鱼脑子人会变笨，心想变笨也无妨，我不正接受再教育嘛！鱼吃完再喝汤，那清水就盐煮的鱼汤，鲜得不要不要的。吃饱了，喝足了，踱步回寝室，一直纳闷，怎么就没吃出脚臭味？

　　时过境迁，回城以后进入了航天领域，已得工程师虚名，曾参与国家奔月工程，参与建造的天宫一号仍在太空翱翔。我常寻思怎么就这么聪明，定是当年鱼脑吃多了……

2016 年 8 月 9 日

惊 魂 一 刻

作　者：邓顺龙（万载大桥）

子夜。

酣睡中。

轰一声响，

惊醒梦中人。

借窗外月光，

睁朦胧双眼，

见帐顶凹陷，

似重物坠下。

稍时，闻帐顶沙沙作响，急寻手电照之，见一绳状物从帐顶一角，顺竹竿滑下，悄无声息。卧榻旁有储衣箱，箱盖上置煤油炉。那物学盘香，卧煤油炉上，盘中昂头，口吐红信。蛇！某大惊失色！心狂跳不已。

数十日前，知青队的一员，我们的好兄弟、党的好儿女柴忠仁同志就是被那厮咬死的。现如今，柴忠仁同志尸骨未寒，那厮又出来行凶作恶，是可忍孰不可忍。房间一隅是翁关良寝室。我这里人蛇对峙，他那边西线无战事，酣睡正浓。本想唤醒他一起对付那厮，又怕惊着他老人家。既然寻找帮手无着，只得孤军作战。经过几分钟对峙，我心情稍有平复，于是先来分析一下敌情：我和蛇，一对一，力量均等；我在里，它在外，中间隔着蚊帐。只要它不进入帐内，就奈何我不得。我不能让它进入我的领地，我得修筑工事，拒敌于国门之外。我将蚊帐下沿塞进草席底下，四角用书压住，把自己围在蚊帐里。那工事堪比马奇诺防线，固若金汤。我用手电照着蛇头，得意地看着它：小样！谁怕谁啊！

人蛇对峙许久，忽听翁大人叹气声，我忙抓住机会，柔声细语、轻声轻气像哄小孩一样将他唤醒：如此这般跟他这么一说，惊得他一个鲤鱼打挺，从床上坐起。我忙安慰他：没事。此时力量对比发生变化，我与翁两人与它对峙，那长虫自知不是我俩对手，只得扭头向下，朝床底游去。这下轮到我俩慌了手脚，那蛇明明在房间里却不见踪影。我俩一商量，逃吧！随即撩起蚊帐，跳下床来，连鞋都没来得及穿，光脚逃出门外。我腿比翁关良短，只跑了五十步，翁已跨出一百步了。

此时其他房间的知青：钱慈安、朱坚民、李建、赵卫德闻讯跳出门来增援我俩。这帮家伙刚才还躲在房里装熊呢，现在个个吆五喝六，生龙活虎。钱大队长喊道：抄家伙！大家急忙拿起锄头，举过头顶，涌入我的房间。我拿手电一照，那蛇正好从床底探出头来，我大喝一声：畜生！拿命来！刹那间，阶级仇，民族恨一股脑儿涌向锄头。只见几把锄头同时砸向蛇头蛇身，早将那长虫砸得稀巴烂了。

大家把蛇尸拖到明处，发现蛇腹隆起，仔细一看有一燕子在蛇腹中。怎么回事？原来数天前有燕子在我床上方筑巢，大家说燕子的到来是个好兆头。我心中窃喜，说不定今年我有好运，最不济交个桃花运什么的，也蛮不错的。哪想到燕子此举却招来了蛇，差点送掉我的小命。而燕子却将自己送入蛇口，成为蛇的腹中餐。但它引蛇出洞的壮举却为我们创造了替柴忠仁同志报仇的机会。现在那恶蛇已经伏法，我们可以告慰亡灵了。柴忠仁同志就让这善良的小燕子陪你吧！我就不陪你了。

柴忠仁同志安息吧！

2016 年 8 月 29 日

种自留地的乐趣

作　者：章少洪（高安八景）

　　四十多年过去了，我还清楚记得 1970 年 4 月 11 日这个日子。这一天，我们一行两男两女到八景公社预溪村插队落户。车到目的地，老表们用鞭炮声把我们迎进了为我们安排的家。队长安排我们吃派饭，全村四十余户村民轮流承包我们四人一日三餐的吃喝，过上了一段吃现成饭且顿顿有荤的幸福生活。

　　在这期间，队里分给我们一块自留地，让我们先从种植蔬菜学起。老表们见我们有了自留地，争先恐后拿来了各种蔬菜秧苗，手把手地教我们培土、施肥，埋秧、种瓜种菜，我们也毫不懈怠，边干边学。轮餐制结束后，我们的菜园已呈现一片绿油油的景色。种瓜得瓜，种豆得豆，望着这劳动果实，当第一次吃上自己种的蔬菜时，大家心里别提有多高兴了，青菜特别甜，黄瓜特别脆。我们因此对种菜产生了极大的兴趣，成了我们的一大爱好。每天收工后的第一件事，就是带上锄头、水桶前往自留地，锄草、浇水、施肥，给爬藤蔬菜如豇豆、黄瓜、丝瓜等用细竹加绳子搭成棚架，前前后后忙个不停，即使农忙季节，也要利用吃饭时间，见缝插针去菜园转一转。夏季天气干燥，经常在夜晚或清晨给蔬菜及时补水。在我们的精心护理下，整个夏季，我们收获满满。除了青菜、菠菜、韭菜、葱蒜等绿叶菜，还有豇豆、刀豆、茄子、辣椒、黄瓜、丝瓜、南瓜、冬瓜等十余种。南瓜大得像磨盘，冬瓜最大的有五六十斤重，各种蔬菜不仅四人吃后有余，还能养猪、喂鸡。我们经常将大南瓜、大冬瓜切成一块块，分送给附近的老表，赢得大家啧啧称赞。我们 4 个人团结互助就像一家人，从不计较个人得失，家里家外安排得妥妥贴贴。

夏去秋来，冬去春来，我们根据季节不断调整蔬菜的品种。每当一块菜地换种新菜前，都要彻底翻土，施足底肥，除浇灌粪水外，还撒上从灶膛里清出的草木灰，让菜苗有足够的养料，挑水、挑粪常常累得满头大汗，但我们心里还是甜滋滋的。

我们村子左边有个小山坡，那里有一片小小的坟地，大约有十几个土丘样坟茔，每个约有六七十厘米高，上面长满了杂草，据说还是清朝留下的。紧挨着坡的下面就是我们的自留地，两边环水，中间一条通往路边的小道，是我们进出自留地的必经之路。初生牛犊不怕虎，每年春季，我们在土丘四周挖上许多小坑，灌进肥料，然后填土种上扁豆，借助坟堆可不用搭建棚架。到了秋季，扁豆藤爬满了一个个小土丘，藤上挂满了一串串半紫半绿半月形的扁豆角，这些豆角含着清晨露珠在阳光照射下晶莹剔透，银光闪闪，煞是好看，但是采摘扁豆倒成了一桩烦心事。有一次采摘扁豆时，突然从草丛中窜出一条蛇，把我们吓得不轻，好在它见到我们就掉头溜走了。后来我们每次采摘扁豆时总是小心翼翼，先用扁担打草惊蛇，见没有蛇的踪影再下手。摘下来的扁豆吃不完就煮熟晒干，到冬季蔬菜淡季时，用水泡发后加上辣椒一炒特别下饭，扁豆干烧肉，那才是美食一绝。

第二年，我们成了种菜能手，再也不用为吃菜犯愁了，猪也养得膘肥体壮。母鸡常年维持在二十只以上，每天都能收获十多只鸡蛋，大大改善了我们的伙食。后来由于上学、招工，我们相继离开了农村，结束了自留地上乐此不疲的生活日子。

回城后，每当我们外出郊游时，看到大田里的蔬菜，就会想起插队期间的种菜轶事，那时我们种的蔬菜，可真是绿色无害的有机菜，现在那些农药加化肥培育的蔬菜是无法相比的。我们怀念插队种菜的日子，更留恋那几块小小的自留地，它不仅使我们改善了伙食，增加了营养，增强了体质，更给我们带来了无穷的乐趣，培养了吃苦耐劳、自食其力的能力。

2016 年 12 月 27 日

深山里的女放映员

口　述：沈筱莺（万载白水）
执　笔：徐金花（高安八景）

1970年我随上山下乡大潮从上海来到万载县白水公社插队入户。

70年代人们的文化活动很少。1971年底，宜春地区电影公司为照顾偏远贫困山区，专门给万载县白水公社配发了一台电影放映机，公社随即成立了电影放映队，编制三人。我有幸成为全县唯一的一位女放映员，另两位是当地男青年，他俩主要负责安装、维修、运送放映设备，我除了播放电影外，还要处理放映时出现的各种故障，负责倒带、胶片烧坏时的接片续播等。

参加宜春电影公司组织的放映员技术培训后，我们就走马上任履行职责开始放电影了。因受公社水力发电站发电功率小的限制，电影只能在公社礼堂放映，受益面只局限在公社周围。同时水力发电电压极不稳定，致使放映机经常发生故障，导致胶片时常烧坏需要停机接片，所以电影只能断断续续放映，影响放映质量，若是碰到放映机的灯泡烧坏，电影只能终止放映。为实现电影下乡进山，提高放映质量，公社向上级申请购买了发电机，我们电影放映队开始下乡进山巡回放映。

白水公社地处偏远山区，离公社最近的大队也有四五里，最远的有十多里路。新片取来，先在公社放映几天，让公社附近的老表观看，然后再分别下到各生产大队、生产队播放。通往各生产队的盘山小道无法开车，连拖拉机都无法行驶，我们只能手提肩挑徒步送影上门。晚上放映电影，下午就要出发，天黑前必须安装好幕布、调试好放映机。老表们得知晚上要放电影，会提前收工吃饭，特别是老人、小孩，早早就围着放映台一排排坐好，场地上一片嘻嘻哈哈声，像过节般热闹。有一次，一位上了年纪的老人对我说，他一辈子都没看过电影，现在家门口看电影，真是连做梦都不敢想啊！电影放映结束后，老表准备了上好的夜宵款待我们，为我们安排好舒适整洁的住宿，我们十分感激。第二天，我们又收拾好放映设备及行李赶往下一个放映点，每天周而复始，来去匆匆，虽然十分疲惫，但为了让十里八乡的老表们能在家门口看上电影，我们热情高涨、干劲十足不知疲倦地行进在山间小道上。

片子轮放一遍后要去万载县城电影院换片，如遇放映灯泡烧坏，也要到县城购买。白水公社是全县闻名的贫困乡，穷山僻壤，离万载县城又远，没有公路，清晨出发，徒步三十多里，到达潭埠公社赶乘班车，汽车行驶一个多小时才能到达万载县城，晚上必须借宿在万载县城，次日清早出发傍晚才能返回公社。最为艰难的是徒步到潭埠公社乘车，要经过七八个白水岭坡，上下一个坡约有一公里，路是仅一米宽的狭窄山路，两旁长满了杂草。坡陡路滑，遇到雨雪天，稍不留神就会摔跤。三十多里路，通常要走上四五个小时。清晨出发，路上行人较少，深山老林单人行走常常提心吊胆，头发和衣衫还经常被露水亲润。有一次，在去县城购买放映灯泡回公社的路上，伴随着我急促的脚步声，隐隐约约听见窸窸窣窣干草的摩擦声，突然从草丛中窜出一条约有两尺长的东西横在我面前，定睛一看，是条竹叶青毒蛇。只见它昂着头，口吐红信，与我对视。我如临大敌，吓得浑身发抖直冒冷汗，下意识地往后退了几步。正当我手足无措、进退两难的时候，只见青蛇哧溜一声快速钻进路旁的草丛中。生怕它躲在草里窥视伺机袭击我，我捡起路边几块石头砸过去没有反应，悬挂的心才放了下来。快速走过那段路后，我暗自庆幸躲过了一劫。

农忙季节，晚上就在公社放电影，白天去粮站给送粮的村民送茶端水。为方便村民购买生活品，粮站临时开设了一个小卖部，销售食盐、挂面、烟酒、火柴等日常必需品，我协助粮站充当临时售货员。有空还撰写广播稿为送粮农民鼓劲，表扬提前完成交公粮任务的生产队，为送公粮的老表加油打气，督促未完成任务的生产队。担任放映员工作，虽然辛苦，但我还是乐此不疲，总想方设法认真完成任务，看到兴高采烈的老表们观看电影，我觉得再苦再累也值得。

　　四十多年过去了，每当走进上海的电影院，就会勾勒起我在红土地担任放映员的件件往事，它就像放电影一样，一幕幕闪现在我的脑海里，曾经关心和帮助我的公社领导和同事也时常浮现在眼前，更忘不了为我们烧饭、铺床的老表们，是他们给了我战胜困难的勇气和力量。退休后，特别是近几年，我几乎每年都要去探望他们。万载城区的巨大变化，宽敞的公路通往白水乡，公路上车来人往，再也不用徒步翻山越岭、担惊受怕了。村里家家户户有电视，村口的大路直通乡电影院，老表再也不用露天看电影了。瞧见这一切，我心里充满了快乐和欣慰，由衷地祝愿第二故乡的建设日新月异，前程似锦。

2016 年 12 月 3 日

红土地的艺术缘

作　者：全昌杰（高安石脑）

1970 年初春的上海北火车站，鼎沸人声伴随着广播喇叭里激昂的歌声，谱写着一曲上山下乡告别交响乐，令人感动、使人兴奋、让人难忘。我们部分上海市南洋模范中学 69 届毕业生，正准备奔赴江西——红色根据地插队落户。

在一个车厢门口聚集了前来送行的南模中学宣传小分队的同学：丁霞、龚民、黄志等，他们身着军装，佩戴着红袖章，颇有文工团员的风采。龚民走到我的面前：杰哥，你放心走吧，到了江西要多来信，这副快板还给你。我推开他递来的竹快板，拍了下挎包：我还有一副，这副你留下吧，好好练，过几天你和丁霞到云南可能用得上。丁霞说：到了云南还不知有没有宣传队。龚民说：是啊，我们还不一定能参加呢。我鼓励他们：你们要主动出击，没有就自己组建，"南模"的传统要带过去，可不能把我教的快板忘了，到时候我可要去看你们演出啊。龚民说：好吧。丁霞说：到时候一定要来看我们。嘀铃铃——站台开车铃声骤起，我一定去！说完转身随着男女知青纷纷涌上车厢，听到龚民在背后喊道：昌杰，你一定要给我们来信！"呜——，"火车一声长鸣缓缓启动了，我挥着手：再见了，我到后一定给你们去信！

装载着怀揣抱负和热血沸腾的一列车知识青年，直向西行奔赴英雄城南昌。20 个小时后到南昌，转乘箱式卡车，一路颠簸。数小时后，又徒步 5 公里，天黑才到了各自生产队。我和李兢、夏天行、姚建明等 11 位同学分住在两幢农舍，开始了接受贫下中农再教育的农村新生活。

我们起早摸黑，学会了耕田、耙田、插秧。四月拔秧、栽禾，五月耘禾，七月掀起抢收抢种的"双抢"热潮，出早工开夜工，以落实公社"不栽八一禾"的目标。双抢的日子里，烈日当空骄阳似火，滚烫的水田加之蚂蟥的肆虐，我们经受了艰难困苦的考验。作为知青班长的我，觉得带头苦干是我分内事。知青伙伴们，互相照应，相互关心。山区农村文化生活匮乏，一到晚上，打开各自的收音机，听着革命歌曲，有时到宿舍后山去漫谈人生的经历和趣闻，对人生充满着希望和憧憬，期盼着多彩的生活。我以虔诚的受教育的心态，学农活，苦锻炼，扎根农村，经受考验，一年下来，成为一个计9分工的壮劳力了。

秋收季节，有一天社员集体出工割禾。在田间休息时，毛坊队长郑清泉和民兵连长郑土根谈着村里的俚语农事，还私夹着调侃夫妻生活，看着我们男女知青在场，可能感觉到讲多了不妥，清泉队长便提议我们知青表演节目，同学们左推右拉，提议让我这个南模中学的宣传小分队队长表演节目。执拗不过，我唱了一首《革命人永远是年轻》，又说了一段快板《土豆皮》，引得村民们仰天大笑……其他知青也三三两两哼唱起了革命歌曲。田头的演唱，唤醒了我们沉睡的文化热情，激活了蕴藏着的文艺激情。

一天，场长欧阳春把我叫到办公室说：昌杰同学，县里要举办文艺汇演，每个大队都要选送节目。听说你在学校是文工团长，你帮我组织一台文艺节目参加汇演，也可活跃活跃大家的文化生活。我说：隔了一年多没搞了，腰腿硬了，让我试试吧。欧阳场长说：好！争取拿个好名次回来。我说：场长，我一定尽力。5月中旬，我脚蹬解放鞋，卷着裤脚，头戴草帽，身背蓝色军用挎包，徒步6里路，开启了我在江西的文艺之路。当我走近会议室时，听到悦耳的琵琶弹奏声，便走了进去，其中抱琵琶者喊道：是小全吧，我是朱寅，早听说你要来。随即，他演奏了一首琵琶独奏曲欢迎我。旁边拿着二胡的年轻人站起来向我介绍：朱寅老师是江西省歌舞团下放的，他的琵琶很有名气。说话的叫邓标，是江西中医学院毕业的医生，他对二胡情有独钟，拉一手好琴。他们两个一唱一和，气氛一下子就活跃起来了。朱寅说小全，上海人，唱个山歌！我清清嗓子唱起了时尚的阿尔巴尼亚歌曲《海内存知己》；朱寅随即弹着悠扬的琵琶给我伴奏，由扩音器喇叭播出的声音效果很有现代感。有幸接触这两位艺友，后来成为至交。经朱寅和邓标的鼓励和点拨，我开始物色人员组建宣传小分队。不久一支以南模中学知青为基础由 20 人组成的文艺宣传小分队就开始排练。我既是领队又是导演，还兼做演员。小分队排练了舞蹈《大红枣儿甜又香》《插秧舞》《革命人永远是年轻》，小品《双抢时节》，小组唱《我们村里的年轻人》。加上朱寅的琵琶独奏《彝族舞曲》、邓标的二胡独奏《赛马》、我的快板书《酒迷》和独舞《我们走在大路上》等，整台节目时间长达 90 分钟。我是既担任主持又跳舞、唱歌，还说快板书，可谓满台转！那时也年轻气盛，为了把南模小分队的传统特色搬到红土地，彰显上海知青的文艺才能，六月里宣传小分队战高温酷暑进行高强度排练，表演者个个精神饱满，声音洪亮，动作干练。练得腰酸背痛，大汗淋漓，无人说苦。我运用在南模中学宣传队练就的扎实功底，与队员们一起练功、教舞步。在会议室，苏宝和茅惠芬反复练习《插秧舞》，我一遍一遍讲解和示范舞蹈动作要领，使他们的插秧动作有了舞蹈的美感。邓家生产队的王根娣和伍娟练得最刻苦。群体舞《革命人永远是年轻》20 人同时欢舞变队形有一定难度，开始同学们有些慌乱，经点拨慢慢地大家进入角色了，动作变得轻松了，合着激扬的琵琶、二胡伴奏，展现了 20 世纪 70 年代知识青年的风采。

6 月下旬的一个下午，在石脑公社大礼堂举行了公社文艺汇报演出，十多个大队的宣传队参加文艺汇演。那天大礼堂座无虚席，台下坐满了 500 多名农民观众。我们之前表演的节目大多是《忠字舞》和《革命歌舞》。而我们这台节目内容丰富，形式多样，有说有唱有歌有舞，还有乐器伴奏，令台下观众目不暇接、耳目一新、掌声不断。我表演的独舞《我们走在大路上》，采用上海小分队老师传授的芭蕾功底，运用旋转、平转、吸腿转和跳跃的舞步交替使用，加上年轻、挺拔的身躯，刚柔相济的舞姿，赢得观众们阵阵掌声和公社领导的热烈赞扬。各队演出完毕，公社欧阳主任当即宣布我们宣传队比赛第一名，并代表公社参加 7 月份的高安县毛泽东思想文艺汇演。离县汇演还有半个月时间，为了一炮打响，公社指示由我和朱寅、邓标负责将原有的节目精排，对不太熟练，比较粗糙的群众舞蹈和演唱的队形及表演进行重点整排。在排练时由于舞蹈对腰腿的要求高，许多知青难以达到标准，我反复耐心地教，有的练得满头大汗、有的腰腿练出瘀青块，不少同学嗓子练哑了，休息几天又使劲地练。作为导演我尽量按专业的要求去打磨每个节目。半个月过去了，一台全新的节目排出来了，欧阳主任又一次来到排演现场，小全啊，你们排得不错，大有进步，这下到县里拿奖有望啦。我表态：主任，我们一定努力，争取得好成绩，为石脑人民争光。知青们你一言我一语地表态，精神抖擞，个个摩拳擦掌。万事俱备只欠东风，两天后，我们高安县城见分晓！

　　7月10日，高安县党校操场上，搭建了一个大舞台，背景的横幅《一九七一年高安县毛泽东思想文艺汇演》的大字赫然在目。会议前，我们和全县学习毛泽东思想积极分子一起享用会议餐，一桌八菜，有肉有鱼，这对平时除了饭就是蔬菜，偶尔有个鸡蛋算开了荤的知青，简直就像过年，不一会就杯盘狼藉。午后汇演开始了，我们选择了三个节目，舞蹈《我们走在大路上》、快板书《酒迷》和歌舞《革命人永远是年轻》参加汇演。演出结束，高安县地方剧团的彭金成团长专门来看望我，并邀请我到县剧团当演员，我没有当场表态而一笑了之。回到公社，我把剧团招生的事和朱寅、邓标说了，他们觉得县剧团是地方戏剧团，不太适应我去，朱寅说，要么，我介绍你去江西省歌舞团，你有这个条件。邓标也说是的，你去试试。我当时也拿不定主意，想等等看看。第三天，当地下放干部章菊英老师带了宜春地区文工团演员队吴队长，提出让我表演个节目。在朱寅、邓标的怂恿下，我表演了舞蹈和快板，吴队长当即邀我到宜春地区文工团去，我说让我考虑一下。章老师笑着说，小全，你不要考虑了，我们这个团很好的，我原来就是这个团下放的，你可以在那里施展才能，去吧！朱寅和邓标都说去吧，开始新的人生吧。就这样，1971年7月20日，我带着行李，乘上长途汽车远行二百多里路，来到风景秀丽，充满诱惑和艺趣的江西宜春地区红色文工团，开始了人生的专业文艺之路。

　　回顾我的人生轨迹，自1970年4月11日至1971年4月28日，在江西高安县农村插队落户，真心实意地当农民，接受贫下中农的再教育，整整一年有余的艰苦磨练，在社会最底层，从妈妈的宝贝一下变为社会人，能自食其力的公民，实感欣慰。刚下去虽然有些不适应，但努力了、坚持了，直到成功了，真让人回味无穷。我做梦也没有想到，是艺术拨动我生命中的琴弦，是艺术激发我的生活热情，是艺术造就我人生道路新的追求和目标。学习艺术，感悟艺术，运用艺术，创新艺术，运用艺术丰富人的精神世界，给人营造快乐生活，也给自己带来快乐的享受。在红土地插队扎下的根基，激励我由文工团、剧团到文联再到文化局，最后回上海，进入上海县、闵行区文化局，上海闵行区群众艺术馆当馆长、研究馆员，然后又晋升为教授，成为享受国家特殊津贴的文艺专家、编剧、导演……这一切都与一年多的农村经历分不开。红土地锻炼了我坚强的毅力，丰富了我的生活阅历。红土地牵动了我的艺术情怀，激励我在艺术的道路上持续前行！浓浓的艺术之情伴随着歌声在红土地回响，碰撞出阵阵艺术火花，在文艺创新创作之路上快马扬鞭，激发阵阵创作激情，为群众艺术增添光彩，为红土情艺术再创辉煌。

2016 年 12 月 31 日

说说那些令我感动的事

作　者：陈美英（高安相城）

我是南洋中学69届初中毕业生，是家中最小的女儿。小学毕业后，我得了乙型脑炎，由于误诊拖了好久，等到最后确诊时，医院发出病危通知书，要家里准备后事——在这种情况下，家里还是竭尽全力求医救治。我也很乖地配合，竟逃过一劫，转危为安了，不过一定程度上我的身体和智力还是受到影响的，所以父母亲是不放心我出去的。

在上山下乡一片红的形势下，我报名去江西。1970年4月12日被分配到高安县相城公社会上大队第七小队插队落户。第一年生活劳动虽然苦，但有下放干部带着我们一起种菜、做饭……生活还是蛮有规律的。第二年，下放干部撤走了，什么事情都要靠我们自己了。种的菜长不出来，我们就不种了，菜园荒草丛生，烧水的柴本来都有下放干部帮忙砍，现在没柴起火了，我们就吃干粮。有一回，我们队所有知青三天没吃饭，靠吃干粮过日子。这事被生产队的队长和乡亲们知道了，他们心疼地马上把我们接到了各家，烧了好菜好饭请我们吃。队长还安慰我们，要我们有困难就找他。这件事是我永远也不会忘记的。队长知道我们不会砍茅柴，就允许我们到禁山砍树枝。禁山少有人来，蚊子又大又多。我们一进山就被蚊子全身都咬遍了。树枝上长满了棘毛虫，有一次我不小心，无意中手里抓到一条棘毛虫，顿时手心里都扎满了棘，拔都拔不干净，十指连心疼得要命。砍好的柴要挑下山，有句话上山容易，下山难，对于瘦弱的我更难。常常是我把砍下来的树枝捆好挑上肩，往山下走的时候就像冲着下来，没走几步就双腿跪下起不来了，还好有同队女知青江荣贞帮忙挑到山下，那才解决了烧水烧饭的问题。显然，能到禁山砍柴是父老乡亲的照顾，我们心里很感激，可对我们来讲，这也是件非常非常不容易的事情。在农村，有一件事让我终生难忘。那年 4 月的一天清晨，五点左右我起床上厕所。当时那里厕所就叫茅房，一间茅房大约有二十平米左右，下面挖空，约一米多深，上面放两块长板，供两脚踏上去。那天我去的那个茅厕正好有人，我就去了离自己住地较远的一个茅厕。谁知，当我一只脚踩上踏板，另一只脚刚抬起时，板忽然断了，我一下子掉了下去，双脚好像是踩不到底的。我惊慌失措拼命喊救命……这时，幸好有个挑担农民经过，听到呼救声就赶了过来，见状马上把扁担递给我，我抓住扁担，他用力把我拖到边上，并用手拉住我的手使劲把我拖了上来，这才救了我一命。我谢过老农，看着自己衣服裤子浑身上下满是粪土，便嚎啕大哭起来，也没记得问一下那救我的恩人叫什么名字，住哪里。事后听说，根据那里风俗，把人救起来后，救人者要打被救者两个耳光的。可那位农民伯伯当时看到我哭得厉害，竟没忍心打我，只记得他不停地劝慰我快回家洗洗，不要受凉生病了。说完老农就走了，我也赶紧回去……这真是一场噩梦，等我醒来感到非常内疚，怎么没问救我的老农叫什么名字呢？直到今天我还很后悔。我心里一直在想，这么好的老农一定有好报，我衷心祝愿他健康，幸福，长寿！

在农村的那些年，我由于身体一直不怎么好，经常得到当地乡亲们的关心、照顾。在农村，放牛是小孩做的事，队长就照顾我放牛。刚开始，我放的三头牛可能欺生，都不听话，一会儿跑了，一会儿……发生了好些故事，后来它们慢慢习惯了，听我话了。队长还照顾我去晒谷场看谷子，不要让麻雀和小鸟吃稻谷，我知道这是农民辛勤劳动的果实，是集体财产，我都尽心尽力、认认真真地守护着每一粒稻谷。晒稻谷不但要有责任心也很辛苦的，因为要把湿的谷子晒干，必须在大太阳下不停地翻动。就我一个人晒稻谷完全凭自觉性了。我心想队长是照顾我更是信任我，所以我在火辣辣的太阳下会一趟一趟翻动稻谷。队长一看谷子晒的程度就会伸出大拇指赞扬我。每次队长的表扬使我感到很欣慰。我感谢乡亲们对知青的关心。

1977 年，我病退回上海。当我回想起这些让我感动的往事，总有一股暖流在心中涌动。

2016 年 12 月 31 日

想　念

作　者：江荣贞（高安相城）

我是 1970 年 4 月 12 日"一片红"随着 120 位上海知青来到江西省高安县相城公社，被分配在会上大队第七生产队插队务农的。

那时，我只是一个 17 岁的少女，独立生活可以说什么都不会。幸运的是我们队里有两位下放干部和我们知青一起生活。在他们的言传身教下慢慢地我学会了做饭、种菜、砍柴，挑担，烧火……在劳动中也学会了拔秧、插秧、耘禾、收稻、碾米、风谷、摘棉花等等很多农活。

每年双抢那段时间，正是炎热的夏天，因为要抢收抢种，时间紧任务重，我每天从天不亮起床到晚上九点多才能上床休息，每天十多小时的强体力劳动，累得饭都不想吃，倒头便睡。在水田里劳动，常常小腿被蚂蟥叮咬，刚开始害怕得只知道用手去拔，可越拔蚂蟥叮得越紧，当地农民教我们用手拍打被叮咬部位的周围，我按老农教的办法去做，果然，蚂蟥乖乖地掉下来了，但是看到腿上鲜血直流，心里害怕得直想哭。日子久了，对这些也就习惯了。我想，人的意志和吃苦耐劳精神就是这样慢慢地从生活和劳动实践中磨练出来的。

记得生产队每年都要给国家送公粮，那时我年轻很要强，每次队里送公粮，我都参加，我和村民们一样挑着两筐稻谷，路很远还要翻过一座山才能送到公社粮管所。那两筐稻谷刚挑上肩不觉得怎么重，挑着稻谷才体会到百步无轻担呀，走着走着就觉得担子比刚挑时一点一点重了，想停下来休息，但是又不敢停，怕掉队赶不上大部队，所以每次送完公粮回来，肩都是红红的，手摸上去很痛，不过咬咬牙慢慢也挺过来了。

农村生活真的非常艰苦，但生产队的父老乡亲对我们知青还是很关心，他们常常会到我们住地来，送些鸡蛋、挂面、薯片、麻糖等好吃的东西给我们吃，也常常会问寒问暖，及时帮助我们解决生活中的困难。每年生产队里分牛肉、猪肉等东西总是让我们知青先挑，队里还允许我们到禁山上砍柴，分工劳动照顾我们做较轻的农活……乡亲们无微不至的关心、照顾化解了我们生活与劳动的苦和累。

但是，我身体较弱无法适应农村的生活和劳动，1975 年我病退回到了上海。

回上海后我常常会梦到插队的日子，梦到第二故乡的山山水水，梦到老乡们憨厚的笑容和亲切的话语……是啊！是农村的生活和劳动使我学会了坚强，是艰苦的农村生活和劳动使我遇上了纯朴真情的父老乡亲。我思念他们，祝他们幸福安康！我会想方设法去看他们的。

2016 年 12 月 31 日

杨柳坪——难忘青春脚印踏过的芳草地

作　者：陈玉菁（高安相城）

人的一生有些特定的事、人、景会终生难忘，且影响终生。

1969年3月5日，毛泽东主席题词向雷锋同志学习的纪念日，上午，在决定去江西插队落户截止日期的最后一天，17岁的我走进街道派出所，懵懵懂懂地递上户口簿和户口迁移通知书。一位年轻的警察翻到写有我信息的那一页，顺手拿起桌上的图章，在旁边的印泥上轻轻搵了两下，手臂缓缓抬起。突然，他拿着图章的手在半空中停下，抬起头凝视着我，一字一顿地问道：确定了？我茫然地望着他，望着他的眼睛，心一下子揪紧了。我永远忘不了他那双眼睛透出的眼神，对当时我内心的震撼有多大：同情？惋惜？麻木？或是暗自庆幸他早生了几年，没有卷入这一波注定翻江倒海的浪潮？好像是，又好像不是。我下意识地盯着他手中的图章，好一会儿才轻轻地嗯了一声。他看了我一眼，眼睛慢慢地从我的脸上移到户口簿上，将一枚长方形的蓝色图章用力地盖了上去。就在那一刻，我猛然意识到——上海已经不属于我了，我已经不属于这个城市了！刹那间，我的眼圈红了，脑子一片空白。我走出派出所，加快脚步拼命地往家里跑。我知道，母亲上午肯定不会去上班，她一定在等我，等我肯定的消息——女儿将远走高飞，离开她庇护的翅膀。亦或，她在等我的决心动摇，回心转意……记得那天母亲在厨房的水斗里洗东西，背对着我。我战战兢兢地叫了声妈妈，半晌她才慢慢扭过头来，接过我手中的户口簿，默默地翻看着，眼泪顺着她的脸颊流了下来。这是我第一次看到母亲流泪。

3月9日上午，父亲没让母亲送我，他和弟弟送我去火车站。火车的汽笛响了，站台上、车厢里顿时一片哭声。我也忍不住哭了，硬挤着从车窗里伸出头挥手向父亲和弟弟告别。我虽然哭了，但并不怎么伤心，火车驶离站台后不久就抹干了眼泪。我不想在同学们面前表现落后，临行前我在母亲面前立过誓言，两年内一定好好表现上调到工矿。当然还有一个因素是，在那激情燃烧的岁月里，我常常情不自禁地仰望天空，憧憬远方。我曾经读过长篇小说《山乡巨变》，看过电影《我们村里的年轻人》，唱过歌曲《好儿女志在四方》……远方在召唤，那里有诗，更有诗一样的广阔天地！

然而，生活不是诗。3月10日中午，火车到了南昌。坐了二十多小时的硬座又困又乏，大家在站台上还来不及伸腿弯腰，就被安排上了一辆辆气味难闻的闷罐车，直奔高安县城。途中有人说这是装猪猡的车，若在平时大家一定叽里哇啦戏话连篇，然而此时车内却出乎意料一片沉寂，也许大家都意识到什么了。路况不好，一路颠簸，我头晕脑胀，站在车内仅有的几个类似杂志版面大小的窗口旁不停地向外呕吐。进了高安县政府大门后，闷罐车换成大卡车，再辗转拉我们到相城公社。到达时已是傍晚，灰蒙蒙的天上下起了大雨。

公社办公地坐落在一个大院子里。接待我们的是一位姓曾的副书记。我们一起来的所有108个人都挤在一间客厅里。客厅里只有几张长板凳，很多人只能倚墙站着。有人干脆走到外面的天井里，看着天上倾盆而下的雨水，哗啦啦地落下来，任凭屋檐下滴滴答答的雨水溅起在身上……大约过了一小时，公社炊事员端来了一碗碗热气腾腾的面条。我原本筋疲力尽靠在墙上，此时却条件反射一般快步上前。可定睛一看，面条都盛在黑乎乎的大碗里，上面还飞着几只嗡嗡作响的苍蝇，我的胃立刻抽搐起来，阵阵作呕。我刚开始决定不吃，但终因难忍饥肠辘辘，勉强捧上一碗，小心翼翼地挑起几根面条往嘴里送，谁知刚吃了一口，就辣得我连连哈气直吐舌头。无奈，只得放下碗筷，强忍着泪水走到天井旁，呆呆地看着天空落下的雨水。书包里还有一只面包，那是母亲买来让我带在路上吃的，节省点估计可以吃两顿。父母、弟妹此时一定在吃晚饭吧，母亲做的酱鸭可好吃了，还有西红柿塞肉……也不知遐想了多久，曾书记过来招呼我们几个还站在天井里的同学，记得他那天满面笑容，特意问了我的年龄、名字，还问我是不是辣得够呛……

晚上，我们被安排睡在公社的阁楼里，地板上铺着稻草，没有枕头，没有被子。噼噼啪啪的雨点声不停地拍打着屋顶上的瓦片，门缝里不时吹进飕飕冷风。三月天，春寒料峭，大家挤在稻草堆里，又冷又饿，有同学开始啜泣。突然有人惊叫，抬头一看，几只老鼠正从房梁上窜过。

我从书包里拿出日记本，在昏暗的灯光下思绪万千，五味杂陈。刚写上日期，我突然掩面失声大哭，伤心不已。哭声惊动了四周的同学。我不再掩饰自己此时此刻对父母的无限思念和依恋。我曾经仰望的天空，向往的诗一样的生活，此时都化为乌有。好多同学过来安慰我，有几个同学劝着劝着竟跟我一起抱头痛哭。有人过来说带队来的工宣队队员正在和公社领导等人在安排我们每个人具体插队落户的村庄，建议去楼下看看分配方案。我毫无兴致，心想今天我一定是108个同学中表现最差的一个了，管它分到哪儿了。我万念俱灰，和衣躺在稻草堆里继续哭泣，也不知哭了多久，迷迷糊糊地睡着了。

11日清晨，天刚蒙蒙亮，我就被冻醒了。又红又肿的眼睛刚刚睁开就发现身边的书包有些异样，我拿起一看，大叫起来，再次埋头大哭。原来昨晚一只老鼠光顾了我的书包，不仅把我剩下的、仅有的一只面包全部啃光——那是我准备赖以维持两顿饭的食物，而且将我心爱的书包咬了几个大洞。要知道在这书包上有我一针一线用红丝线绣上去的毛泽东主席手迹——向雷锋同志学习，现在丝线全部散开，我心疼不已。

分配方案下来了，我们5男5女被分到公社农服站下属林场，组建公社毛泽东思想宣传队。早饭后，曾书记领着我们10个人步行去一个名叫杨柳坪的镇上。路上曾书记告诉我们，我们被安排住在镇上，不拿工分拿工资，每月18元。应该说我们是同来的108个人中最幸运的。可在当时已经历了两天两夜折腾的我们却谁也提不起精神，一边踢着脚下的石砾和土块，一边默默地听着曾书记一个人说话低头赶路。曾书记看着我们无精打采的样子，忽然转换话题，跟我们说起他的经历。他是转业军人，在部队大熔炉里得到磨炼。他告诉我们军人生涯对他现在的人生有着不可估量的影响。那天他在路上跟我们说了很多话，大多我都不记得了，但有一段话却刻骨铭心，至今难以忘怀！他对我们说：你们 10 个人今天一起去杨柳坪落户，你们的起点现在是一样的，但一年以后，二年以后，或五年、十年以后……由于你们自身不一样的努力和追求，你们将来的人生肯定会有很大的不同。我静静地听着，如雷贯耳，慢慢陷入沉思。走了好一会儿，我狠狠地将脚下的一块石头踢向路边的田埂地。天空已经放晴，我望着蓝天白云，开始思考现实与理想的矛盾，逐渐重拾对诗一样生活向往的信心，但我开始明白，第一步必须脚踏实地，正视现实，适应环境。在即将到达杨柳坪镇的小路上，我对曾书记说：您的话我会记住的。

确实，这么多年来无论是离开上海十年后重新走进课堂，还是后来留校工作，我一直记着曾书记在领着我们走进青春年华的第一个芳草地——杨柳坪时对我们说的话。我把他的话告诉过我的儿子，在他即将去北京读大学的那年，也告诉过我的学生——每一届刚进校门的研究生……

在杨柳坪生活的日子里，我学会了很多农活，给果树施肥、挑土、插秧、割麦……至今我左手中指上还留有割麦时留下的刀疤，左腿小腿上还留有半夜插秧时被蚂蟥死死咬住后溃烂的疤痕。杨柳坪给了我青春放飞的岁月，作为公社毛泽东思想宣传队的一员，我走遍了公社的每一个生产大队，跳舞、唱歌、朗诵……镇上和林场屋外的很多面墙上留有我书写的"提高警惕，保卫祖国""深挖洞、广积粮、不称霸"等大大的美术字——当年的宣传口号。然而，杨柳坪最使我念念不忘并心存感激的是镇上的一家邮局。邮局就在我们住处的斜对面，开门就能看到。我每天中午一吃完饭，就利用午休时间坐到邮局靠墙的长椅上。邮局的职工对我非常好，见我来了就拿出当天的《江西日报》《参考消息》等报纸和杂志给我阅读，使我在那个年代——远离学校、无书可读的蹉跎岁月里，在偏远乡村信息闭塞的环境里，有了一方安静学习的净土。很多年后，当我参加高考的成绩公布时，语文成绩是我所有科目中的最高分就不足为奇了，我知道这与当年杨柳坪邮局赐予我阅读的机会和条件不无关系。2011 年 10 月底，我第一次回到阔别 40 余年的杨柳坪，我一下车就急切地找邮局。在邮局门口我感慨万千，不停地拍照留念，以致陪同前来的高安县博物馆第一任馆长刘裕黑先生诧异地问我，为何对小镇上的邮局情有独钟？

　　我在杨柳坪生活了一年多，不久就被抽调到高安县展览馆（现为博物馆）当讲解员，直至高考离开江西回到上海。杨柳坪的生活虽然短暂，但在我人生的经历中意义非凡。我感谢当年领着我们走进杨柳坪的公社曾书记，他一路上的肺腑之言至今常常在我耳边响起。我感谢杨柳坪——一个有着美丽名字的乡村小镇，它是我青春年华留下过深深脚印的芳草地。

2016 年 12 月 31 日

母女红土情

　　1969 年 3 月 9 日，我离开上海到江西省高安县相城公社上山下乡。谁也不曾想到，告别了生我养我的父母，却在陌生的红土地上遇到了一位疼我、爱我、将我视作她女儿的妈妈。

　　我们 9 位上海知青被安置在新华大队棠山村中的一栋原大户人家的老宅院落，内有四间房，我与朱美玲住在进大门左边的第一间。这间房原来是厨房，所以有两扇门，打开靠墙的边门，相隔仅 1 米左右，就是另一农户家的边门，当家的是一位面容姣好、年过花甲的老太太。虽然生活在农村，但她皮肤白白的，眼睛大大的，鼻梁高高的，嘴唇棱角分明，发髻绾着一头银发，衣服干净而得体，身材修长，皱纹不多的脸上始终带着和蔼可亲的微笑。那时她有两个儿子，一个媳妇，三个孙子和两个孙女，两个儿子都在公社工作，所以家里平时除了女人就是小孩。待人热情的老太太和我们女知青真是有缘，第一次见面交谈后就像一家人那样熟悉，我们都尊称这位慈眉善目的老太太为婆婆。

　　刚到农村的第三天，正逢婆婆的小儿子黄林书娶媳妇。婆婆喜上眉梢，衣着整洁，笑容满面地忙前忙后张罗着招呼宾客。她前一天就特地登门盛邀我们九位上海知青去喝喜酒，还邀请我们五位女知青随迎亲队伍去女方家接新娘。在喜宴上，我们知青被安排坐主桌。我们高兴得忙这忙那。接回新娘后见婆婆忙得分不开身时，主动协助她接待宾客、端茶倒水、招呼客人入席，婚筵结束又帮助收拾……也许我住的地方离婆婆家最近，交谈投缘；也许我……反正婆婆从此就把我当成她家一员了。

清晨，她早早熬好了粥叫我去吃；夏天，冲好了可口的凉茶喊我去喝；冬天，燃旺火盆放好取暖的凳子要我坐着烤火取暖；烧了好吃的菜肴和食品，必定叫孙女过来拉着我去吃；家里来了客人，婆婆掌勺炒菜，媳妇烧火端菜，却要我上桌坐主位陪客。我呢，只要一有空就上她家抢着帮她做点家务活，闲暇时为她家人打打上海当时流行的花色毛衣……后来，甚至婆婆走亲戚也要带上我。在婆婆与她亲友们的交谈聊天中，我得知婆婆曾怀过12胎，只成活了黄玉书和黄林书兄弟俩，30岁那年丈夫病逝，不幸的她执意不改嫁。这位红土地上的传统女性善良、坚韧、圆通、睿智，她日复一日、年复一年，一个人里里外外操劳持家，含辛茹苦将两个儿子拉扯大。儿子到了上学的年龄，节俭能干的婆婆千方百计省出学费供他们上学读书、送儿子当兵、帮助两个儿子成家、立业。亲戚们拉着我的手说：以前婆婆总是念叨要有一个闺女就好了，她喜欢闺女。现在老天开恩了，你就是她朝思暮想的闺女呀。婆婆坐在一旁笑眯眯地不停地点头，她笑着告诉大家说：你们看，这就是缘分，缘分呐！

后来婆婆有了8个孙子，2个孙女，她告诉孙子、孙女们从今往后都管叫我姑姑。一声声稚嫩的童音姑姑、姑姑，叫得我心花怒放。我每次回上海都要到南京路上的上海第一食品商店、第一百货商店为小朋友们选购适合他们年龄的小衣服，小玩具，买学习用品和小朋友喜欢吃的糖果糕点，到老字号药店为婆婆买些老年人的滋补营养品……以略表我的心意。在上海的父母给我邮寄包裹时，我会特意交代加寄一些小孩吃的零食。

婆婆为人随和，从不与人争执且乐于助人，表达自己的意见也是征求式的，做事得体大方。她说自己做不到的事不要勉强别人去做，一言一行堪为表率，所以博得家人和村里所有人的尊重。随着时间的推移，我更爱戴更尊敬她了。婆婆大孙女叫苦花，其实她挺喜欢笑的，我问婆婆，为啥要叫苦花？婆婆说，苦和甜相依相成，名贱好养。当我被推荐为村小学代课教师时，苦花却失学照顾弟妹，妹妹凤花上学了，是我班上的学生。苦花天天抱着弟弟躲在教室窗外听我讲课，我被她的好学所感动。晚上在煤油灯下，我为她姐妹俩辅导功课，往往我的提问凤花答不上来，苦花却不假思索就回答出来了，我真为苦花没进校门而惋惜。后来我离开村庄，到大队，进单位……可只要是节假日我都会回相城，回棠山，俨然把婆婆家当成自己娘家，晚上与婆婆睡一个被窝。婆婆算准了我会去，早就把被子洗得干干净净，然后用米汤浆过晒干，还洒点儿花露水，在被窝里我们有说不完的话。记得有一次，她悄悄地告诉我，她特意请"高人"替我算了一卦，那晚婆婆反复叮嘱、提醒我要这样那样避祸……

1979 年我到英岗岭矿务局机关小学任教，随后结婚成家，不久有了孩子。婆婆闻讯后在她俩儿子的陪同下来我家帮忙带孩子。婆婆抱着我的孩子高兴得直亲她那粉嫩的小脸。当她听到我为孩子取名智怡，小名叫怡怡时，她沉思了一会，然后对我说：听起来怎么像叫姨姨，抱她的人年龄或辈分都比孩子大，这名不太好吧。我觉得有道理立刻拿了户口本去派出所，改名为智益，把原名作为曾用名。虽然我一直叫她婆婆，她也从没提过让我改口叫妈妈，其实在我心里已经千百次地叫她妈妈了。然而，让我遗憾终生的是，在婆婆病危弥留之际，我没能陪伴在她身边，也没有亲口叫她一声妈妈。

婆婆离世前几天，我正巧去上海出差。就在她离世那天晚上，我梦见婆婆笑眯眯地向我走来，她拉着我的手，说今后她不能再照顾我了，说完转身就走了。我拼命追，可怎么也追不上，我哭着、叫着……惊醒后，我心里直嘀咕，想想梦境，心里好生疑惑。几天后当我回到单位，办公室同事告诉我黄林书来过电话，说婆婆过世了！我哭着赶赴婆婆家。黄林书带我去坟前祭拜，婆婆的坟远远就能看到，高大坟墓的四周围绕着鲜花和苍翠的松柏，我扑到坟上，伤心欲绝！我流着眼泪跪在墓地坟前点香、烧纸、磕头，向她老人家倾述着我的心事，久久不愿离开……

祭毕，随黄林书回家，踏进家门，再熟悉不过的一桌一凳、一物一景还是原来那样摆放有序干净整洁，那都是婆婆收拾打理的，但慈祥的婆婆却仙逝去了，没能在她老人家临终前陪陪她照顾她，将成为我终身的遗憾，我忍不住泪如雨注，失声痛哭习惯地呼喊着：婆婆、婆婆、妈妈——物是人非事事休，欲语泪先流。往事如烟一幕幕地展现在我的眼前。记得最深刻的是，插队第二年炎热的双抢，中午收工的路上，我突发剧烈头痛、恶心呕吐、烦躁不安、浑身无力，继而昏迷不省人事。醒来时我已躺在自己床上，看着床边站着好多人，他们高兴地拉着我的手安慰我，我想开口谢谢大家，但怎么也发不出声。这时我第一反应自己成哑巴了，难过的泪水顿时夺眶而出。我身边的老乡个个也紧张起来，只见婆婆转身出去了，不一会儿她双手捧了个饭碗进来，婆婆把碗递给我，要我马上喝下，我一看是碗碧绿碧绿的水，有点不敢喝，婆婆用慈祥的目光鼓励我，众人也安慰鼓励我，我斗胆一口喝下，当时只觉得一股冰凉冰凉的清泉流遍了全身，在我把空碗给婆婆的瞬间我开口说话啦！事后我才明白这碗让我开口的水，是一种野草揉烂后加井水制作而成的，是什么野草只有婆婆一个人知道，这是秘方哦！

我在江西先后入团、入党、提干、晋升副科和正科；经历了务农，进工矿、又到镇政府任职、提拔进县政府部门工作，为县政府在上海开展工作，享受国家公务员待遇……我要感谢江西这块红土地上的父老乡亲和各级组织的栽培！我更要感恩在举目无亲的红土地上遇到了德高望重、慈祥和蔼的婆婆，是她给了我别样的慈母深情，她是我人生道路上一盏温暖的灯，是她激励着我勇敢地面对一切困难和挑战，勇往直前战胜一切险阻。这是我人生中最难忘的一段母女红土情！

2016 年 8 月 26 日

闺　蜜

作　者：张肇康（高安相城）

　　我理解的闺蜜，是指女性之间能够相互倾诉衷肠，彼此信任，互相依赖，不论境遇相差多远，做到推心置腹无话不说，能说真心话，都能真诚祝福，经得住各种俗事考验的女性朋友。我在江西插队落户期间，就有幸遇上了两位好闺蜜。

　　一位叫胡明珠，她是江西省高安县相城人，高中毕业后回乡。1973年，我们到高安县参加高考，同住在一个房间而相识。共同的志向、共同的语言，使我们一见如故。高考回来没多久，我得了阿米巴痢疾，高热、呈严重毒血症症状，相城公社卫生院见病情危重，稍作处理后让我尽快转县医院救治。此时的胡明珠心急如火，设法连夜把我转送到高安县人民医院。我因感染性休克，出现面色苍白、四肢厥冷、脉细数、血压下降等症状。医生开具了病危通知单，并把我转入隔离病房。胡明珠见状急得团团转，凶险的病情使她难过得几次掩面悄悄流泪。她昼夜陪伴在我身边，无微不至地照顾我，等我病情稳定后，她不停地安慰我、鼓励我，使我有了战胜病魔的勇气。我积极配合治疗，她天天为我增补营养。在医生护士以及她的精心护理下我居然转危为安，没留一点后遗症，出现了医生们都感到很难想象的奇迹。

　　1980年，胡明珠怀第二胎刚3个月。一天中午，她打电话给我说丈夫部队派人来要她做人流。她不想做，那时农村是允许生两胎的。但她告诉我，她丈夫也动员她去做人流。电话中她边说边哭，希望我马上过去替她拿主意。那时我上班的地方离她有30多里路，挂断电话我立即向领导请了假动身赶去。看着她不停抽泣，眼泪不住地往下淌，我心里也很难过。可部队同志一定要胡明珠当天给出明确的答复。经我仔细向部队同志了解情况后，才知道她爱人正处在提干的关键当口，国家政策只生一个好，不能因为农村媳妇就可网开一面。如果胡明珠执意要生下第二胎，部队领导就不会考虑她爱人的提干问题了。怎么办？我也第一次遇到这种事，冷静思考后，我耐心地安慰开导胡明珠，从她爱人在部队的发展前途、家庭的长远幸福等方面，帮她分析，权衡利弊，一直谈到傍晚她才想通，终于答应去做人流。现在她的家庭幸福美满，丈夫体贴入微，儿子媳妇出众，孙子孙女聪明可爱。胡明珠已落户北京享受着天伦之乐。

　　另一位叫程天霞，也是高安人，是 1975 年我被中共高安县委抽调到新街公社搞社会主义教育活动时认识的。她年龄比我小，所以称呼我新街姐姐。天霞聪明乖巧，我很喜欢她，她也喜欢跟着我，就连我回上海探亲也跟着我。她读书时德智体全面发展，顺利地考上了卫校，毕业后分配在高安县人民医院工作。她一直视我为姐姐，大事小事不找别人，只与我商量，找对象、生孩子……五花八门全告诉我。特别是在确定对象的问题上，谁帮她介绍了个什么样的青年，她自己又遇上了什么样的对象……都会毫无保留掏心掏肺地告诉我，要我帮她参谋提建议。那时的她谁的意见都听不进，她父母也对我说她只听你的。她最终采纳了我的意见。后来，她的丈夫不但成为医术高明的外科医生，还是位精通全科的人民医院院长。他们的女儿也聪明乖巧，是学习优秀的留美博士生，现在一家三口都在广东珠海工作、定居。

　　几十年来，我与这两位闺蜜，无论是工作变迁，生活变化，遇到问题总是一起商量，寻求解决办法，彼此对对方的每个变化的过程和结果都了如指掌，现在还隔三岔五电话联系，视频聊天。我为她们有个幸福的家庭和精心培养出优秀的子女而骄傲。我在红土地有了这样两位好闺蜜，使我的生命里充满那么多美好。我只要想到她们就会有股暖流涌动。我有任何烦恼或困难，也都会找她们倾吐，我的快乐、我的收获也会与她们分享。我感激红土地让我结交了胡明珠和程天霞两位推心置腹的好闺蜜。

2016 年 9 月 20 日

师　生　情

作　者：张肇康（高安相城）

在红土地，我曾当过小学教师，虽然时间不长，却有不少难忘的经历。

那年，村里的小学有位教师生孩子，让我代课。接到通知的第二天，我就要接替这位老师上任，教二年级的语文、算术、美术、音乐、体育，几乎全包了。怕我课程太多，校方告诉我主要上语文、算术，其他课上不上没关系。我心想，要我代，哪门课都不能拉下，我是66届初中毕业，教小学二年级算啥？所以满口答应一定努力教好。从没当过老师的我，当天晚上脑子里极力回忆我的小学老师怎么进课堂，怎么教字，怎么提问，怎么板书，怎么领读……与小朋友交流的态度，口气要儿童化，要亲切，要注意形象仪表……一晚上我想了很多很多。

第二天当我走上讲台，学生们睁大眼睛，毕恭毕敬坐着等我开口，我用普通话首先自我介绍，然后开始上课……从他们的眼神里我看出他们不太听得懂普通话，但看得出孩子们有强烈的求知欲望，我教一个字，他们努力模仿念一个字，我读一句课文他们认真地跟一句……没多久孩子们完全接受普通话了，我暗暗地喜欢上农村的孩子了。当我收到他们的作业本时，发现学生用的练习本纸张又差又薄，写错字明显是用口水沾沾手指擦出的洞，因为没有垫板，写第一页的字，下面几页就留下深深的印记……这怎么行？我马上打电报到上海，要妈妈帮我买田字格本子、垫板、橡皮擦……学生们高兴地用上了上海寄来的文具用品，作业比以前完成得更快更好了，我们之间也更亲密了，他们对我也关心起来了。

我在学校代课，吃住还在知青点，所以还得交每人每月烧饭用的柴，知青们常常集体上山砍柴，我有时因上课赶不上与大家一起上山，只能利用休息天完成自己的指标。有一个星期天的下午，我带了镰刀扁担上山砍柴去，出村的路上被几个学生看到了，就在我快到山脚边时，一群学生个个手握镰刀气喘吁吁赶上来了，张老师，我们帮你！他们个个动手，没几分钟满满一担柴砍好了。我看着一个个八、九岁的孩子，笑嘻嘻地擦着汗，还不时问我老师够了吗？够了，太多了，老师挑不动了。没事，我们帮你挑！孩子们七嘴八舌争着要帮我挑。我挑起柴往回走，他们有的抢在我前面奔，有的在我后面跟……感动的我心里暖暖的，反复问自己我八九岁能干活吗？我八九岁关心过师长吗……我忍着泪水，下决心为他们上好每一堂课，教会他们更多的知识……

我曾担任过一年级的启蒙老师还兼学校大队辅导员，每到筹备六一活动我就会忙得不可开交，常常是天天开会，排队型、练队鼓、出板报、收节目单……不到天黑不收工。有一年的六一节前二天，我终于累倒了，只得提早收工回家。谁知我刚到家门口，易娜跟上来说张老师累了，我帮你。她抢过钥匙帮我开门，跟着我进了房间，要帮我铺被子、倒水，都被我拦住了。她是我班学生中年龄最小的，只有5岁呀，她怎么这么懂得体贴人？自我当了老师，只要人在江西，每年春节的大年初一清早，易娜都会带着弟弟妹妹来给我拜年。后来，她长大了，在江西成家也要请我参加婚礼，那时我已退休，但还是特意从上海赶到江西为她贺喜。

教师们通常会说调皮的学生长大后对老师特别好。这话还真有点道理。邹建和现在是县级领导了，他只要办事经过我家，总会带了大包小包礼物来看我。只要见了面，不管身旁有多少人，他总是张老师，张老师叫个不停。但他小时候读书时，是个很倔的孩子，虽然成绩不错，却爱管闲事，找他谈话，很不虚心，还要顶嘴，常常与我强词夺理，真的让我很头麻。我还有个读书不好总留级的皮大王学生，他读了三个一年级，留级到我班时比班上最小的学生大5岁。他上课不专心听，只要我一转身，他就忙开了，下课打架闹事，回家不做功课，在社会上混，常有人到办公室找我告状，他犯的错误是五花八门，稀奇古怪……我每天要找他谈话，他每次都老老实实，认认真真接受批评，但一出办公室就又生龙活虎犯事去了。所以我对他比较用心，经常送他回家。说实话，他是我最费心的学生，也是给我留下印象最不好的学生。可是我与他分别十多年后的一件事让我转变了对他的看法。有一天我提了不少东西挤上长途汽车去南昌，人太多我好不容易放下行李刚站稳，只听到有人喊张老师，这里有座位！我循声望去，一个帅小伙对我笑眯眯地招手，我不认识，便没加理会把头转过去了。没想到，他很快来到我身边，说张老师，你不认识我啦？我是刘桂民！啊！原来他就是当年最让我恼心的皮大王学生呀！他硬是帮着把行李挪好并让我入座。望着当年的皮大王，我真的很感动……

在红土地我教了没多久的学生，邹建和、黄爱国、陈娜、易娜、张唯唯、易华、白雪等好几位学生至今还与我有联系，教师节我还能收到他们的祝福。现在每年春节，易华都会带着儿子提着礼物开车来向我拜年，然后接我到他家吃饭……他们是我最美好的回忆，这浓浓的师生情是在红土地上结下的！我感恩红土地！

2016 年 10 月 15 日

水 库 救 人

　　我是上海市枫林中学66届初中毕业生。1968年底毕业分配时，班主任老师与我们4位班干部（2男2女）为班级同学分解落实去向，最后，老师对我们说你们班干部中有2个工矿（1男1女），2个农村（1男1女）名额，你们就面对面自己落实吧。当晚，班干部刘锁英的母亲请我吃饭，对我说她家里人多钱少，买一顶蚊帐的钱都没有……你父亲工资高……我从没上同学家吃过饭，又见她母亲流泪，心一软答应说，好！那我去农村。其实，那时我父亲在贵州支内，姐姐也在外地工作，母亲病重需要我在身边照顾。但见同学家更困难，我不反悔自己的承诺，1969年3月赴江西农村插队落户了。

　　刚到农村，我们非常茫然，生产队考虑到我们缺少生活、劳动经验，派下放干部带队，淳朴的老乡每家每户纷纷伸出援手：给我们送腊肉、鸡蛋、粉皮、挂面、柴火……还派专人为我们烧饭，知青们常被一个个老乡请到家里吃热饭好菜；我又遇上了疼我的婆婆。没过多久我们要独立生活了，路边山坡没柴砍了，生产队决定同意知青可以上禁山砍树枝——老乡用无微不至的关怀帮助我们度过最困难的日子，婆婆把我当亲闺女般对待。1973年，我不幸得了阿米巴痢疾，呈严重毒血症症状，病情危重，家住相城公社的江西妹子胡明珠心急如火，设法连夜把我转送到高安县人民医院，经检查，医生开具了病危通知单。在隔离病房，胡明珠昼夜陪伴在我身边，安慰我、鼓励我、端药喂水，精心照看。由于抢救及时，我居然转危为安，没留一点后遗症，出现了医生们都感到很难想象的奇迹。

　　发生在身边的一幕幕告诉我，人遇到困难或危难，是多么需要得到及时有效的帮助啊！这些经历也激励我要做一个见义勇为、助人为乐的人。之后不久，我还正遇上了一件考验我意志和品格的事情。

　　那是一个盛夏的下午，我们知青点的五位女生头顶骄阳，手拿镰刀和捆柴的草绳，向村外的山脚下走去。我们来到一片依山傍水的绿草地旁，看到山坳里居然还藏着一片茂密的茅柴，顿时兴奋不已。我们挥起镰刀，拼命干了起来，不一会每人一担柴砍好了。回宿舍路上，经过一个大水库，清澈的湖水诱惑着我们，走在后面的朱美玲、陈卫亚和我情不自禁地停下了脚步。这浑身汗湿难受，何不下水清洗呢？我最喜欢水了，从小学三年级开始每年夏天几乎天天要到游泳池游泳，上海跳水池、新城游泳池、徐汇游泳池是经常去的地方。见到水我本能地高兴起来。我们三个在水库旁放下肩上的柴，我第一个下水游起来，蛙泳、仰泳、侧泳……累了我就上岸。这时她俩见我在水里这么快活，就说我们也要游。我告诉她们，下水后，你俩一个直立水里拉着另一人的手往后退，被拉者身体卧在水面上，两脚一伸一曲像青蛙那样向前游，慢慢掌握水性就会游了。我看着朱美玲在齐腰深的水里拉着陈卫亚的手往后退，陈卫亚往前游，我拍着手说就这样，慢慢就会游了……谁知，正当我们高兴时，突然听见朱美玲一声尖叫，人沉下去了，眨眼又浮了上来。我马上抓住她的手往我这边拉。原来，水库挖方时留下了深坑，她脚踩入深坑不着地，好险啊！幸亏我出手及时，她离开深坑踩到了只有半米多深的浅水区地上了。刚把她安顿在水库边的水泥台阶上坐下，险情又发生了。陈卫亚本来不会游水，被朱美玲一松手后，原本手舞足蹈的她身体失去了平衡，沉下浮上往深水区方向去。看着这危急的状况，我怎么办？陈卫亚是我们五个中最小的一位，我不忍心看她在危难中无人救助。可我从没救过人，我知道万一救不好我被她抱住，那两个人都……这时天快黑了，一旁的朱美玲拼命叫救命呀！救命……水库周边没村庄，农民已收工回家。我不能多想了，必须出手救人了。我记起游泳老师说过，救人要从她后面过去，别让对方抓你的手。我对朱美玲说我过去，你看到我把她推过来，你马上拉住她。朱美玲使劲点头。我下水游到她后背，她在乱动，我对着她的背猛推一下、二下、三下，使劲把陈卫亚往朱美玲方向推，到朱美玲身边时，她伸过手用力将陈卫亚拉上了岸。在水里，陈卫亚喝了好多水，上岸后我与美玲帮她吐出喝下的水。她俩不断地感谢我救了她们的命，反复说真险那，如果不是肇康救助，真不知道会发生什么……惊魂未定的我们坐在草地上不知所措。忽然远处有火把向我们走来，还听到好像在呼唤我们的名字。一定是佩华、玉华到家等久了没见我们回去向队里报告，大伙来找我们了……我们三个浑身湿漉漉的狼狈样怎么见人？于是相互安慰，相互壮胆，三个人摸黑深一脚浅一脚绕道避开他们回到住地。当大伙找一大圈回来时，我们三个已换好衣服，装着若无其事的样子说我们今天游泳很精彩的，不过晚回来害大家担心，对不起！

　　事后，我们像平常一样生活、劳动。随着时间推移，我们仨水库游泳的事还是被她俩说了出来，大家都夸赞我见义勇为，甚至说我是她俩的救命恩人。我却认为，每人都只有一条生命，看到别人遇到危难而见死不救，良心会不安的。这个朴素的道理，也是从红土地父老乡亲那里学到的。

2016 年 12 月 31 日

成 长 之 路

作　者：张肇康（高安相城）

每个人的经历、机遇不同，其人生轨迹与成长道路也不相同。

从小生活在上海的我，上有父母疼爱，下有姐姐哥哥呵护，过着无忧无虑、无拘无束的日子。我喜欢唱歌，每天欢快得像只百灵鸟，都叫我山八哥。我衣来伸手，饭来张口，我很单纯很听话，在学校好好读书，牢记学好数理化，走遍天下都不怕，初中三年，我的数理化成绩都不错，而对于外面世界，则知之甚少。我真正开始了解社会，改变自己，发挥个人优势素养，走上成长之路是从赴江西插队开始的。

1969年3月9日，我离开上海踏上了人生的征途。第二天，我落户在江西省高安县相城公社新华大队棠山村，与我同样在这个大队落户的有43位上海知青（男21，女22），还有11位高安知青（男7，女4）和3位回乡男知青。大队将我们57位知识青年组建成知青排，分成8个知青班，分别安置在8个生产队落户。当时三地知青一致推选我当知青排的排长。看着大家信任的目光我没过多推脱，勇敢地承担起知青排长的责任。

知青们初来乍到，人生地疏，语言障碍，又毫无生活阅历，要自食其力，过生活关，还要学种地干农活过劳动关，谈何容易。渐渐地想家的、串队的人多了起来，思想波动大了，各种矛盾也开始了。

那时，我这知青排长也参加大队干部会。针对存在的问题，我在会上提议，每月由我组织大队知青集中活动一天，互相见见面，交流思想，读报学习时事，还可以轮流到各知青点参观自留地，开现场会——大队干部都同意我的提议，大队黄庆恒书记还表态，大队提供学习资料和学习场所，这一天的中餐有大队免费加餐，并通知有知青的生产队给知青记一天工分。从此我们大队知青穿队现象少了，安心劳动，自留地越种越好，生活得到了改善，消极悲观情绪减少了，不断涌现生产能手。不久我加入了共青团，没多久公社下发红头文件正式任命我为大队团总支书记，兼任大队民兵教导员和大队妇女副主任，分管大队广播站，还兼大队副业队出纳、小学代课老师。

我进了大队领导班子，在我的提议下，新华大队成立了知青宣传队，我带领宣传队活跃在大队的村庄田间。宣传队由回乡知青陈爱民、卢六生领衔主演，演农民喜闻乐见、乡土味浓的节目，给父老乡亲丰富了农村的文化生活，我们每到一处都受到乡亲们的热烈欢迎。

我担任的职务多了，外出开会多了，得到的信息也多了。只要听到有上调和招工指标，我就积极力争，先后为胡瑶亮、刘植民、周英才三位上海知青争取到了上调和招工指标，从而改变了他们的命运。经过几年的农村锻炼，大队的知青们已能自食其力了。随着各生产队知青人员的减少，大队决定开办棠山知青创业队，把部分知青集中起来搞试点。为此，1973年我没有回上海过年。秋收冬种后，我与大队干部为创业队选了块风水宝地，屋前有水井和水田，屋后依青山，左边不远处是水库和村庄，我们合理规划了创业队的宿舍、食堂、仓库、猪栏和牛栏……宿舍的图纸还是我设计的，两排一字排开，中间是上山的道，每排6间工字型的平房。根据规划马上动工，年前创业队土建工程初具规模。新年里我给在上海探亲的知青写信报喜，告诉大家年后回来都能搬进明亮的新房间。1974年棠山知青创业队开始了崭新的集体劳动和生活，经过大家的努力，我们创业队被评为全县的典范！

从我在红土地当大队干部起，我的人生也渐渐发生了变化。当我第一次聆听相城公社党委书记黄启祥年终工作总结报告时，他讲话没有发言稿，却对公社当年的工、农、商、学条条块块、方方面面，清清楚楚地列举数据，还一笔一笔地与上年同期对比，分析得准确透彻，整个大会场鸦雀无声，人人专心听讲。此刻我联想到读书时学校开大会，上面校长讲话，下面学生交头接耳开小会的场面，相比之下反差如此之大，深感震撼。事后我得知黄启祥书记从未进过校门，他的工作作风和工作水平都是长年深入基层，靠勤奋练出来的。这对我教育、启发很大。那时的大队干部要下乡蹲点，我也不例外，蹲点前大队书记黄庆恒对我说："做农村工作必须样样农活都会干，而且干得不能比农民差，这样才能得到农民的认可和尊重。工作中一定要听得进农民的不同意见。当干部还要准备用好各种面具，针对不同的人，要用不同的方法。工作时要谦虚，灵活，不能操之过急。"这一席话我牢牢铭记心中，并贯穿在我日后的工作中，真是受益匪浅！我按照书记的要求，努力在大队展开各项工作，年终都较出色地完成各项任务。

从 1974 年开始，我相继被新华大队、相城公社和高安县抽调到贫困生产队搞社会主义农村建设工作，经过几年历练，我已经可以独当一面开展农村工作了。1975 年我在高安县新街公社城上大队 15 生产队搞农村建设工作时，我们工作队的 4 名成员是：中共高安县委党群书记程炳南、高安县农业局水稻改良专家郭垂遂、中共高安县龙潭公社党委委员袁流东和我。我们 4 位分工明确，程书记总负责，老郭负责水稻改良，小袁负责配合程书记和生产队队长抓具体工作，我负责为队里妇女扫盲，组织年轻妇女成立铁姑娘专业队突击完成生产队的重大任务。农忙时程书记也和我们一样，凌晨三点出早工参加劳动，住农家，吃派饭，按规定付餐钱和粮票。程书记要求我们节俭用餐，他说：农民省吃俭用，他们招待我们的好菜都是平时自己舍不得吃的，我们尽量不要去碰，留下来让他们自己吃……一位县领导这样的言行到哪里工作会不受老百姓欢迎？到哪里工作不会硕果累累？通过我们工作队一年蹲点，开展了艰苦细致卓有成效的工作，那一年彻底改变了这个生产队的面貌，贫困落后的帽子被摘掉了，慕名前来参观学习的农村干部络绎不绝。也就是那一年我光荣地加入了中国共产党。

那时，当农村基层干部非常辛苦，经常要下乡住队蹲点，与农民同吃、同住、同劳动，晚上还要与大队、生产队干部商讨工作等。我虽然是女性，但是对上级布置的工作从来没有要男同志帮助完成过，往往任务还比男同志先完成。我很豁达，从不斤斤计较，愿意啃硬骨头，工作也很细腻，富有同情心和恻隐心，我的这种性格特点，使我在做工作时更容易感化人、影响人。加之做事干练、执着、有激情和不服输的工作作风，农村工作不因我是上海女同志而不受欢迎，反倒能出色地完成各项任务。我在镇政府工作时各大队书记抢着要我蹲点，我很受父老乡亲的欢迎，同时也得到上级领导的重视。以后我被提干，先后担任了副科级、正科级领导，虽然这连七品芝麻官都算不上，但这是我一步一个脚印，踏踏实实工作的印迹。

上世纪90年代近90万人口的高安市只有9名女正科级干部，我就是其中之一，我还是全县唯一肩挑镇纪委书记和妇联主任的双职干部，是全县优选的"江西大城开发区"坐家领导。那时我管人事和财经工作。大笔大笔的资金经过我手，每次审计结果，各项经费使用合理，我都没有乱花一分钱。1998年在干部调动冻结的前提下，我被破冰调到万载县人民政府驻上海工作处，并兼任县政府办公室副主任。当时万载县委李炳生书记刚正不阿的工作作风和敬业精神对我影响很深刻，我单枪匹马在上海为万载人民的福祉辛勤工作，通过我的努力和县委县政府的支持，以及上海知青及方方面面的人脉关系，常常在报上能见到关于万载的报道。为此省委派调研组来上海调研我的工作。2010年底在全省沪办主任年会上，朱英培省长让我发言，还给我敬酒表扬了我的工作。我任职期间，1999年上山下乡30周年之际组织万载的上海知青100人回第二故乡跨千年。2010年4月9日我花了一年筹备时间，为150名上海知青回万载第二故乡过上山下乡40周年纪念日活动。我刚退休就被海富大酒店总经理（上海知青辛美琳）邀去管理酒店。2007年我被万载的上海知青章兴达邀去为他企业100万只一次性新产品杯子打入特奥会，负责生产、销售环节。我在江西省沪办李主任的帮助下顺利获得特奥会产品推销资格。由于时间紧任务重，我找到工厂周边学校，在教师和学生的鼎力相助下，短短5天时间完成了200万个贴纸宣传任务（每只杯子贴二张宣传粘纸），出色地将产品打入了特奥会。现在我为充实插友们的生活，每两个月组织一次外出旅游活动，每年组织一次迎新年团拜会，为插队50周年我正在组织高安、万载两地上海知青举行回顾《红土情》的征文活动，我还为知青们组建了多个微信群，入群人数达三百余人，让大家足不出户天天见面。

我清醒地意识到我的成长之路，骨子里浸润着对红土地的深情厚意，烙印着父老乡亲的言传身教，我特别有幸在我成长的路上遇到了这么多的伯乐和好领导、好朋友。是他们两袖清风、一身正气和谆谆教诲深深地扎根在我心里，激励着我经受住风口浪尖的考验，培养成无私奉献的精神。盘点自己几十年的工作历程，我一路走来还调解好不少面临离婚的夫妻；解决了高安县建山镇新桥大队由清朝遗留的河塘纠纷；我经历了 1973 年组建棠山知青创业队、1986 年组建建山镇人民政府、1991 年组建江西大城开发区和 1998 年组建万载县人民政府驻上海工作处时创业的艰辛。总而言之，红土地上的工作生活积累让我慢慢成熟，红土地上脚踏实地的拼搏让我逐步成长，红土地养育了我，我要服务红土地！服务社会！我要感恩红土地的父老乡亲！我的成长之路镌刻在江西这片红土地上！

2016 年 12 月 16 日

后　记

　　1969 年 3 月 9 日，我由上海赴江西省高安县相城公社棠山村插队落户，在高安父老乡亲的栽培下入团入党提干，1998 年 5 月我由高安县政府部门跨县奉调万载县人民政府驻上海工作处任主任，有缘接触了一大批原高安县和万载县的上海知青。

　　2004 年退休后，我定期组织两个县的上海知青开展各种活动。从去年年初起，我寻思着为知青和第二故乡做一件有意义的事情，这个想法得到陈建始等知青好友的鼓励和支持。

　　2016 年 5 月 9 日我、章兴达、全昌杰、高玉林、黄少川等 9 位知青好友在章兴达家里举行茶话会，会上我提议，选择适当时间，组织部分知青带一本写我们青春岁月的书和根据书中内容编排的一台节目回红土地，去探望我们第二故乡的亲人。

　　5 月 14 日在叶萌协助下，29 位知青相聚在华东政法大学会议室，"出一本书排一台节目"的提议引起与会者的共鸣。第二天，我将这个提议在两个县的微信群及凤凰知青网上发布，得到了更多知青的热烈响应。2016 年 5 月 15 日至 2016 年 12 月 31 日截稿，由 52 位作者撰写的 100 篇（后合成 79 篇）文章完成初稿。

　　为保证稿件质量，当年 9 月 19 日我们其中的 18 位作者利用赴长兴农家乐的两天时间，对已收到的 52 篇文章逐字逐句逐篇进行点评，并从作者中推选出张肇康、李秀珍、郭敏学、高玉林，谭凤美、顾美云、吴维琪、徐金花、黄少川，茅培云 10 位知青组成编委会，编委们先后两轮用分篇和流水方式对文章进行修改，还两次集体采访由知青而成长为成功企业家的章兴达，写成近 6000 字的访问记。在 12 月往返大明山知青旅游途中，四位编委吴维琪，徐金花，顾美云，谭凤美分别与四名有故事却不擅写作的知青相邻而坐，通过交谈收集素材，并帮助他们完成稿件写作。毕业于大学中文系后任高中毕业班语文老师的李秀珍，在国外期间还倾情投入统稿工作，其爱人龚兆岗不仅全力支持，还与妻子珠联璧合创作出了两首《红土情》歌曲。为了把需要修改的文章改好，擅长写作的解放群不厌其烦，主动向有关同志和部门了解细节，对稿件进行整理、打磨……

本书不仅得到知青们的关注、重视，也得到了许多并无插队落户经历的领导和各界人士的关心和帮助。原中共宜春地委书记、江西省人大宜春工委主任邓布仁同志特意为本书撰写前言、题写书名，他的笔墨起到了连接两地情，增强厚重感的作用，实在珍贵。当过大学校长的杨如岳冒着酷暑对文章加工润色，字斟句酌，一丝不苟，令人起敬。原文汇报资深编辑冯扬天不仅对全书进行认真审读和文字把关，还对本书的编辑出版、发行推广、宣传策划等提出了宝贵的建议……

在大家努力下，《情系红土地》终于与读者见面了。可以相信，读完这本从不同侧面真实记录当年知青在红土地上攻坚克难，经受磨练，励志向上，不断成长，并与当地干部群众建立起割舍不断情谊的书，会唤起人们对那个年代知青青春岁月的记忆，激发起对红土地和生活在这片土地上父老乡亲们深深的眷念。也能为当代年轻人树立战胜困难的标杆作用。

最后，衷心感谢袁亚民、高玉林、瞿林娣、庄宗康、章兴达、陈建始、刘勇等人为本书出版提供了金额不等的资助。

岁月难忘，红土情长……

张肇康

2017 年 6 月 16 日